THE YIELD

TARA JUNE WINCH

屈膝

[澳] 塔拉·琼·文奇 —— 著

李尧 —— 译

作家出版社

献给我的家人

倘若没有正义，统治权除了有组织的抢劫还有什么意义？

——圣奥古斯丁

译者前言

在过去的二十年里，澳大利亚文学最显著的特点是，自从上世纪七十年代"白澳政策"被扔进历史垃圾堆之后，一大批原住民作家迅速成长。原住民文学以其炫目的光彩跨入主流文学的舞台。2000 年，澳大利亚原住民作家金姆·斯科特（Kim Scott）凭借其长篇小说《心中的明天》（*Benang: From the Heart*）获得澳大利亚最高文学奖——迈尔斯·富兰克林文学奖（Miles Franklin Literary Award）。2007 年，澳大利亚最具代表性的原住民作家亚历克西斯·赖特（Alexis Wright）以其堪称民族史诗的长篇小说《卡彭塔里亚湾》（*Carpentaria*），获得迈尔斯·富兰克林文学奖。2011 年金姆·斯科特又凭借其长篇小说《死者之舞》（*That Deadman Dance*）再次获此殊荣。2019 年梅丽莎·卢卡申科（Melissa Lucashenko）的《多嘴多舌》（*Too Much Lips*）获得迈尔斯·富兰克林文学奖，为澳大利亚原住民文学的发展注入活力。在这一势不可当的文学潮流中，最引人注目的是，2020 年 7 月 16 日原住民青年作家塔拉·琼·文奇（Tara June Winch）凭借其 2019 年出版的长篇小说《屈膝》（*The Yield*）获得迈尔斯·富兰克林文学奖。该书同时获得"2020 年澳大利亚新南威尔士州州长文学奖"（the 2020 NSW Premier's Literary Awards）、"克里斯蒂娜·斯特德小

1

说奖"（the Christina Stead Prize for Fiction）和"人民选择奖"（the People's Choice Award），并被选为2020年的年度图书。短短二十年内，占澳大利亚作家人数比例很小的原住民作家就有四人五次获得澳大利亚最高文学奖，这无疑是一个值得思考与研究的文学现象。

塔拉·琼·文奇1983年出生于澳大利亚伍伦贡（Wollongong）。父亲是新南威尔士州威拉德朱里（Wiradjuri）族的成员。2006年，塔拉·琼·文奇的处女作《迷茫》（*Swallow the Air*）出版。当时，她还只是一个二十二岁的大学生。这部充满诗意的小说，讲述了一个十五岁的少女探索原住民文化遗产的故事。该书一经出版，好评如潮，获得当年"维多利亚州原住民文学大奖"（the Victorian Premier's Literary Award for Indigenous writing）、"新南威尔士州州长新人文学奖"（NSW Premier's Literary Award for a first novel）和"妮塔·梅·多比奖"（the Nita May Dobbie Award）。评论家认为文奇是一个"有原创故事可讲的年轻作家""是一个值得关注的人。一个勇敢的新的原住民的代言人。澳大利亚最好的年轻小说家。她的作品充满激情，一定会取得更大的成就"。

文奇是个传奇才女，她十七岁高中辍学后并没有马上上大学，而是开始学习写作。几年间，除了在自己家乡广泛接触原住民同胞，学习他们的语言、历史之外，还遍游美国、英国、法国、南非等许多国家，从洗盘子刷碗到当清洁工、编辑、教师，做过各种各样的工作，在极度的贫穷中崛起。2008年，文奇受到尼日利亚作家、诺贝尔文学奖得主沃勒·索因卡（Wole Soyinka）的指导，在文学创作的道路上，跨上新台阶。她的短篇小说集《大屠杀之后》（*After the Carnage*，2016年）出版之后，引起广泛关注。受到从纽约到伊斯坦布尔、从巴基斯坦到澳大利亚的评论家一致好评。这本书的故事涉及人类生存的许多普遍问题——与所爱的人的亲密和距离、珍藏于心中的梦想，以及失去的家园。为她赢得盛誉的则是小说《屈膝》。

《屈膝》聚焦于威拉德朱里民族冈迪温蒂家族，通过三个人物——奥古斯特、她的外祖父艾伯特·冈迪温蒂，以及十九世纪的传教士格林利夫的故事，在交替的章节中折射出文奇对澳大利亚过去、现在和未来的思考。在虚构的莫伦比河、象征整个澳大利亚的大屠杀平原方圆五百英亩土地上演绎出几代人被"白澳政策"和种族主义压榨的历史。为了保护本民族的文化、语言，艾伯特·冈迪温蒂在去世前编写了一本字典。外孙女奥古斯特在欧洲生活十年之后，回到澳大利亚参加外祖父葬礼时，发现冈迪温蒂家正处于被一家矿业公司摧毁的危险之中。外祖父的声音在耳边回响，奥古斯特发誓要拯救家园，并且和族人一起与白人种族主义者展开殊死搏斗。该书的创作手法十分新颖，融入许多现代派文学创作的元素，充满绮丽甚至怪异的色彩。而在"白澳政策"阴魂不散，甚至借尸还魂的当下，《屈膝》的创作、出版、获奖，更具有非同一般的意义。作者借传教士格林利夫之口，严厉谴责了澳大利亚白人种族主义对原住民的迫害。他说："如果我知道人会有那么多的劣迹，如果我听到过使徒约翰的话，'人们爱黑暗胜过爱光明，因为他们的行为是邪恶的'，我就不会长跪不起；如果我意识到，澳大利亚腹地直射的太阳，它那耀眼的光芒，并非来自伟大的公平正义的太阳，相反，在那令人目眩的光芒下，隐藏着与正义原则相悖的信念，我不会嘤嘤哭泣。这里到处都是人类对自己的同胞犯下的滔天罪行，让无数人悲伤。为了掠夺他们的土地和住所，白皮肤的基督徒残酷迫害黑皮肤的兄弟，毫无人道可言。他们所谓的'和平获得'——包括逮捕、锁链、长途跋涉、鞭打、死在路边。或者，如果能挺过这一切，等待他们的是更可怕的命运——就像田地里的野兽一样，作为没有工钱的劳动力卖给出价最高的人。

"澳大利亚，自称是自由和光明的新家园，怎么就变成一座展示压迫和残酷的大剧院？这块土地不仅得到了上帝的庇佑，天空万里无云，大地一片繁荣，有幸拥有这块土地的人幸福安康。而且，这个国家大言不惭地说自己是大不列颠崇高制度的象征。那些敬神、博爱的组织，不仅是英格兰的光荣和骄傲，而且是被世界各地的人民羡慕嫉妒的地方。然而，就是这块土地被令人发指的罪行所笼罩！这块土地受到上天的眷顾，却成了哺育不公正的奶妈。种种可耻的行为在这里得到鼓励。我所看到的是玷污了澳大利亚名誉的最肮脏的污点。如果我早知如此，那天晚上就不会跪下来了，就不会大声疾呼：哦，主啊！"

从格林利夫大声疾呼的 1915 年，时间的长河又流淌了一百多年，但是，历史的长河并未洗净澳大利亚原住民满身的创伤与血泪。斗争仍然在继续。"埃尔西双臂交叉抱在胸前。'我们只是被这个世界选择的猎物，我不知道有什么办法。但如果没有抗议，就没有权利，没有公民权利，没有投票权，没有体面的工作。'"

在《屈膝》一书中，艾伯特·冈迪温蒂编写的字典条目讲述了他和他的家族在痛苦与屈辱中忍耐的故事，谴责了白人对原住民遭受的苦难的无视与沉默。艾伯特·冈迪温蒂对威拉德朱里语 baayanha——"屈膝"（yield）的解释，实际上是对原住民二百五十年来遭受殖民者压迫的控诉："Baayanha 的意思是：yield——双腿弯曲，拖着脚小心翼翼往前走。而 yield 本身又是一个非常有趣的词。Yield 在英语中是收割的意思。是人类从土地中获得的东西，是他等待并要求据为己有的东西。比如生产的小麦。用我们的语言说，是你给予的东西，一种行为，事物之间的空间。这也是巴亚姆①的行为，因为悲伤、衰老和痛苦使人弯腰曲背。逝

---

① 巴亚姆（Baayami 或 Baayama）：在澳大利亚原住民神话中，巴亚姆是澳大利亚东南部土著澳大利亚人几个语言群体（如 Kamilaroi，Eora，Darkinjung 和 Wiradjuri）中"造物主"和"天空之父"的意思。——译注（本书所有注释均为译注）

者的尸体被埋葬时，每个关节都是弯曲的，哪怕不得不折断骨头。我认为这是一种忍受屈辱的弯腰，就像我们屈膝低头一样。弯曲，屈膝——baayanha。"

那种屈膝低头，直至折断筋骨的屈辱就是澳大利亚原住民浓缩了的历史。小说以艾伯特·冈迪温蒂编写的字典词条结束：

"Ngurambang 的意思是：澳大利亚。不管怎么说，那是我的家园……从北部的山脉到南部的 Ngurambang（恩古拉姆邦）边界。河水曾经从南部的河流流过莫伦比，注入小溪、潟湖和湖泊，养育着它身后的一切。Ngurambang 是我的家园。在我的脑海里，它永远是在水边。冈迪温蒂人曾经生活在、依然生活在那五百英亩的土地上。澳大利亚——Ngurambang！你现在能听到吗？说出来——Ngu-ram-bang！"

这是令人热泪盈眶的、澳大利亚原住民泣血的呼喊。那呼喊声中包含了他们世世代代的痛苦、辛酸和期盼。新一代的澳大利亚原住民作家塔拉·琼·文奇就是以这样的激情，延续着他们的血脉，延续着他们的文化与文明。

愿读者喜欢这本小说。

2022 年 2 月 26 日写于北京

一

　　我出生在恩古拉姆邦，你能听到吗？——恩古－拉姆－邦。如果你说对了，那声音会冲击你的嘴巴，你会在言词间尝到血的味道。每个人都应该学习古代语言①——第一语言——中表示"国家"的单词。因为这是通往历史的道路，是时间之旅！你可以逆流而上，一直回到久远的过去。

　　我的父亲名叫巴迪·冈迪温蒂，年轻时死于一种已经不复存在的疾病。母亲奥古斯丁，死的时候已经很老了。死于……嗯，也是一种"旧世界"②的疾病。

　　然而，没有什么会真正死去。相反，它会在你脚下，在你身边，成为你的一部分。看那儿，路边的草，风中弯曲的树，河里的鱼，盘子里的鱼，供你食用的鱼。什么都不会真正消失。很快，等

---

① 古代语言（old language）：指起源于古代的语言。没有正式的标准来认定一种语言是古老的，但传统的惯例是把那些存在于五世纪之前的语言划为"古老的"。语言学家罗杰·伍德沃德曾说过："也许，一种古老的语言之所以与众不同，是因为我们意识到，对于那些把它作为心灵亲密元素的人来说，它比他们更长寿。"根据这一定义，该词包括由最早的文字记载、历史语言学描述的古代语言，特别是古代古典语言，如古希腊语言、希伯来语、梵语、泰米尔语、汉语、拉丁语、阿拉伯语。这个词还可以包括其他古典语言和各种灭绝的语言。

② 旧世界（Old World）：也被称为非洲－欧亚大陆，由非洲、欧洲和亚洲组成，被认为是欧洲人在与美洲接触之前所知道的世界的一部分。

我"变"了，我也不会死。我一直记得《约翰福音》十一章二十六节：凡活着信我的人，必永远不死。然而生命从我身边匆匆而过，就像与每个人擦肩而过一样。

过去，我相信人们教给我的一切，认为人死了，一切都结束了。所以，作为一个年轻人，总是试图在短暂的一生中找到自己的位置，总是想如何自己决定自己的生活，但是在一个对我早有安排的国家，一个在我出生前，就已经在血脉中描绘出未来的国家，这实在是奢望。

我认为，唯一能控制的就是自己的脑袋，最明智的做法就是好好读书。于是我决定在这个并不真正允许我们读书的国家里这样去做。从石头里取水，明白吗？

遇到美丽的妻子之后——虽然"美丽"和她最不搭界，坚强无畏才是她最大的优点——她教会我许多东西。她教给我的最好、最重要的一件事就是学会写字，让我认识到自己不是一个靠白面粉和基督教养大的二流男人。是我的妻子埃尔西给我买了第一本字典。我想她知道她在播下一粒种子，在我心中生根发芽。字典是多么好的伙伴啊——那本书里的故事一定会让你大吃一惊。直到今天，它仍然是我最宝贵的财富。你就是拿中国所有的茶叶和我交换，我都不换。

埃尔西送我的字典是我写这本书的原因——我记录的想法就发端于此。就像牧师在传教站记下婴儿出生、洗礼的细节，牧场经理在牧场写下粮食配给的数量，"男孩之家"的太太、主人给我们写或优或劣的操行评语一样——那单子上的字，任何傻瓜都能查到并且知道它的意思。一本字典，即使它的语言不只属于我一个人，即使它是我们长大成人，活到足够长的时间之后，避之唯恐不及的东西。我写它，是因为有一种情感督促我记住，因为这座小镇需要知道我还记得——他们现在比以往任何时候都更需要知道这一点。

从前——对于我们冈迪温蒂家来说，有太多的"从前"。我们被赐予同样"无所不能"的魔法与符咒：那个永恒的 once upon a time（从前）。据说，教会给我们带来了时光，而教会，如果你允许，也会把它带走。我写的则是另一个时光，更为深邃的时光——一个长长的故事。这个长长的故事会一直延续下去，犹如时间的绳索，绕来绕去，永远不会直。这就是真实的、关于时间的故事。

现在面对我的 once upon a time 是，大街诊所的沙阿医生给了我一张脏兮兮的健康证明——胰腺癌——这下子我完蛋了。

因为他们说情况紧急，因为"教会时光"和我作对，我就赶快拿起笔写下来，把我记忆中的一切都传递下去。

所有我在风中找到的文字。

二

　　艾伯特·冈迪温蒂小时候曾在河边游荡，一直走到旺德。那时他满脸好奇，赤身露体，从帐篷村的帆布帐篷走到传教站的铁皮小屋，旁边是妈妈和还在妈妈肚子里的小妹妹。艾伯特记得他们怎样慢慢溜达，或者大步向前。骑着马的警察告诉他们跨过红河的路。河水被茶树①和其他东西弄脏。许多年以后，在他去世的那天，艾伯特又一次纳闷，流动的河水，对莫伦比河附近的老人来说是怎样一种感觉。那时候空气清新，一如"干净"和"肮脏"这两个词还没有出现之前那个时代。二十英尺深的河水清澈见底，大地哼唱着表达崇敬的曲调，日复一日，直到有一天戛然而止。世事变化得真快啊，他想。在他生命的最后几个小时，艾伯特坐在那儿，眼神和所有剩下的、很快就会聚集在一起的冈迪温蒂人的眼神一样。前面的折叠桌上放着那本即将完成的字典，桌子那边，是整个世界。突然，一阵狂风从莫伦比河吹来，他本能地用手压住那一摞纸，保护着那些字。可以肯定地说，他看见远处一群澳洲鹤在飞。再远一点，一群蝗虫在飞，天空变了颜色。这当儿，那摞纸一直违背他的意愿拍打着。他闭上眼睛，不知道自己是否要去别的地方。然

---

① 茶树（tea tree）：产于澳大利亚和新西兰，叶油可用于治疗伤口和皮肤病。

后，仿佛是受到风的鼓励，在祖先的催促下，他把手拿开，躬身望着天空，看到一页页纸在空中旋转、翻飞，最终消失在遥远的天际。

　　她挂断电话。外公艾伯特死了。离那个男孩学会杀兔子、女孩学会满怀悲伤生活的地方那么远。在那个遥远的地方，人们生来有罪却不愿承认。她在那里度过好几年。整天做些费力不讨好的事，或者躲在毯子下，逃避一个又一个季节。十年的岁月让她像一枚磨蚀了的硬币，所有的光彩都消失了。在世界另外一边，电话铃响之前她就醒了。煮咖啡，吃一片阿司匹林。其实奥古斯特每天早晨都会陷入两难的境地——睡觉和起床，只是这个早晨这种感觉更加强烈，她正处于年轻和年老的转折点，即将走出似乎会无限延伸的二十几岁的青葱岁月，却又没有什么可以展示的东西。

　　接到电话，听到这个噩耗时，她感到有一个黝黑的、三维立体的东西从身体里掉了出来，一个像"自我"一样坚实的东西。她不再觉得那么突然了。她知道自己以前也有过同样的感觉，尽管滚烫的眼泪没有流下面颊，也没有眯住眼睛。她的脸摸起来很凉，心跳放缓，眼睛干涩，仿佛裹了一层鸡皮的胳膊像细细的枯柴棒。她开始生火，从文件篮里拿起几张报纸，从板条箱上拆下几块木板，到公共厨房一个角落跪下，把报纸摊开，铺平，一手拿着斧头，一手拿着引火用的柏树枝。报纸上印着一张犀牛的小照片。图片上方用很大的黑体字写着：永远消失了——黑犀牛灭绝了。一个物种一声不吭！没有了！

　　她能感觉到想象中犀牛皮的味道，干燥、温暖、厚厚的皮，肌肉和泥土。她没有告诉任何人她记不起的事情，也没有告诉任何人她能尝出和闻到的味道——那些不该尝出和闻到的味道。

　　奥古斯特有个朋友，在夜校学习社会福利工作。她知道奥古斯

5

特总是挨饿，对"可怕的遗产"却一无所知。有一次，她膝盖上放着一沓课本，问起奥古斯特在学校里的情况。奥古斯特有问必答，告诉她，她只是吃午饭的时候才知道自己贫穷。告诉她，她和外祖父母住在一起的时候过得很好，总是把前一天晚上剩下的饭菜带到学校。她是唯一一个在教师休息室使用微波炉的学生。那以前呢？那以前……她不想告诉她。不想说妈妈给她打包的午餐很寒酸。而是说很怪。怪？奥古斯特耳边仿佛转动着一个看不见的涡轮机。朋友点点头，明白了她的意思。按照她接受的训练，闭上眼睛——这是一个安详的暗示，要继续下去。奥古斯特也闭上了眼睛，让自己回想往事。

今天是切掉面包皮的果酱三明治，明天是孩子们取笑的东西——七月是一罐圣诞姜饼人，十月是复活节小圆面包。有时候面包卷上涂了一些乱七八糟的东西，比如番茄酱。记得有几次打开午餐盒的时候，看到的居然都是食品模型：一小块塑料羊排，塑料苹果。母亲的幽默感！

奥古斯特还是个小姑娘的时候，不懂这种幽默，只是哈哈大笑。此刻，她们俩又笑了，直到奥古斯特突然伤心起来。她哭了。最后一次——她假装是笑出的眼泪。然后她们去了酒吧。奥古斯特没再告诉她什么。没告诉她，她如何"受洗"于太阳。没告诉她，虽然离她的国家、她的家园那么远，那么远，但仍然无法消除留在大脑灰色半球里尘土、柴油、肉和泥水的气味。也没有告诉她，本来绝不可能发生的最糟糕的事已经发生了。时间到了。

报纸上说的犀牛让奥古斯特想起，她从来没有去过动物园，从来没有在现实生活中见过犀牛——它可能是一只恐龙。那篇文章还列出了其他最近灭绝的物种。就像她想的那样，一声不吭！没有了！外公艾伯特·冈迪温蒂走了。地球上再也没有艾伯特·冈迪温蒂，也没有黑犀牛了。她抱来一抱树枝，往铁炉子里添柴。炉子离她很近，熊熊燃烧的火焰映红她的脸。外公艾伯特过去常说，大地需要焚烧，需要一场狂野而有节制的火，这是大自然矛盾的法则。不过，他说的是另外一片土地，不是十多年来奥古斯特已经熟悉的这个地方——永远潮湿的草原，于她而言陌生的榆树、白蜡树、梧桐树、榛子树，还有宁静的运河上枝叶低垂的白柳。在那里，杂色羽毛的小鸟聚集在一起，永远不会有火舌舔到它们身上。在那里，天空映入满是雨水的石井；早晨天低云暗，白昼总是迟迟不肯到来。

她知道她曾经那么了解那片可爱的土地。太阳张开手掌拍打着贫瘠的土地。她也知道她会回去参加葬礼。满怀离开家乡的羞愧回去，堵住他们撇着嘴表示的失望。回去找她在千里之外找不到的东西。

奥古斯特找到一个代替她洗碗的人，打包好她拥有的唯一一个包，在登机前关了电话。飞行中，她看着前排座椅靠背屏幕上的GPS，上面显示的数字忽高忽低。飞机掠过卡通般的海面。

飞机到达一定高度，越过时间线，进入新的坐标。她希望这足以抹去这次远航，抹去眼前的事实，抹去葬礼要背诵的悼词，抹去所有应该抹去的东西，抹去他们曾经支离破碎的家。就像一个世纪以来那样，没有神，没有政府，四海为家。然后奥古斯特纳闷是否还有足够的记忆可以抹去。飞行中，她梦见外公艾伯特。梦中的他没有什么特别的地方，但她知道那就是他。她不知道，他们怎么会到那儿——那一片田野。到那儿时，谈话已经进行了一半。他告诉她，有很多已成过去的东西需要记住，有许多故事需要记住，需要了解你的历史、你的童年，但有一些东西需要忘记。梦一开始，他就握住她的手，仿佛一场漫长的谈话就要结束，他说："记忆会成为一种折磨，如果你让它翩然而至，如果你让往事缠绕，像蚂蟥一样'安慰'你。"他还告诉她——历史的一个足迹就会产生一千种影响。因为人们无法忘记出生之前发生的事情，每天都会有一千场战斗在进行。"很少有比记忆更糟糕的东西，可也没有多少比记忆更好的东西，"他说，"要小心一点。"

三

　　Yarrany 的意思是：刺槐，或山胡桃金合欢。这本字典不仅仅是对单词的阐释，字里行间还有小故事。多年后，我找到了阅读这本于我而言第二伟大的书的最佳方式。起初，我像读《圣经》一样，从头到尾通读一遍。先是以 Aa 开头的词，你会找到 Aaron——《出埃及记》中的亚伦，摩西的兄弟，犹太祭司的创始人。Aardvark，食蚁兽——长着管鼻的动物，以非洲蚂蚁为食。也有一些词的缩写，比如 AA——Alcoholics Anonymous——嗜酒者互戒会①，人们戒酒的地方。那一刻，就像有人朝我肚子上打了一拳。我的妈妈，她说，"土著人真可怜，我的儿子。"她说，不管她做什么，人家都认为被她侮辱了，所以她干脆就让自己去做能想到的最侮辱人的事——带着他们带来的毒药②进城。

　　你可以这样继续阅读字典——从头到尾，就像飞镖，一往无前——或者你可以从 Aardvark(食蚁兽)，一下子跳到 Africa(非洲)，然后跳到 continent (大陆)，然后跳到 nations (国家)，然后跳到 colonialism (殖民主义)，然后跳到 empire (帝国)，然后跳到 A 部

---

① 嗜酒者互戒会（Alcoholics Anonymous）：1935 年成立于芝加哥的国际组织，成员不用全名。

② 毒药：澳大利亚原住民认为，殖民者从他们的国家带来的酒是毒药，故有此说。

分的 apartheid（种族隔离）^①。那是发生在南非的事情。另外一个故事。

我在《牛津英语词典》中查找以字母 W 开头那部分词汇，我们说的 wiray 应该出现在那里。它的意思是"不"。可是没有找到这个 wiray，我想应该查到。Wheat（小麦）在那里。但是翻到前面，没有看到我们说的"小麦"——yura。所以我想我应该列一个我们语言的单词表。鉴于我们的字母表里没有以 Z 开头的字，我就想，应该倒着来，朝和我成长其中的白人世界相反的方向出发，从 y-yarrany 开始。这就是你说的 once upon a time。请讲——yarrany，这是我们语言中的"刺槐"。我曾经用它做过一支长矛，用来杀人。

---

① 种族隔离（apartheid）：此处指前南非政府推行的种族隔离政策。

四

　　飞机在跑道上停下。奥古斯特走下舷梯，三十七摄氏度——相当于洗澡水的温度的热浪扑面而来。她就是出生在这样一个热浪滚滚的地方，但现在已经很不习惯了。在她的记忆之中，这里的夏天不是一个季节，而是一个永恒。她在航站楼，透支了自己的账户，租了一辆"经济型"小轿车，沿城市高速公路、内陆地区高速公路，最后沿着那条"破路"，花七个小时，到达大屠杀平原郊区。"破路"穿过沙石遍地的农田、刚剪过毛的绵羊的海洋、蔓延到干燥的黏土地的橡树林。现在和从前最大的不同不仅是牲畜更加疲惫，庄稼更加干渴，内陆地区更加炎热，而且气候和绝望之间明显的分界线止在消失。

　　前方路面不平，交通标志显示奥古斯特已经来到大平原。她第一眼看到的是炎热使得沥青路面的裂缝向四面延伸。公路那边，稀疏的草木编织成另一道风景。遥远的内陆，满眼棕色，十分干燥。

　　大屠杀平原镇居住着大约两千名当地人和他们的孩子以及孩子的孩子。镇子里一半妻子在商店或者酒吧站柜台，一半丈夫因为农场债务而有自杀倾向，大多数子女，被一份勉强维持生活的工资诱惑，报名参军。一年一度的"赛车日"到来之前，所有人都过着无聊的生活。有些人靠失业救济过活，有些人有工作，但很少有人有事业。

莫伦比河把镇上的人分开了。各个地方的诨名都来自超市的货架。比如"牛奶巧克力"指镇子北面老冈迪温蒂传教站，镇南维吉米特黑酱①谷是"黑家伙"们住的公共住宅②区。因为在咸味儿三明治上涂抹上维吉米特黑酱之后，黑得像糖蜜。人口普查显示，中产阶级居住在市中心，他们被称为"薄荷族"③。这种白色、耐嚼的糖果以单独包装而闻名。"薄荷族"的房子有门铃，门总是锁着。只有维吉米特黑酱谷的房子夜不闭户。"爱"和"打斗"在大街上来来往往自由自在。毫无怜悯之心的教区牧师常常造访这些人家。从来不锁的房门通向一个个破碎的家庭。饱受耻辱的单身母亲养育着沉默的男孩。这些男孩长大成人之后，变得愤世嫉俗。

奥古斯特不知道也不记得维吉米特黑酱谷的人们经历了什么。她的记忆力好得足以把那些不好的想法都埋藏起来，可靠得足以把好的想法也都压抑住。

在旺德老传教站外，一片桉树记住了两个世纪以来的一切。奥古斯特不知道树木看到的过往，不记得小牧场上扬起尘土的旋风，无害的小龙卷风。在一个孩子眼里，周围的风景几乎固定不变。大屠杀平原上大多数农家都在输电网络覆盖的范围之内，头顶的电线一天到晚嗡嗡作响。再远一点，比如南庄和旺德，随着发电机的启动和运转而活跃起来。她还记得发电机持续不断发出突突声。她记得——或者说想要记得——莫伦比河的清凉。外公过去把莫伦比河

---

① 维吉米特黑酱（Vegemite）：一种深棕色澳大利亚食品酱，由维多利亚州墨尔本的 Cyril P. Callister 于 1922 年开发。

② 公共住宅（government housing）：是住房使用权的一种形式，其财产由政府部门拥有。政府部门可以是中央的，为穷人提供的经济适用房。

③ 薄荷族（Minties）：是一个源自澳大利亚的糖果品牌，在澳大利亚和新西兰为各自的市场生产。一种硬的、白色的、耐嚼的、薄荷味的方形棒棒糖，咀嚼时会变得非常黏。

叫作"大水"，它曾经从南流到北，穿越一个州又一个州。奥古斯特对这条河的记忆很模糊，因为她还是个小女孩的时候，河水就停止了流动。这不仅因为大坝的建成，也因为雨水的逝去。有人说，因为整个地区足够多的人哭出来的水，莫伦比河认为根本就不需要它了。

奥古斯特在汽车熄火前停下来买香烟。她不想买，但知道她会买的。便利店外面被绿色的大网包裹着。她想，就像一件艺术品。人行道上，更多的绿色网丝正在出售。一卷一卷相互靠在一起，就像一捆捆织物，或者像她想象的那样，一群站在一艘正在下沉的轮船右舷上的人。绿色的螺栓旁边是几个板条箱，里面装着塑料绑带。她认出警察周末晚上经常拿着的就是这玩意儿。

她摸索着掀起挂在商店出口上方的绿网，迎面碰到另一位顾客，手里拿着一串钥匙，走进商店。他上了年纪，奥古斯特把纱门拉开时，他吓了一跳，跌跌撞撞向后退了几步。

"对不起。"她说，向他伸出那只空着的手。那人没用她扶，自己稳住了身子，仔细端详她的脸。

"你一定是冈迪温蒂家的女孩儿。"他和颜悦色地说，话头话尾都像奶油硬糖一样甜。

奥古斯特点了点头，紧紧抓着食品袋，放在胸前，下巴伸到那堆食品里。

"我一眼就能认出冈迪温蒂家的人。"他微微一笑，仿佛这是恭维，"请转达我们教会的慰问。"

"我会的。谢谢您……"她不知道对一个自己不认识的人如何表示敬意，只好说，"先生，谢谢您，先生。"

奥古斯特转过身，那人抓挠了两下，就像要抓住一个事后想起、正在飘走的想法。"上帝保佑。"他补充道。奥古斯特有一种如坐针毡的感觉，还闻到他皮肤上有一股刺鼻的气味儿。她一句话也没说就走开了。当地人对她毫不在意，都忙着往自己的店面搬东西。几个男人蹲在小卡车油箱旁边，把过滤网固定在发动机排气管上。奥古斯特眺望晴朗蔚蓝的天空——蝗虫还没有来。

在出租屋里，她可以看到依偎在地平线上的镇中心。自从她远走他乡，这里发生了很多事情。奥古斯特几乎错过了所有人的生老病死、婚丧嫁娶。随着时间的推移，她几乎忘记了这座小镇，尽管她一直对这个吞噬了她姐姐的地方耿耿于怀。她几乎每个月都给外婆和外公打一次电话，查看失踪人口数据库。给母亲写信，却如泥牛入海，杳无音信。她在网上看到了议会的公告。这些公告做出种种承诺，却从未有一件取得进展——什么兴建高速铁路、建一座农村大学、扩建图书馆。奥古斯特虽然转身离开了这个地方，但她仍然想让它拥有她。一段时间后，人们似乎习惯了两姐妹的离去。正如奥古斯特一直在打听吉达平安归来的消息，吉达也希望听到她的消息。可是谁也没有回来。

从便利店出来，她沿山脊开了两公里，来到最后一个拐弯的地方。又开了两公里到达旺德农场。租来的小轿车停在两个铁皮信箱旁边，惊起一群粉红凤头鹦鹉。她注意到，只有宽阔的弯道旁边黄皮桉树长得更高、更粗了。那里的路肩旁边堆积着沙砾，流动图书馆驶过时总是沙石飞溅。他们住的那条街离城太远，卖冰淇淋的车没法来，但图书馆的汽车每个月都来两次。放书的架子在车底板上东倒西歪，放杂志的架子用长条橡皮筋固定着。奥古斯特向薄荷树那边张望，汽车驶过一丛丛玫瑰，大路从那儿分开。从入口处驶过一条泥土汽车道到旺德家。那几幢房子离大路二十米远。另外那条岔路是一条一百米长的混凝土坡道，通往南庄。南庄过去、现在都粉刷一新。房子两侧是一片小果园。大门和房屋后面，是一片广阔的农田，五百英亩成熟的小麦一直延伸到树林。她一直记得，那树

14

林里的树木是生长在河边的桉树。

　　冈迪温蒂人一直生活在莫伦比河沿岸的不同地方。过去的一个半世纪，他们居住在旺德北部十公里、三百米高的肯加尔巨岩下面。在这片土地上的任何一个地方，每当田地里的冈迪温蒂人停下手里的活儿向北看时，都会看到肯加尔灰色花岗岩在不断变化的天空下永远不动声色。

　　在她右边，旺德改建过的教堂已经摇摇欲坠。从前，整个一楼虽然只有不到三十张长凳，也还说得过去。现在只能容纳很小一群人。周围扩建的平房就像从旺德伸展出来的木偶的腿。最初散落在这片土地上的十几间小屋，曾经是孩子们睡觉的地方，现在已经房倒屋塌，成了一堆堆烧火的木柴。

　　红色和橙色的瓶刷子花在寂静炎热的下午目空一切地挂在枝头。盛开的山龙眼花压弯了树枝，花露滴到阳台下的菜园。曾经整齐有序的一垄垄蔬菜变得七零八落。西红柿不等采摘就被炽热的太阳晒干。威利鹡鸰①在疲惫的茉莉和哭泣的赤楠②之间抖动着羽毛。旺德家的松木板在高温下开裂，油漆被时间刮擦得一干二净。窗户上满是灰尘，瓷砖从原本的位置脱落下来。一切都是黄绿色的，散发着刺鼻的香水味。很难看清旺德家从哪里开始，杂乱的花园到哪里结束。蝉鸣和鞭鸟的叫声萦绕着这个世界，奥古斯特在房前屋后徘徊，只是想更仔细地听那熟悉的音乐的声浪时才停下脚步。

　　极目远眺，奥古斯特看到五英亩远的田地中央，有一个为拖拉机遮风挡雨的铁皮棚，还有羊圈的棚顶、一吨重筒仓的金属盖。所剩无几的树木艰难地生长着，枝枝杈杈下面是一条自然形成的小

---

① 威利鹡鸰（Willie wagtails）是澳大利亚一种黑白两色、走路时尾巴快速上下摆动的小鸟。

② 赤楠（lilly pilly）：又名"鱼鳞木""赤兰""山乌珠"等，是桃金娘科、蒲桃属灌木或小乔木。

路。她知道，倘若只是随便瞥上一眼，或者在陌生人眼里，你不会注意到这里有什么特别。但她和姐姐对这个神奇的地方了如指掌。她们知道哪里是谁也找不到的藏身之处，哪里能找到让你垂涎欲滴、大快朵颐的美食。然而不是所有东西的内在都能看到了。她环顾四周，想看到吉达。可是吉达永远失踪了。

她又在旺德家周围转了一圈，看有没有蛇。因为这些影子似的家伙喜欢白天出没。她搜寻遍了这个地方，也没有看到蛇的踪影，最后 cooeed、cooeed[1]地叫着，跑到后面的走廊。一条蜷缩在两把藤椅中的一把上的卡尔比牧羊犬抬起头，叫了几声作为回应，然后把鼻子搁在爪子上，好像怕干活儿。她弯下腰，在狗的耳朵中间拍了拍，似乎让它放心。她从车里拿出包，回到游廊，推开纱门，十多年来，那扇门第一次在身后砰的一声关上。她把钥匙扔到那张做工粗糙、落满灰尘、污渍斑斑的木制餐具柜上时，纱门撞在门框上，反弹回来跳了几下。她推开通往大房间的那扇门，屋子里堆满了纸板箱和茶叶箱。看了一眼楼下的房间和浴室，她又到了外面，卡尔比牧羊犬一直跟在她身边，走过空荡荡的工人宿舍。她朝花园小棚子瞥了一眼，终于柔声细语地喊了一声外婆。有人大声喊道："吉达？"

"是我，外婆，奥古斯特。"她看见外婆在柑橘树周围转悠，手里抱着一篮子木头橛子，"外公的事我很难过，外婆。"

奥古斯特注意到外婆皱了皱眉，很后悔说这种不咸不淡表示安慰的话。埃尔西拽着奥古斯特的胳膊，把她拉到身边，吻了吻她的耳朵。这时两个人的心都平静下来。她伸出手摸了摸外孙女的脸颊，端详着她，好像要确定她是不是那个不见了的孩子。她那患关节炎的手指摸着她的锁骨，又迅速顺着手臂摸下去。奥古斯特不等

---

[1] cooeed：澳大利亚原住民拖长声音的招呼声，相当于"喂！"。通常在丛林中使用，用来吸引别人的注意，寻找失踪的人，或表明自己的位置。

她继续探寻，从外婆手里挣脱。埃尔西，像旺德家，像奥古斯特一样，都发生了很大的变化。她老了，好像结了籽的老倭瓜。

奥古斯特想起吉达失踪太久，悲伤仿佛已经是家人在内心深处写生的静物。但她知道，那是因为她还是个孩子，外婆和外公没有理由完全绝望。不过，现在家里没有小孩子了，用不着再为经受那种痛失爱子的巨大悲痛而担惊受怕了。埃尔西并没有绝望，丈夫的死没有使她完全崩溃。

相反，艾伯特刚死那几天，埃尔西觉得他还在。在另一个房间打盹，在花园里干活，或者为了防止膝盖老化，在马路上骑自行车。埃尔西的注意力都集中在外孙女身上——她已经很长时间没有见到她了。既想看奥古斯特，又不敢看，真有点进退两难。因为埃尔西看得出，她一直扮得像个男孩，把自己弄得别别扭扭。

埃尔西示意奥古斯特跟着她，向旺德家那幢房子走去。奥古斯特挽住她伸出来的手向前走去。进屋之后，外婆把篮子放在餐桌上，在躺椅上坐下。奥古斯特站得离她更近一点的时候，老外婆看上去似乎有点困惑，但头脑很清楚。

"喝杯茶，外婆？"

埃尔西点点头，站起身来，依偎着奥古斯特，用拇指擦了擦湿润的眼睛。奥古斯特不知道自己感到的是失望还是悲伤，埃尔西也不知道。

"加牛奶和糖吗？"

她们一起准备茶。埃尔西在厨房里活动自如。她的麻烦在手腕以下，别的地方没毛病。奥古斯特看着外婆拿起锅，放到灶台上。她朝锅里看了一眼，几乎有点害怕地等待着。"用我帮忙吗，外婆？"

"用呀。"在考虑晚餐吃肉和两份蔬菜时，她犹豫了一下，然后说，"把豆角从冰箱里拿出来，削土豆皮。"

豆角和削皮刀一起拿了出来。土豆放在水池下面一个柜子里。那儿一直是他们家放土豆的地方。埃尔西把一把直背椅子搬到厨房里，坐下来择豆角。她从远处默默地凝视外孙女，看到她这么大的变化，不由得噘起嘴唇，希望她开口说话。是呀，为什么埃尔西要先开口说话呢？毕竟，她想，这么多年，她一直在这里等她回来。先是奥古斯特年纪太小，自个儿不可能跑回来。后来，几年过去，她长大了，能回来探望家人，却也没有回来。埃尔西又想起，奥古斯特一直胃口不好，毁掉了她曾经的美貌。奥古斯特意识到外婆正在仔细打量她，便转过身，朝后门望去，那条狗正在那儿打盹。

"这条卡尔比犬叫什么名字？"

"斯皮克。你外公上个月给我买的。是条不错的小母狗。"

奥古斯特很想问些别的事情，但又不想马上就问。过了一会儿，实在忍不住了，问道：

"妈妈能来吗？"

"估计他们能在白天放她出来一会儿，不过别高兴得太早了。"

"她还好吗？"

"好不了了，孩子。"

"大伙儿都来吗？参加葬礼和别的活动。"

"是的，宝贝儿。准备好黄油。"

奥古斯特打开冰箱，把黄油拿出来，放到水池里，又回去削土豆皮。

埃尔西长叹一声："城里的人要接管这房子了，奥吉①。"

"那是为什么？"她问，好像没听明白怎么回事。

"市议会说，他们管不了这事儿。我们拒绝交出房子，可是几个月前召开的市民大会上说没有变通的办法。"她从椅子上站起来，

---

① 奥吉（Augie）：奥古斯特的昵称。

走回到躺椅旁边，那些令人伤心的事情已经让她筋疲力尽，"他们说这不是我们的土地，就连这间小房子也不是。是王国政府或者别的什么人的。亲爱的，去花园里采点鼠尾草①吧。"

奥古斯特拿着一把药草回到厨房，"那该怎么办呢？"

"不知道，奥古斯特。他们只是让我们等着瞧——"埃尔西连忙纠正自己，"他们是这么跟我说的。"

"如果你愿意，我可以留在你身边。我应该留下吗，外婆？"

"别说傻话了。"她说，垂下眼帘，不再说话。

奥古斯特提着包和生活用品走进阁楼上的卧室。这间屋子现在充作办公室。艾伯特的文件和书籍摊在一张柳条书桌的玻璃板上。棋盘上没有按"国王""王后""象""车""马"的顺序排列的棋子，旁边的盘子里装满木头棋子。奥古斯特记得外公教她下棋时，如果她碰了一个棋子，又改变了主意，他就骂她。"啊哈——你碰过了，就得算数，不能悔棋。"桌子上有一块彩色玻璃窗上掉下来的碎片——一片路德教玫瑰的花瓣。那是一扇很小的窗户，只有一个手臂那么长。有那么一刹那，奥古斯特突然想到，上帝现在会怎么看她？外公又会怎么看她"与上帝同在"？不过她很快就明白，这是一个没有答案的问题，一条没有目的地的道路。宗教在很久以前就离开了她和这所房子。奥古斯特想，用不了多久，人们就会蜂拥而至——以前的熟人都会来。她走进小屋，心想我知道这个地方。以前这里有一张双层床。她和姐姐出入成双，形影不离。在她的脑海里，十岁的吉达背着光，从阁楼小屋跑出来，跑下楼梯，从阳台上跳下来，穿过收割前的农田。十一月，拖拉机在田地里奔忙。这一年仿佛是一首歌——收获季节的合唱。之后，姐妹俩又从那里跑过，麦田里只剩下低低的麦茬，像猪鬃一样刺人。那是她们童年时代的快乐时光。

---

① 鼠尾草（sage）：一种可以用作调料的植物。

五

Bilirr 的意思是：黄尾巴黑凤头鹦鹉。Bil-irr 这个单词的末尾卷舌，最有音乐感的部分是"rr"。在澳大利亚，我想不出一个与之匹配的单词，但如果在苏格兰，就能想出来。那里的人说话不是平舌。bilirr 是一种颤音，舌头靠近牙齿时振动。bilirr 是一种美丽的鸟，结实，有劲，像鹰一样聪明。浑身墨黑，尾巴上的黄色羽毛在飞行中清晰可见。我一生都在看黄尾巴黑凤头鹦鹉。所有冈迪温蒂人都喜欢 bilirr。来旺德农场之前，我母亲住在莫伦比河下游四英里的帐篷镇，她在温暖的沙滩上，在 bilirr 呱呱呱的叫声中生下了我。

帐篷村被夷为平地之后，传教所变成传教站，我和其他孩子都被带走。记得我们走到"男孩之家"外面的平台上，站在一直挂在高处的牌子下。牌子上写着："像白人一样思想。像白人一样行动。做一个白人。"我抬起头，看着蓝天，又低下头，向山谷眺望，看到一个女人向我走来，穿过环绕整个房子的铁丝网。

我走到草地上对她说："日安。"

那个幽灵似的女人两手空空，还伸出手让我看。她有点像我妈妈，说道："wanga-dyung。"

"什么意思？"

她说："意思是，丢失了，但不会永远丢失。"

我说，明白了。她让我练习几遍。第一次旅行的情景我牢记心中。因为转身走进不到十步远的屋子里时，天低云暗，灰蒙蒙一片。女人走了，只有一只 bilirr 落在铁丝网上。就在几秒钟前，我便知道，天空不可能永远万里无云。那一刻，我意识到，是我离开了，而不是这个世界。

Yandu 的意思是：然而，如果，然后，何时，那时。我第一次听到 yandu 这个词的时候，还夹杂着一大堆别的词。就像在字词的菜汤里发现一块肉，然后把它挑出来看。那时候，我的祖先们每天都要来"男孩之家"。一群人，有老有少，还有小孩子会到户外厕所。任何时候——睡觉的时候，甚至早上整理床铺的时候，他们都会出现在枕头旁边。看着我，招招手，叫我去河边。无论我们在哪里，这条河都会出现。然后我们四处走动，谈天说地。老祖宗也会说英语，能把每一样东西都翻译给我听。夜里会生起一堆火，有时还会举行部族篝火晚会。大嚼大咬用热炭"焖"的袋鼠尾巴，或者在热炭上烤的鳗鱼。就在篝火旁，我学会了 yandu 这个词。每个人都在讲关于这个动物、那个动物，这个小伙子、那个女人的故事。笑话很多，笑声不断。我的曾曾曾祖父也在，他讲起故事总是滔滔不绝。我听到音乐般的句子，抑扬顿挫，d 这个音时不时脱口而出。大多数时候，大家围坐在火堆旁，我都插不上话。我能插上嘴，能找到 yandu 这个词的时候，就等他讲故事时停下话头。等到了，就说 yandu。他问："什么时候？""yandu."我又说了一遍，想让他告诉我这是什么意思。他搂着我，拍着我的肩膀，笑着说："儿子，yandu 是你故事的黏合剂。"我牢牢记在心里。

Baayanha 的意思是：yield——双腿弯曲，拖着脚小心翼翼往前走。而 yield 本身又是一个非常有趣的词。Yield 在英语中是收割的意思。是人类从土地中获得的东西，是他等待并要求据为己有的东西。比如生产的小麦。用我们的语言说，是你给予的东西，一种行为，事物之间的空间。这也是巴亚姆的行为，因为悲伤、衰老和痛苦使人弯腰曲背。逝者的尸体被埋葬时，每个关节都是弯曲的，哪怕不得不折断骨头。我认为这是一种忍受屈辱的弯腰，就像我们屈膝低头一样。弯曲，屈膝——baayanha。

Minhi 的意思是：妹妹。干旱一次又一次袭来，两年间，田野里只有枯死的野草。农场没有收成，我们无活儿可干。这时候，我只能去放羊、放牛。骑在高高的马背上，戴着宽边高顶斯泰森牛仔毡帽，带领牛群来到水边。那是美好的岁月，我有生以来第一次交到朋友。我有很多想和人们谈论的事情。我问一个来自我们那一带的流浪汉家里的情况：他们家是不是和我们沾亲带故？他转过身，用马镫碰了碰马肚子，对我的话题不感兴趣。我了解到，农场和丛林外的许多人见了面都喜欢先谈论牲畜或发动机，然后才说出自己真正想说的话。"像我们这种人的家谱现在只限于丛林里了，不是吗？"他说，"有的人把自个儿修剪得很好。"我永远不会忘记这些话，因为听起来像一首悲伤的诗歌。我想这是真的。因为我活了这么多年，失去了很多陪我长大的人。妈妈，爸爸，堂兄弟姐妹，还有我的妹妹，我的 minhi。小时候，在"男孩之家"，我从来没有忘记住在河边的家人。每天夜里，月亮都会来到宿舍窗前，让我想起家人。想起原野那边，"女孩之家"的 minhi。尿像水银一样流过粗麻布床，流到石头地板上，惊醒住在一起的小男孩。毕竟我当时只有三岁。我从未忘记她。我们俩被带走的时候，玛丽还是个婴儿。这是个悲伤的故事却有个幸福的结局，因为我们又找到了彼此。她和我不一样，我们不会像我希望的那样深情拥抱。但我们又成了兄妹，这很特别。我又成了哥哥，她成了我的 minhi——小妹妹。

六

　　奥古斯特和埃尔西最终也没有吃饭。埃尔西又一次没到婚床上睡觉，躺在长沙发上睡着了。奥古斯特走到外面，看见工人宿舍的窗户黑乎乎的。她想起星期六他们聚在一起的情景，想象着灯又亮了起来。自从吉达失踪，就没有工人在那儿住过。从那以后，那几幢房子的门就关闭了，灯也灭了。埃尔西和艾伯特也让他们那幢房子前面的布道室和空手道室安静下来。吉达的所有照片都被取下来，用细棉布包好，放了起来。就这样，这个家变成了一座房子，人们再也没有谈论过吉达·冈迪温蒂。起初，街上的人一说起这事儿就摇头，母亲们都落泪。喝下午茶时，偶然有几个人经过，都大声说：怎么会发生这么糟糕的事情呢？

　　这太令人费解了——她居然消失得无影无踪。有人窃窃私语，有人默默流泪，但没有人知道答案。从那以后，孩子们的童年就不再那么无忧无虑，而是充满了危险。放学之后，父母从学校直接接走孩子。家长志愿者在公共汽车站轮流值守。他们手持名单，上一个孩子，划掉一个名字。很少有人被允许独自走回家。在街上玩耍几乎是被禁止的。春天，没有人再把一束束紫色"帕特森诅咒"①卖给路过的游客。不过，在大屠杀平原这样的地方，小镇的特点就是他们热爱自己拥有的一切。或者，即使不喜欢这些东西，也尽最大的努力坚持下去，保护它们不受外地人、游客和富豪的干扰。但是冈迪温蒂不是"自己人"。如果看到一位叫冈迪温蒂的独自步行回家，他们从来不会多问个为什么。那个星期，迫于压力，新闻播音员播报了两次吉达的名字，闪现了两次学校的照片。之后，吉达和别的那些失踪的孩子——像她一样棕色皮肤的孩子——便成了一个被制造出来让人遗忘的谜。

但是冈迪温蒂一家（还有柯斯、吉布森、格兰特和其他类似的家庭）却不能忘记。到了第二年，家里每一个女人的头发几乎都变成银丝。奥古斯特的姨妈们都显得苍老，满头灰白。每逢宗教活动的日子和节假日，房子里都变得鸦雀无声。即使有什么声音，也都变成了白噪音②。所有的问题又重新浮现在脑海之中，所有的怀疑又在眼前排演一番。在这个曾经麻木的小镇山谷里，每一种想象的组合都在他们脑海里回响。奥古斯特，只有九岁——她的心像泡泡糖拉出的一条丝，一直拉到断裂。它就那么断了。

有一次奥古斯特从大屠杀平原跑出来，并创造了一种类似于生活的东西。当有人问她是否有兄弟姐妹时，她会告诉他们，她有一个姐姐，但从未说过她失踪了。奥古斯特在天地万物间创造出一个空间，那是她想象之中可能去过的地方。二十岁的时候，吉达在一所遥远的大学读书。三十岁的时候，她就要在城里生下第一个孩

---

① 帕特森诅咒（Paterson's curse）：一种车前草（Echium plantagineum），通常被称为紫蜂蛇（purple viper's bugloss）。原产于西欧和南欧，后被引入澳大利亚、南非和美国。由于其含有高浓度的吡咯里齐啶生物碱，对牲畜，尤其是消化系统简单的牲畜，如马，是有毒的。吃多了会导致死亡。
② 白噪声（white noise）：用以掩盖令人心烦的杂音。

子。有时候，她干脆说她死了。生或死都具有终结性，地狱却无边无际。没人愿意听到有人失踪的消息——一个人突然消失不见了。

现在，在田野里，她的皮肤一阵阵刺痛，不由得想起以前发生的一切。她想起外婆说过的话——他们将失去这幢房子，所有冈迪温蒂人要永远离开这里。尽管那些糟糕的记忆开始渗入她的皮肤，但对她来说，被迫离开这个地方仍然是不对的。她想，即使像外公经常说的那样，一路回到河岸，甚至更远，也不对。天气变了，微风吹拂着树木，奥古斯特从隐藏着星星的黑暗的田野抬起头来，闻得见雨水从天而降前好闻的味道。她脱掉鞋，短短几秒钟之后，突如其来的大雨就在周围的沙土上砸出一个个"疤痕"。这是一次突如其来的爆发。热气上升，但还不足以破坏坚硬的表层土壤。奥古斯特想起外公常说的话，干旱后喜降甘霖是小麦丰收的最佳条件，但也为蝗虫暴发创造了最佳条件。简而言之，他说，有时候连一线希望也没有。

在以前四壁环绕的卧室里，她对着打开的百叶窗抽烟，手指拨弄着那包香烟，嘴巴还想要更多的东西——一种说不清的抚慰。不是一个吻，不是一顿饭，也不是一杯酒，而是一种许久得不到的东西。因为她是女孩，这种渴望让她越发有一种抓心搔肝般的感觉。仿佛有什么东西完全停留在她的舌头、她的喉咙。那是一种好像什么话都没说过的感觉，一种生活在异国他乡的感觉。她怎么会按照别人的眼睛而不是自己的眼睛看待这个家？这种感觉早在吉达失踪之前就已经在她心里泛滥了。

她掐灭香烟，看了看放在房间角落里的那台电视机。这台电视机先前放在楼下。就是在那里，新闻播报员起初号召人们到房前屋后、水坝粮仓和废弃的水井搜寻。有的人还带着狗查找。最初几个星期，奥古斯特在没有兄弟姐妹陪伴的情况下，独自一人游荡到毒水湾平原，吃根和块茎。她把几片长喙桉树皮放到嘴里，树皮像纸一样薄，在舌头上慢慢融化。她还吮吸芦苇秆里的汁液，被迫吃一点泥土，提高免疫力，让自己不受伤害。她要把吉达失踪的地方所有的东西都吃掉。吃到永远吗？她想，如果能吃掉整个地球，成为地球的一部分，她就不会像吉达那样消失得无影无踪了。一个月后，当吉达仍然下落不明时，艾伯特在烈日下给奥古斯特施洗。她在哭泣。人们都被召集在一起，大谈他们抚养的孩子们神圣不可侵犯的童年。然后外公把水浇在她的头上，背诵着对死者的宽恕：

"让小孩子到我这里来，不要禁止他们。因为天国是他们的。因为一切荣耀、尊贵、敬拜，圣父和圣灵，都当归于你，从现在直到永永远远，直到千古。阿门。"①

他告诉奥古斯特，这是为了保护她。而她觉得，在他手里，血液直往头上涌。她看到这个世界在颠倒，上下颠倒，就像她一直以来看到的那样。

---

① 《圣经·马太福音》十九章十三至十五节。

七

Nadhadirrambanhi 的意思是：战争。这里曾经有过一场大战，这正是这个城镇最终得名的原因。这场战争持续了一百年。每个人都在打这场战争，甚至"甘"号列车[①]的员工和这条铁路的养路工人也与冈迪温蒂人并肩作战。这场战争始于冈迪温蒂人反对定居者抢占他们的土地，挖走他们赖以生存的块茎，破坏他们一直以来从事的牧业生产。冈迪温蒂人是农民和渔民。很久以前，他们就在这里耕种土地，他们甚至在这里度过了罕见的严冬。把负鼠皮斗篷翻过来穿在身上，把鹈鹕油搽在皮肤上保暖。

冈迪温蒂人真是受够了。他们经常饥肠辘辘，因为袋鼠不再来狩猎场，因为他们祖祖辈辈都认为，即使千变万化，他们都拥有脚下那块土地，都可以按照自己的需要使用土地。于是他们开始把目光投到白人养的牛身上。他们用杂种狗和澳洲野狗把牛围在一起，然后就去追赶小母牛，直到它们筋疲力尽，直到变成一场狩猎，他们举起长矛把牛刺死。母牛一定吓坏了，肉总也煮不烂，就像"男孩之家"的猪排一样硬得咬不动。不过他们不吃肉，只吃脂肪、肝

---

① "甘"号列车（Ghan）：是澳大利亚往返于阿德莱德、艾丽丝斯普林斯和达尔文之间的客运列车。由大南方铁路公司运营，全程二千九百七十九公里，需要行驶五十四个小时，中途要在爱丽丝斯普林斯停留四个小时。

27

脏和骨髓。定居者非常愤怒，野蛮的冈迪温蒂人不尊重他们的新篱笆。然后就是报复。成千上万的人死去，连冈迪温蒂家族的婴儿也未幸免。那时候，河水流淌着鲜血，泥土永远从黄色变成粉红色。大屠杀平原诞生了，冈迪温蒂人，看着枪管黑洞洞的眼睛，被吓坏了。

Galing, guugu, ngadyang 的意思是：水。牧师在他的日记里把这个字写成 culleen。他在听那个家伙说话，尽可能仔细地听。我一辈子都生活在水的附近，我们人类也是从水里来的。我们最初出生在水晶之中，那是坚硬的水。我们是鸭嘴兽的亲戚，它们是水中的动物。然后，妻子埃尔西和我一起生下了米茜、乔琳和尼基。出生在水边，大河——莫伦比河。

Nguluman 的意思是：大水坑，向下流去的河水。我们家附近有一个大水坑，就在麦田的角落，实际上是莫伦比河一条小小的支流。不过水坑永远不会溢满。如果有水流动，也只是那么一小段，水永远不会深得足以漫过整块湿地，然后涓涓细流又流进水坑。人们管这个地方叫毒水湾。

Yulumbang 的意思是：金合欢花，金合欢树。祖先告诉我所有的植物、树木，以及如何使用它们。他们告诉我这些植物孕育着种子，这些植物是我们的母亲，所以我只能用它们来养活冈迪温蒂家人，而不是用来买卖，只是为了生存。记住，无论走到哪里，你触摸到的树木和植物都是神圣的。Yulumbang 是一种很有用的植物，可以派许多用场。绿色的种子还在"豆荚"里的时候就可以放在火上烤，然后可以像豌豆一样吃。如果你把它们炒熟，再磨成糊，吃起来就像花生酱。Yulumbang 浅色的树脂可以像棒棒糖一样吮吸，但深色的不行。深色的太苦。这种树胶被称为 mawa。

Ngarran 的意思是："虚弱""饥饿""沮丧"。你永远都不应该大声说出这个词，因为它会控制住你。你说一件事的时候，就会被这件事纠缠不休。奥古斯特和我们住在一起时，常常尖叫、哭泣，大声喊："我饿了！"于是她就 ngarran，她就被所有这些东西缠绕。我知道她从过去到现在，生活中拥有的只是 ngarran。我们就告诉她，快闭上嘴巴，因为它告诉你错了。任何人都可以说，我不 ngarran。因为我在控制自己——我可以把它变小，放在手掌里。我并不认为这样做总有效，但它给你一个放松身心的机会。归根结底，ngarran 是生命的一部分——你不能让它消失，它也不会一夜之间消失，但可以让它安静。

Maranirra 的意思是：好，做好。如果养育一个孩子需要一个村庄的努力，抛弃一个孩子也需要一个村庄。错误已经铸成，现在我想做 maranirra。我们都应该做 maranirra。

Yura 的意思是：小麦。我一辈子都和 yura 打交道。即使在"男孩之家"，吃饭时也要为食物祈祷祝圣。尽管吃的几乎都是玉米饼或硬面包，我们还是会背诵："上帝保佑，上帝是我们的食物，愿全世界都衣食无忧。"我很喜欢大声说出这番话。许多人对小麦都非常了解，不仅仅在这个国家。不管怎么说，谁都知道面包。冈迪温蒂家族的人有自己的面粉。这些面粉是专门为冈迪温蒂人的成长生产的。我们一直在麦田里干活，我爸爸也是，爸爸的爸爸也是。我想，如果地球停止旋转，我们这块土地奉献的将是世界上最后一粒小麦了。旺德大部分地区的土地都很肥沃。不过，虽然我们这群人生活在肥沃的土地上，但我们从未变得富有。

Dhaganhu ngurambang 的意思是：你的国家在哪里？这个问题并不是问你的国家在地图上哪个位置。当我们的人民问"你的国家在哪里"时，他们问的是更深层次的问题。谁是你的家人？你和谁有亲戚关系？我们是亲戚吗？我读过一个故事，说有人想要绘制一幅比例为一比一的地图。这样的地图就能以真实的大小覆盖所有的海洋、山脉和陆地。我给女孩子们讲这个故事的时候，她们都笑了起来。想象着在黑暗的天空下走着，把那"地图"举过头顶的情景。这就是地图的作用，把灯关掉，让你什么也看不见。地图不是重点，我们说的国家是由不可能的距离组成的，只有通过时间之旅才能到达的地方。说我们的语言，用歌声唱出群山的存在。

Guluman 的意思是：独木舟，树皮碗，或者盘子。埃尔西和我庆祝结婚纪念日的时候，外孙外孙女还很小。由玛丽照看。我们乘坐灰狗巴士，就像美国蓝调歌曲中描绘的那样。我们一路向前，去了艾丽丝斯普林斯，然后去了乌鲁鲁——就在这个国家中部。我们在那里遇到一些很正派的黑人，那里也有一些女人在制 guluman，我们买了一个带回家。我想回旺德后做同样的事情。我们带回来的这个 guluman 让我想起老祖宗给我看过的东西。他们说，我们家族也有自己的 guluman，从前常常用那玩意儿盛鱼带到大水坑。我们家族过去也养鱼！那次旅行之后，guluman 让我们想到，我们的民族有久远的历史——我们要走多远，才能重新审视自己，才能再次为我们的文化而自豪。

Bangal-ngaara-ngaara 的意思是：世界，全世界，所有地方。有一次，我正准备做家务，"白鬼"来了。我们就去跳舞。那时候，我大概十三岁，还没有参加过舞会。我们家的人都来参加篝火晚会。他们教给我跳乌鸦舞。跳舞的时候，我们飞向天空，做人做不到的事情。我们去了 bangal-ngaara-ngaara。我的祖先，我的曾曾曾曾祖母在那儿。她教给我什么是死亡。"我们在飞行，"她说，"谁都不会死。"我说："我认为会的，我爸爸就死了。"她用爪子从我翅膀上扯下一根羽毛，说："这不是你的。如果我把你身上所有的羽毛都扯下来，那就不是你了。""我是什么？"我问。她说："你是电，电是不死的。只是去了别的地方。但羽毛不是你。舞蹈时，我们去了一千零一个地方。"她告诉我，所谓"尘归尘，土归土"只是指我们休息的地方——有的地方在大地，有的地方在水里，有时候还会在什么地方烧成灰。她说："那地方时而是土，时而是水，时而是闪电。"她说完之后，我们就飞回到篝火旁。我的祖先整夜跳舞，在火堆旁吃着宽咚①果。果子很甜，吃完之后，我很长一段时间都没睡。到了睡觉时间，他们把我带回到"男孩之家"。那天晚上，我躺在床上，非常害怕自己会死。怕他们告诉我死的原因。但那天晚上我没有死，我想他们只是想告诉我一些事情，但并不总是以我所想的方式。我意识到我只是在学习，并不需要特别的顺序，他们只是让我学习我每天都需要的东西，而不仅仅是我害怕的东西。

---

① 宽咚（quandong）：学名尖檀香（Santalum acuminatum），广泛分布于澳大利亚中部沙漠和南部。这个品种，尤其是它的果实，也被称为宽咚桃或本地桃。这种水果被用作一种奇异的调味品，是最著名的丛林食物之一。

八

奥古斯特在来外婆和外公家生活之前就有一种想吃东西的强烈的愿望。在父母家里，孩子没有什么东西可吃。如果幸运的话，会有点德文郡的肉，白面包吃得太快，水果不新鲜，早就该扔掉了。食品银行①的东西需要重新加工才能吃。吉达和奥古斯特都喜欢拿意大利面条当零食。她们把面条一头伸到砂糖袋里蘸点糖，送到嘴里嚼成糊咽到肚里。不过，每隔几个月，会吃点奶酪。一大块切达干酪②包在薄薄的铝箔和蓝色包装纸里。奥古斯特会一直等着，直到父母在电视机前坐下，然后偷偷溜到冰箱前，先把电源插头从墙上拔下来，再打开冰箱门，取出奶酪，轻轻地打开密封条，用不着担心会有灯光照射出来。然后，她会大口大口地咬着，直到奶酪吃完。那时候，她欣喜若狂，几乎要哭出来。

奥古斯特的父母发现冰箱空空如也之后，会尖叫，砸东西，摔门。父亲板着脸，取下皮带，两头系在一起，活像一个鱼嘴，然后"啪"的一声，猛地抽下来。不过他从来没有打过她，只是吓唬吓唬这两个女孩。他们会用黑肥皂和水冲洗她的嘴巴，然后骂道："你他妈的从哪儿来的？你出身贫寒吗？"她知道自己不是，而且知

---

① 食品银行（food-bank）：领取捐给穷人或无家可归者食物的地方。

② 切达干酪（cheddar）：一种黄色硬奶酪。

道他们并不是真的问她这个问题。她知道自己出生在哪里，出生证明装在塑料袋里，藏在床铺下面。她知道奥古斯特·冈迪温蒂愚人节那天出生在大屠杀医院产科病房（外婆后来告诉她，脚先出来）。母亲是乔琳·冈迪温蒂，失业。父亲是马克·肖恩，失业。姐姐吉达，十二个月。

头几年，他们一家从大屠杀平原搬到南面的阳光镇，两个地方之间的距离步行大约五个小时。他们住在破败不堪的石棉水泥①房子里。父亲的一些亲戚也住在那儿。家里总来客人。奥古斯特记得她总是想听他们说些什么。对吉达和奥古斯特来说，家里的一切都是陌生的，不仅是食物和混乱的日子。生活似乎被某种不为人知的秘密掩盖住了。他们就那么有一搭没一搭地聊着，如果真想让两个小女孩走开的话，就伸手向客人要两角钱或一块口香糖。两个女孩拿着"战利品"，跑到小院子里，用洗碗布搭"帐篷"玩，或者玩小游戏"舞蹈老师"——吉达当老师，奥古斯特当学员。在屋子里的时候，奥古斯特伸出舌头，去感觉香烟的烟雾和灭蝇剂的味道。她什么都想尝一尝，即使那一刻，屋子里弥漫着辛辣刺鼻的气味。

他们家之所以离开阳光镇，又回到旺德家，是童年时代混乱不堪累积到一起的结果。老师无数次提醒她们，要让父母送她们按时到学校，或者要来学校在这个那个文件上签字，或者按时来学校接她们回家。因为学校的门卫不能为了等一个人在门口待一下午。她们的父母更像玩伴，尤其母亲。乔琳吸毒之后和她们依偎在一起，喝醉酒的时候和她们一起玩耍，绕着房子潮湿的墙壁奔跑。霉菌像难看的胎记一样在壁纸的皱褶和天花板上生长。湿漉漉的墙壁会让她们哮喘。

姐妹俩这样玩的时候，一切都很完美。

---

① 石棉水泥（fibro）：以沙子、水泥及植物纤维混合而成的建筑材料。

妈妈迟早会离开房间。然后就听不到别的声音了，屋子里只有滚石乐队①的歌声，直到乔琳忘记做晚饭，她们才去叫醒她。这顿饭要花很长时间，因为妈妈在那种状态下，迷迷糊糊，无论做什么，似乎总是从零开始，要么就是做了一半儿，或者最后一分钟把手里的活儿忘得精光，倒头就睡。结果，吉达和奥古斯特只得在她睡觉的时候把饭做完。她们会把最爱吃的豆子放在烤面包片上，等妈妈醒来，她们会洗盘子，刷牙，然后掖好被子睡觉。吉达先给奥古斯特掖好，然后掖好自己的被子。几个小时后，乔琳走进来吻吻她们的额头，撩开奄拉在脸上的头发。奥古斯特假装睡着了。那一刻，她最爱的人是她。他们从来都不是坏父母，只是没个正形，太年轻太愚蠢，作为父母是"菜鸟"——她过去常常这样想。

　　后来一个冬天，一场罕见的冷雾吞没了他们这一带，几十年来第一次下雪。除了他们家的屋顶，所有的屋顶都被冻成白色。警察在那个寒冷的早晨开车经过时注意到了这一点。结果在他们家下水道井盖旁边发现了九十五棵大麻。在长长的荧光灯管温暖的光芒照耀之下，这些大麻长得枝繁叶茂。警察来到门口，使劲敲门，两个女孩吓得浑身发抖。父母被戴上手铐，押到拘留所，然后关进监狱，这一切都发生在早餐之前。第二天，这所房子上了报纸，社工开车把她们送到紧急寄养所。她们张皇失措，在那儿待了好几天。外婆和外公闻讯赶来，直到女孩们安全了才离开。埃尔西和艾伯特离开之后，蜘蛛在墙角织网，蛇在空荡荡的房子里窜来窜去，而一阵阵旋风警告孩子们离开这里。但是，离开时的"二重唱"回来时成了"四重奏"。她们一路唱着《车轮转转转》②，玩着"侦探游

———————————
① 滚石乐队（The Rolling Stones）：是一支英国摇滚乐队，1962 年成立于肯特郡的达特福德。
② 《车轮转转转》（Wheels on the Bus）：一首美国儿歌。

戏"①回到旺德。那时奥古斯特八岁，吉达九岁，两个人开始和外祖父母艾伯特、埃尔西一起，在大屠杀平原旺德家生活。传教站的教堂变成农场工人的住所，柠檬色油漆已经变旧，还为剪羊毛工人扩建了几幢房子。五百英亩土地无法摆脱往日痛苦的记忆，那里的一切都是错的，一次又一次的错误。她们被送回到出生地，那里的生活条件已经变得很好。

奥古斯特认为，没有任何时候比她八岁时经历的变化更大了。

然而她错了。

---

① 侦探游戏（I Spy）：一种儿童游戏，玩法是一个孩子选择一件物品并只透露物品的颜色，其他孩子猜测是什么物品。

九

Dulbi-nya 的意思是：崇拜，弯腰。我想土著人之所以如此热爱牧师带来的上帝，是因为生活中特别需要他。因为我们一直认为，必须有更好的神。崇拜来得很容易——当我们听到有个名叫耶稣的哥们儿带着上天所有的旨意从世界另一边的沙漠来到这里的时候，我们就说，好吧，欢迎。可问题是，他们不允许土著人跨越他最熟悉的世界——没有语言，没有狩猎，也没有仪式，没有我们世世代代的传说，只有强加到我们头上的法律。我们本应得救，但仍在奴役中。我们敬拜上帝，弯着腰，dulbi-nya。我们以前也这样敬拜过：对酿蜜的蜜蜂、慷慨的负鼠、仁慈的太阳、无穷无尽的水——很久很久以前，我们的生活就充满了 dulbi-nya。

Ngunhadar-guwur 的意思是：地下。地下有什么？为什么那些采矿的乌合之众想把它们都挖出来，然后全部归他们所有？我觉得那些闪亮的 ngunhadar-guwur 的东西不应该属于任何人，只属于大地母亲。我认为货币应该"回炉"，用我们的伤熬制止疼的药膏。这很奇怪，不是吗？我们从来就没有过"财富"这个词。

Gulbarra 的意思是：理解。我们一生都在做这件事——试图去理解和被理解。从年轻到年老，我们都在深思。我渐渐明白，世界并非在我出生之时才开始，而是在生命中的某一个时刻即已形成。我们意识到，我们看到，早在人类还是生死之链中鱼肚子里面的精液时，分歧即已形成。我很快就要离开这个纷繁复杂的世界，一个充满斗争的世界。我看到了太多的斗争。"爱你的邻居"这是《圣经》里的一条戒律。Bilingalgirridyu ngaghigu madhugu，这是我们的戒律，翻译过来就是：我会照顾我的敌人。都是 gulbarra 的意思。

Yalmambildhaany 的意思是：老师。"男孩之家"是我接受教育的地方。就在那儿，他们告诉我这个词是什么意思。我在那里学会了读和写，但知之甚少，不像现在知道得那么多——学习标准英语是后来的事了。那时，我们只是学习老师用手写体写在黑板上的格言：我喜欢坐在阳光下。上帝创造了太阳。我们的 yalmambildhaany 是莎莉 - 安娜·马修斯夫人。她性情开朗，和这个美丽的名字很相配。马修斯夫人的钱包里装着碘酒和很硬的糖块儿。这是经理给我们惩罚之后，她给予我们的安慰。像万物一样，我们成长需要雨露，而他既不会给我们"露"，更没有"雨水"。她甚至会拥抱我们！对于我们这些没有父母在身边的孩子来说，被拥抱是一件多么美好的事情。我想妹妹玛丽在"女孩之家"从来没有被谁拥抱过，即使在温暖的拥抱中她也会冻僵。我为妹妹遗憾，她没有一个像马修斯夫人——一个心地善良，但却被错误教导的人——做她的 yalmambildhaany。

Nguwanda 的意思是："时间""很早以前"。回头看看，这并不总是一件好事。他们告诉我，nguwanda 是一个和平的时期。在其他人的故事中，他们被告知，nguwanda 也是和平的。在很多方面事情都是朝着好的方向变化，所以回首 nguwanda 很重要——但这只是为了理解，而不是停止前进，也不是完全回头。

Birrabuwuwanha 的意思是：回归。我不是个非常好的父亲。我总是想别的事情，要么就是在田地里干活儿。大牧场最终被关闭之后，财产投放到"家园农场"租赁市场。伯纳德·福斯塔夫是个好人，让冈迪温蒂一家继续住在棚子里，在地里干活儿，养牛，换取旺德的某种所有权。听说他们在为季节工找一位经理。我就骑马去旺德。那是自从我被带走之后第一次回故乡。纵马驰骋的时候，老祖宗们和我在一起，跟我说话。他们说，听说我要 birrabuwuwanha，有些人很担心，有些人很高兴。我曾经和福斯塔夫老人聊过一次，他是个喜欢科学的人，对种地不感兴趣，后来教我下棋。他问我是否结婚了，我告诉他还没有，但希望有一天能结婚。他雇我管理工人和老教堂。不到五年，我遇到了埃尔西，我们在自己那个角落安顿下来。即使我不是一个细心的父亲，我也认为在我们住的那个地方，女孩子们生活得很好。福斯塔夫先生让我种树，把那个角落当作自己的一方天地。就这样，我们回家了，留在乡村。多亏了福斯塔夫先生，我们都 birrabuwuwanha 了。老祖宗也很喜欢这里。我们甚至用不着去神秘的丛林。我们可以待在自己的家园，他们会告诉我需要找到的一切。

Bulaguy、miranggul 的意思是：滨藜①。我们这儿有老头儿滨藜、棉花滨藜、蔓生滨藜、多刺滨藜和红宝石滨藜。都是很好的丛林食物——"老头儿"的叶子可以用来给肉调味，红宝石滨藜的茎和叶可以煮着像蔬菜一样吃，浆果又大又红又甜。老祖宗以不同的方法

---

① 滨藜（saltbush）：学名 Atriplex patens，为双子叶植物纲、藜科、滨藜属的植物。分布于西伯利亚、中亚、东欧以及中国的宁夏、黑龙江、吉林、甘肃、陕西、新疆、河北、内蒙古、辽宁、青海等地，是沙漠中的常见植物。

使用不同的滨藜。这种植物能把土壤中的盐分带走，生长过程中还能改良土壤。真是太棒了。

Dhalbu 的意思是：树液。红木①的 dhalbu 曾经救过我们冈迪温蒂家的人。我们被赶到一起，要被白人带走，被迫学《圣经》，被迫训练成劳工和仆人。老姑奶奶们吓得拔腿就跑，想把肤色比较浅的小宝宝藏到丛林里。有的人确实跑掉了，再也没人见过他们。有的人来不及离开，就用 dhalbu 把孩子涂成黑色，把他们伪装成血统纯正的黑人。有些人后来被抓获。我和老祖宗们一起旅行时，看见他们在河边徘徊，鲜血和树液浸透了他们的身体，就藏在眼前，仍然害怕。

Yarra 的意思是：说，讲，告诉。我请沙阿医生 yarra——把所有的坏消息都告诉我。那是他的义务。"不用担心，"他让我到布罗肯临终关怀医院住院时，我对他说，"我要离开这个世界了，就像来的时候那样——从河边来，到河边去。"他没和我争论，只是安慰了我几分钟。我想，或许因为他不得不这样做。这家伙我已经认识很久了。我们像男子汉一样解决问题，握了握手，他就让我上路了。自从我们回到旺德，埃尔西就一直在哭。我轻轻地捧着她美丽的脸说："遇到像我这样的好小伙子你是不是很高兴？"她点点头，虽然满脸泪水，却笑了起来，笑我痴，笑我傻。"埃尔西，我见到你那天就高兴得要命，现在有更多的时间在一起了。我们不是很幸运吗？"我说。然后我们又亲又抱，又抱又亲，直到她仿佛意识到我们还活着，还在彼此的怀里。等她平静下来之后，我出来完成我的工作。

---

① 红木（bloodwood）：树液为红色的澳大利亚桉树。

Ginhirmarra 的意思是：刮鱼鳞。老祖宗教会了我在"男孩之家"没有学过的知识。他们教会我做男人该做的事，他们教会我在哪里找食物。让我懂得所有动植物的名称和用途。我最喜欢吃的是淡水鳗鱼和莫伦比河的鳕鱼。你可以把鳗鱼或鳕鱼整条放在热炭上烤，烤好后切开鱼皮。也可以先用一把锋利的刀把它剖开，拿刀背刮掉鱼鳞，一直刮到头部，清洗干净，把头部留在上面。从鱼尾巴到鱼肚子划开，取出内脏，再次清洗。煮熟后皮就会脱落。你吃了鱼，就一定要知道在它为你而死之后，你应该如何对待它。这一点很重要。

Gulgang-gulgang 的意思是：麻子，生天花后留下的疤。很多来看望我的老祖宗身上都有这玩意儿。不是每个人都有，但很多人有。"那是什么？"我问。那时候年纪还小，还不懂得不要问别人脸上或身体上和你的不一样的东西。我的一位老姑奶奶就说，那是gulgang-gulgang。然后她用火堆上的一根木棍画了一幅画。她画头顶的天空。所有的星星都怀着感激之情，帮助她描绘她的故事。她告诉我，疾病随风而来，随牧羊人和羊群的羊毛而来。那时天气很冷。"即使太阳出来了，每天的白天和晚上还是很冷。每个人都在颤抖。他们说不出话，因为嘴里都起了水泡，尽管他们压根儿就没有直接吃从火里拿出来的热东西。有些人看不见，因为眼睛里也长了水泡。天花布满脚、手和脸，但其他地方并不多。走路、找东西、吃东西都很困难，根本就看不到。每个人都生病了，很多人死了。"她说。"永远？"我问。她说："从来没有永远。但现在还不是婴儿、老奶奶、老爷爷和身体虚弱的人们放松警惕的时候。那些老人，那些有一肚子话要说的老人。""真让人难过。"我说。老姑奶奶说："你应该告诉他们我和你说的这些事儿，他们就不会再做这种傻事了。"我又问她："我该告诉谁？"她说："只要说出真相，总有人会听到的。"我想，这就是我最终要做的事情。

十

乔治·克罗斯博士
英国人种志学会

费迪南德·格林利夫牧师，1915 年 8 月 2 日

1

我很想跟你说说话，虽然天儿已经这么晚了，而且——我突然清清楚楚地意识到此刻我已是垂暮之年。我们最后一次交谈是在许多年前的今天，在芝加哥那座迷人的城市世博会的宴会厅。一个温暖的、金色灯光照耀的夜晚。虽然我还是一个对自己的牧师身份、对大英帝国困惑不解的人。我们谈到你的妻子。在那个人头攒动的展厅，我向她和你的家人致以最美好的祝愿。那时，我觉得有必要澄清一下，为什么拒绝把我那个教区居民身体尺寸的数据①带到新南威尔士州的展厅，为什么拒绝把我的弟兄们的生活细节编入

---

① 身体尺寸的数据：原文是 the measurements of my residents。欧洲人，尤其是十九世纪和二十世纪早期的欧洲对测量澳大利亚土著人的面部、胳膊、腿、胸部的尺寸非常感兴趣。故有此说。

目录，让人们在密歇根湖①退潮的波光下阅读。回首往事，他们确实是我的兄弟——这些年共同经历的一切把我们联系在了一起。当然，我那时没有提到这些。不过在那种情况下，没有人会那样做。是的，没有人会把我所知道的一切都说出来。也许把一切都说出来肯定会毁掉我们在这里完成的伟大的事业。但我们现在生活在不同的时代，克罗斯博士。我承认我删掉了几页日记。有时候也没有把所有的事情都记录下来——不管怎么说，都是些不痛不痒的废话。然而，我对所有那些事件的记忆比之前或之后发生的任何事情都清晰。只是今天，才再次思考这个问题，并且纳闷在我把生命拱手交出之前，是否应该记录下来。也许应该。

在我离开这个世界的时候，希望我们的事业能有所成就，让一小部分人得到救赎。把剩下的工作继续下去，让那些不幸的人从其自身解救出来，即使我对此依然心存疑虑，希望渺茫。

你也许是我最后的希望了，克罗斯博士。我似乎不由自主地要把过去的一切都对你抹掉。唉，事态的发展唤醒了长久以来被否认的真理。多年后，我认识到，压力加大的时候，人的舌头要么卷曲起来，要么耷拉下来。如果出现后面这种危机，希望你能原谅这种亵渎神明的放纵。也许我已经达到这样一种境界，觉得必须不惜一切代价让别人听到我的声音。所以，我别无选择，只能写下我来到这里之后，在这片黑暗的平原上亲眼目睹、亲耳听到的事情。克罗斯博士，我希望这些话能传到你影响所及的那些人耳朵里，希望他们能纠正这种情况。灾难降临到大屠杀平原的会众头上。更有甚者，降临在我生活其中的正派体面的原住民身上。你是最后一个能与我共鸣的人。

---

① 密歇根湖（Lake Michigan）：北美地区五大湖泊之一，面积居第三位，同时也是唯一一个全部属于美国的湖泊。

我被拘留之前，整理个人物品。这当儿，发现传教站早期的一些记录和我童年时读过的《圣经》。这本《圣经》是我乘坐斯克约德号来澳大利亚时，除了父亲和母亲，唯一与我相伴的物品。斯克约德号是前往殖民地的最后一艘船，行驶在波涛汹涌的大海之上。船上还有木匠师傅休伯先生和磨坊师傅施密特先生。我对他们俩的记忆比对我的父母和对我自己的记忆都要清晰。我想可能是因为在去新大陆的旅途中许多人死去。总是休伯先生和施密特先生制作棺材，然后把这陆地上的"物件儿"放进大海。仔细想想，我觉得那些盒子一定是他们最不擅长制作的东西。

　　我孩提时代那本《圣经》里面夹着一份剪报。是我十三岁生日那天从《公报》上剪下来的。那时候，我们生活在干旱的、沙尘暴肆虐的内陆地区。许多年，这份剪报就这样夹在书里保存下来。那则新闻用通俗易懂的英文介绍物理学家让·贝尔纳·傅科[①]在法国巴黎万神殿屋顶上用悬垂的铁球，证明地球在旋转。回想往事，我很想知道为什么父亲送给我那么多生日剪报，我却只保留了这一份。不过，我其实知道其中的原因——我也一直想证明一些事情。天在旋转，它可以旋转并照耀任何一个人，甚至这里的某一个人。

　　从这块土地上流淌不息的莫伦比河开始，我花了将近三十四年的时间，努力改善土著部落的状况。这里是一个很特别的地方——白天炎热，夜晚凉爽，放眼望去，漫山遍野都是牛群，到处都是奇花异草，珍禽异兽，你只能凭想象给它们分类。还有些千奇百怪的事情，虽然难以想象，但都是不为人知的秘密。我最近才注意到这一切。因为有人从中作祟，旺德传教站已经被政府接管。我按照

---

① 傅科（Jean-Bernard-Léon Foucault, 1819—1868）：法国物理学家。1851年，傅科在六十七米长钢丝下面挂一个重二十八千克的铁球，组成一个单摆，他利用摆平面的转动证实了地球自转。演示地球自转的这种单摆后称为傅科摆。除此之外他还测量光速，发现了涡电流。他虽然没有发明陀螺仪，但是这个名称是他起的。在月球上有一座以他的名字命名的撞击坑。

《圣经》的指引，尽了最大的努力——所有的行为最终都会被单独评判。

一个月前，主教通过邮政局长给我送来唯一的好"消息"——一块怀表，以表彰我的服务。这是一块银表，被没收之前，沉甸甸地放在手里。不过想到后来那些年发生的事情，它不会给我带来骄傲之情。也许我后悔建立了"旺德传教站"——我曾希望在那里长期努力，把上帝荣耀福音的好处赐给那些我们亏欠太多，但却为他们做得太少的人。传教站名字本身就具有讽刺意味，因为我对传教站兴旺发达的勃勃雄心就是一个错误。

尽管这个看法令人讨厌，但是出于自己也不太理解的原因，我还是不愿意去别的地方。搬家的前一天晚上，我做了一个梦，梦见我想建一所房子，可是笨手笨脚，无论怎样努力，都无济于事。那个任务似乎没完没了。直到我被镇上的人再次聚集在小屋外的声音惊醒时，才"大梦初醒"。我相信是他们把武器从外墙拖过来时发出的响声惊醒了我。他们已经走了，我曾经担心会因为自己的身份和在那里做的事而被吊死在胡椒树上——现在担心我可能会被铁丝吊死。由于时间紧迫，我决心被送上秘密丛林的绞架或者铁丝网包围的拘留所之前，一定把我想要讲的话全都说出来。告诉人们，我们如何把错误当作正确强迫别人接受。我现在意识到，无论遭到怎样的厄运，我的誓言不变：一定要说出那些不体面的事实，哪怕它会成为我的遗言。时代和环境需要我这样做。

十一

奥古斯特和吉达刚来旺德时，觉得家里很乱，小姐儿俩心里很烦。周一和周二是母亲们聚会的日子，周三下午是空手道教学班，周四学习刺绣缝纫，星期五研读《圣经》，星期六学做农活儿和园艺。只有周日自由，没什么安排。早上埃尔西、艾伯特和姑娘们去教堂做礼拜。午饭前埃尔西准备下午茶，以备有人来访。事实上几乎总是有人来。有时是陌生人，老人。艾伯特经常带他们在房子周围散步。埃尔西会做一个很大的菠萝酥皮蛋糕、拉明顿巧克力椰丝方形蛋糕，或者奶油烤饼。奶油是她在铁盆里搅拌而成的。那时候，她的手还没有变得僵硬。埃尔西是一家之主，艾伯特是讲故事的人。但他们为食物而活——与家人以及在家里家外干活儿的每一个人分享的食物——食物是重中之重。

埃尔西想让奥古斯特好好吃饭，但总有什么东西让她生气，即使她心知肚明，她们会吃得很饱。反正每天都得把饭端到桌子上！于是埃尔西教吉达和奥古斯特如何烹饪，不仅仅是烤面包、做意大利面和蒸土豆。餐具柜上放着埃尔西保存完好的二十七卷《烹饪大全》。周末和平日的晚上，她把女孩们带到厨房，让她们站在灶台边凳子上，揉盆里的面，就像忏悔一样。外婆说，把袖子卷得高高的，不要扎围裙，因为"动作要准确，明白吗？"虽然从来没有人在揉面时测量过什么数据，只是使劲来来回回揉面罢了。也不需要煮蛋定时器。揉好面，把盆儿碗儿都刮擦干净，切面团的时候把拇指收起来。奥古斯特记得，最好的活儿是把黄油捣碎和可可粉一起搅拌，因为最后要把碗舔干净。《烹饪大全》第一卷到第五卷是"家庭烹饪"。外婆使用最多的就是这部分。在她看来，那就是世界各地的美食：牧羊人馅饼，意大利宽面条，芦笋奶油卷，沙嗲鸡肉串，菲达奶酪拌菠菜。还有她们最喜欢的咖喱香肠饭。咖喱香肠饭能把她们吃得膝盖发软。直到吉达和奥古斯特偷偷溜进南庄的羊圈，看到几十只羔羊正在被阉割，幼崽头朝下吊在羊圈的梁上，腿上淌着血，对着妈妈咩咩叫。后来，家里这两个女孩再也不想吃羊肉了。第六卷到第十卷是意大利和西班牙美食，第十一卷到第十六卷是法国和南美美食，第十七卷到二十二卷是非洲和亚洲美食，第二十三卷到二十七卷是世界甜点。如果吉达和奥古斯特好好学习，彬彬有礼，而且能帮外婆的忙，小姐儿俩就可以从桶里舀两勺香草冰淇淋。配上桃子罐头和覆盆子酱，就像第二十六卷第十五页上的图片一样。

埃尔西还教她们如何在旺德家门前迎接客人，领她们穿过充满詹姆斯国王时代风情的走廊，进入大房间。米茜姨妈在同一间屋子里教空手道。吉达和奥古斯特也被允许参加。她们不是好学生——奥古斯特经常走神儿，做白日梦。吉达没精打采地摆动着胳膊和腿，松松垮垮，不像是学空手道，倒像跳舞。米茜姨妈会把她赶出去。她并不在乎，脑海里回荡着某个旋律，一个人在走廊里跳来跳去。她从来都不能安静下来，总是随心所欲地跳舞，跟着别人听不见的音乐翩翩起舞。

她们在外婆、外公家，要经常洗头。外公外婆和她们聊天，看着她们写作业。但他们并不能保护她们不受伤害——无论是牛头犬蚁[1]、大岩蛇，还是炽热的阳光，或者忘记一天刷两次牙的疼痛。就像他们无法保护她们不受老师缅因夫人的伤害一样。缅因夫人在奥古斯特回答不出问题的时候会给她一记耳光。吉达那个年级的老师阿什莉，既刻薄又讨厌，还毫无理由地往她鞋子上吐口水。因为她们的父母再也回不来了。她们坐下来，讲那个简短的故事——天堂需要她们的爸爸，妈妈正忙着康复，但还不能离开那个封闭的地方。

没错，奥古斯特八岁的时候，一切都变了。

但到了九岁，变化就更大了。

九岁的时候，整个世界的内部仿佛都翻腾出来。

九岁之后，她看到了所有东西的"骨头"、照片底片、植物所有的根、天空内部、黑洞和燃烧的星星。九岁之后，她看到了人们大脑里的"滑轮、齿轮"，看到了人的骨骼、血管、血液和心脏，还有整个城市的空气在他们的肺里流动。现在告诉别人已经太晚了。她害怕离开，更害怕留下。因为她看到的那些事——那些改变了她的语言的事，那些已经成为过去的事。

奥古斯特早上醒得很晚，嘴里有一股水银的味道。她仍然闭着眼睛，好闻的气味从敞开的窗户飘进来——第一批"可食用的东西"加热之后的气味。桉树里的油热乎乎的，一切两半的卡拉戎果（karrajong fruit）露出果肉的籽，含大量糖的班克西亚花[2]——糖浆从粘住的雄蕊、柱头和子房渗出。树枝上有一个拐点，就像小镇的格局一样。天气越来越热了。别的气味从屋里飘出——滴露[3]和从

---

① 牛头犬蚁（bull ants）：也叫牛蚁、寸蚁、军士蚁，是蚂蚁的一个属。牛头犬蚁可以长到四十毫米以上，最小的品种有十五毫米长。是澳大利亚特有的蚂蚁。
② 班克西亚花（banksia flowers）：一种澳大利亚野花，也是颇受欢迎的花园植物。班克西亚富含花蜜，是澳大利亚丛林食物链的重要组成部分。
③ 滴露（Dettol）：利洁时公司生产的一系列卫生产品的商标名。它在二十世纪五十年代以前就开始使用了。

楼梯上冒出来的热气——肥皂、松木和蓖麻味儿。滴露是每个周末打扫卫生时常用的"助手"。奥古斯特睡眼蒙眬，看着这个房间，这个房间和从指缝间溜走的所有童年喧嚣的岁月。她下了床，开始穿衣服，脚踩在地板上，发出吱吱嘎嘎的响声。所有的东西都从连接处脱落了，她想，窗户、墙壁、地板。她想象着这所房子在过去是如何用胶水、麻纱、油灰和石膏板拼凑在一起的，而冈迪温蒂一家人一直住在这里。

她想象着把手指伸进潮湿的地板上的凹槽里，像孩提时代那样，手足并用爬上楼梯。虽然她回来的这几天感觉就像在家里一样，但远离家乡这么久之后，她明白，自己现在只是一个客人了。这儿只是她曾经知道的那个世界。她只想回到九岁以前的生活，回到那个早晨——睁开眼，看到她随身携带"周游天下"的、奇怪的皮箱——之前的生活。她知道自己的身体、痛苦、欢乐、饥渴、疲倦、血汗以及能尝到所有酸甜苦辣的味道的生活。

她扶着扶手走下刚擦过的楼梯，穿过干净的地板来到厨房。煮了咖啡，踮着脚尖从睡在沙发上的埃尔西身边走过，走进花园。经过一夜大雨的洗刷，湛蓝的天空纤尘不染。乌云早已逃走，仿佛为夜里把农民惊醒而羞愧。那些农民从床上跳起来，手搭凉棚，望着风雨交加的苍穹，期待更多的雨水从天而降。

外婆还在睡觉，即使明亮的太阳很快升起，把屋子晒热。奥古斯特又端着一杯咖啡走到外面，看见埃迪从南庄走下山坡，一瘸一拐地穿过桃树丛生的荒野。他的肩膀被汗水浸湿。奥古斯特想，他已经变得膀大腰圆。

她挺起胸。埃迪快走到她跟前时，喊道："陌生人。"

奥古斯特哧哧地笑了，想不出说什么好。没有什么可说的，不再有童年，不再有吉达，不再有外公艾伯特，只有过去的幽灵。埃迪一双蓝色的眼睛看着奥古斯特，弯下腰拥抱了她一下。

多年不见，奥古斯特和他难免有点拘束，所以那拥抱算不上热烈，甚至有点尴尬。她已经很久没有被这样紧紧地拥抱了——如此轻而易举，如此熟悉，觉得仿佛有鱼钩钩住她的肠胃，突然闻到一股血腥味，不禁笑了。

"奥古斯特·冈迪温蒂，"他看着她的眼睛说，"我敢发誓，你是奥古斯特·冈迪温蒂。"

"没错儿，"她说，避开埃迪的目光，"不过'时差'蛮大的。"

埃迪·福斯塔夫，南庄的继承人，老朋友，真正给她初吻的人。埃迪在大屠杀平原比冈迪温蒂家的人还出名。他一直都人高马大，仿佛被保护在这样一个"框架"里。他出生在一个短暂富足的时期。那时大屠杀平原雨水丰沛，孩子们过了一段不愁衣食的好日子。整整两年里，人们从树枝上摘下成熟的黑李子，好吃的桑葚染黑了牙齿，大块大块的食物塞进嘴巴。蚊子咬过的腿一年四季都在夜晚的星空下奔跑，在丰收的小麦、大麦和油菜地里穿梭。奥古斯特记得，等到天气干燥一点，埃迪·福斯塔夫十岁、快十一岁的时候，告诉所有同学，他家地下室里有一门金色大炮。这么大！他比划着，让三个朋友肩并肩站在一起，张开双臂。他十一岁生日聚会时，已经把这个谎言忘得精光。吃完生日蛋糕、沙袋赛跑之后，男孩子们迫不及待、异口同声地向他母亲抱怨道："什么时候才能让我们看看金色大炮？"埃迪的母亲歪着头，像演哑剧一样，嘴巴一张一合，问埃迪："金色大炮？"然后转身进屋，留下他自个儿向同学们解释清楚。埃迪后来把这事一五一十都告诉了奥古斯特。其实她早就知道了，因为她一直躲在灌木丛里看着。奥古斯特没有被邀请参加生日聚会，因为埃迪的妈妈告诉他，如果邀请她，别人会不舒服。他把这事儿也告诉了她。洪家中餐馆的露易丝·洪也没被邀请。埃迪认为妈妈之所以这样做，是因为所谓"女生病菌"。但奥古斯特知道另有原因。

埃迪·福斯塔夫不需要对家里有什么东西、没什么东西撒谎——即使是在干旱的年份，他也几乎是大屠杀平原最富有的孩子，仅次于加登家的孩子。加登家经营着当地的汽车修理厂。每年举办国际汽车大奖赛，加登家都和最好的霍尔顿①赛车、福特赛车合作。那时候会有十万身穿短夹克的人涌入大屠杀平原，站在看台上观看。这是每年的亮点。到了淡季，他们也能有效地保持该地区汽车行业正常运转。埃迪家拥有旺德农场的谷物、一千头牛和镇上的药店。后来那个药店被火烧了。

"你家里人怎么样？"奥古斯特斜倚在游廊的柱子上问道。

"啊，能怎么样呢……都老了。妈妈在布罗肯临终关怀医院。"

"她还好吗？"

"癌症。"

奥古斯特抬起头向南庄望去，想起福斯塔夫太太每逢春天大扫除时，举着稻草扫帚，扫掉窗玻璃上蜘蛛网的情景。"真令人难过。"她说。

"你外公的事我也很难过，是的……"

"谢谢你，埃迪。"

"我得把从他那儿借的几本书和别的什么还回来……"

"书？"

他瞥了一眼麦田："嗯，我一定是受了你老外公的影响。"

奥古斯特很惊讶，扬了扬眉毛。

"他坐在外面写书，不是吗？"埃迪指了指那几张永远不会拆开

---

① 霍尔顿（Holden）：是一家澳大利亚汽车制造商，在大洋洲运营，总部设在维多利亚州墨尔本港。该公司成立于1856年，最初是一家马鞍制造商。1908年，进入汽车领域，1931年成为总部位于美国的通用汽车（GM）的子公司。

的折叠椅。

"写书？"

他在脸前摊开双手："了不起的书。"

"书里面写的都是什么？"

"不晓得。他一边写一边看着他们勘测。"

"他们？"

"莱茵帕尔姆——露天采矿。"他捻着手指，做数钱的动作。

"外婆和外公从来没告诉过我。"

"大概因为他们认为我们已经无能为力。那是一家锡矿公司，真正的老板——他们到处找矿，最后找到我们这个地方。全镇的人都为他们铺开了红地毯。瞧那儿！"他朝那一片麦田指了指。奥古斯特只看到翻滚的麦浪。

"什么也看不见。"她说。

"顺着我的手指看。那儿。"他用空着的手把她拉到身边，让她看他看到的东西。她看到了，大概在半公里外——三个金属圆顶，就像大头针的头。

"那是什么？"

"钻探机。在探测，或者做什么。估计……"他放下胳膊，向后缩了缩，"估计他们很快就会来这儿。你可以问他们。你在肯加尔见过他们吗？"

"谁？"

"抗议的人，"他笑着说，睁大一双眼睛，"好几个月了，他们一直想来！"

一辆汽车驶进旺德的砾石车道。奥古斯特看不清坐在前面的人，转身想问埃迪，但他已经走下平台。

"一会儿见，奥吉。"他说，爬上山脊，穿过仍在升起的晨光，向南庄走去。

"好的，我很快就去看你。"她对着他的背影喊道，埃迪一边走一边举起一只手表示同意。

从车里走出来的是身躯笨重的玛丽姑奶奶。奥古斯特立刻注意到她的嘴像莫伦比鳕鱼的大嘴一样耷拉着，脸色一年比一年悲伤。和她一起来的是米茜姨妈。奥古斯特觉得她看上去不像以前那样生气勃勃，头发更灰白了。不过她个子仍然很高，每个人都有自己的身高，这一点倒没有变。

"奥古——斯特！"她们异口同声地喊道。

奥古斯特总觉得玛丽姑奶奶怪怪的。不仅仅因为她太过直率，说出来的话很伤人；也不仅仅因为凝视的目光可以让一条抛了锚的船晃荡起来，而是因为她不知道自己的儿子有多坏。奥古斯特为她难过，她的儿子走了。

玛丽姑奶奶和米茜姨妈悄无声息地快步走过来，低着头，仿佛在汽车最后砰砰的关门声中，才意识到艾伯特外公已经死了。这也是奥古斯特回来的唯一原因。

"你好吗，亲爱的？"玛丽问。

遮阳篷下，玛丽姑奶奶把奥古斯特的脖子搂在怀里，奥古斯特搂着她的腰，两个人好像在慢慢地跳舞。

"外甥女，"米茜姨妈说，这回轮到她跟奥古斯特"慢舞"了，奥古斯特和她拥抱着，"你在我怀里娇小无比！"她说着，俯下身，打断她们的"编舞艺术"，抓住奥古斯特的胳膊肘，轻轻摇晃着她，仿佛她会像魔法 8 号球①一样变来变去。

"埃尔西呢？"玛丽姑奶奶从开着的后门走进来时问道。

"在沙发上睡着呢。"

"这一路还顺利？"米茜姨妈问，松开她，上下打量着。

---

① 魔法 8 号球（Magic 8-Ball）：是美泰公司在二十世纪五十年代开发的一种算命或咨询的玩具。它常被用在小说中，用于与之相关的幽默。

“有点累，不过没事儿。”

“一共花了多少小时？”米茜瞪大了眼睛问。

“记不清了。”奥古斯特微笑着，米茜开玩笑地捅了捅她。

她们一前一后进了屋。埃尔西还在沙发上睡着，床单裹在脚上。玛丽姑奶奶站在厨房里，举着咖啡杯，向奥古斯特点了点头，像是在回应什么。

“黑咖啡，不加糖——谢谢。”她低声说，然后轻轻地走上楼梯，到阁楼上的房间去抽烟。而且，她想……她想找到那本书。

那本书，奥古斯特在心里念叨着，然后转过身去招呼屋子里的人。“很了不起！”埃迪说过。她迅速翻阅书桌上那一摞纸，自己也说不清楚到底想在书中找到什么。不过，她觉得外公知道一些事情，而且外公有一些事情要告诉她。奥古斯特觉得只有他明白她为什么不辞而别，但他不愿意不跟她告别就离开这个世界。她也明白，只有外公知道她为什么没有留下，尽管这一点不言而喻。

奥古斯特小时候，书仅次于食物。后来书上升到第一位。不过，她爱看的书和外公的不一样。流动图书馆里堆满了泛黄的平装版爱情小说、折了角的谋杀推理小说和深受孩子们喜爱的儿童读物。工作人员总能为她找到一本好看的书——起初，是那种包含了所有可能性、所有幸福结局的书。然后，完美的系列图书，连续不断地展示世界方方面面，直到她需要更多的营养，需要从书籍的世界中成长。他们向她推荐《鸡皮疙瘩》①《保姆俱乐部》②。推荐罗

---

① 《鸡皮疙瘩》（*Goosebumps*）：美国作家斯廷（R. L. Stine）创作的系列儿童恐怖小说，一个个引人入胜的故事讲述孩子们发现自己处于可怕的境地。后改编成电影，风靡一时。

② 《保姆俱乐部》（*The Baby-Sitters Club*，简称 BSC）：是 1986 年至 2000 年由 Scholastic 出版的安妮·马丁（Ann M. Martin）创作的系列小说，销量达一亿七千万册。

尔德·达尔①、朱迪·布鲁姆②、刘易斯、托尔金、奥斯汀、狄更斯、福克纳。但是她在流动图书馆的书里，找不到自己或姐姐的影子。那些书里从来没有像奥古斯特和吉达·冈迪温蒂这样的女孩，从来没有。她一直在读十九世纪的书，书中人物的善恶分得很清，人一生中各个时间段分配得也很均匀，但是现在表现方法变了。不但时空颠倒，人物的善恶也分得不再那么清楚。她有时也会在那些书里发现童年时代看到的人物。他们生活在镇子里，生命转瞬即逝。她喜欢书，独自一人的时候，书里的人陪伴着她。她拥有那些为数不多的"可移动的财产"。这些"财产"经常丢失、被水浸泡，或者借出去无人归还，但总有办法"失而复得"。奥古斯特环视房间里一堆堆捆扎在一起、给人以慰藉的书，心里想，她不愧为外公的外孙女。

艾伯特的桌子上堆满了各种东西——电费账单、水费收据、关于鸟类和养蜂的书、儿童百科全书、国家粮食委员会印发的小册子、当地粮食商店的通告、飞机喷洒的图表、《圣经》、字典。但细看，一片混乱之中也井然有序——所有物件儿上都贴着便利贴，虽然是外公自己精心书写的，但字迹潦草，难以辨认。其中一页写着：宪法第一百一十六条——同意销毁，还在下面画了好几条线。这张纸放在一堆书旁边，但没有指明哪一本与之相关。奥古斯特突然感到头晕，她把手掌放在玻璃板上，扭了扭脖子。书桌跟着她轻轻晃动。她又仔细查看其他家具：轻便的单人床，刨花板衣橱。她

---

① 罗尔德·达尔（Roald Dahl，1916—1990）：英国小说家、短篇小说家、诗人、编剧和战斗机飞行员。达尔出生在威尔士，父母是挪威人。"二战"期间，他在皇家空军服役，成为一名飞行王牌和情报官员，并晋升为代理空军指挥官。二十世纪四十年代，他因儿童和成人作品而声名鹊起，成为世界上最畅销的作家之一。

② 朱迪·布鲁姆（Judy Blume，1938—　）：美国作家。她的儿童和青少年小说销量超过八千万本，被翻译成三十一种语言。1996年，获美国图书馆协会颁发的玛格丽特·爱德华兹奖。

还想到楼下那几件家具。在这个"可拆卸的、容易忘记的房屋"①里，没有一件家具在地板上"落地生根"，都是只要轻轻一抬，就能挪动、搬走。

"咖啡!"

那一大杯咖啡孤零零地放在那里。姑奶奶、姨妈都在平台上坐着，埃尔西已经醒来，和她们坐在一起。奥古斯特从厨房里拿出一把塑料小凳子，凑合到几个长辈身边。

"好点了吗，外婆?"她走近时问道。

埃尔西哼哼唧唧，咧嘴一笑，点了点头。

"你在阳光明媚的英国都干什么呢?"玛丽姑奶奶有点幸灾乐祸地笑着，把咖啡杯放在她身边。

"主要是洗盘子。"

"那地方阳光充足吗?"米茜姨妈一边问，一边驱赶脑袋边飞来飞去的一只蚂蚱。

奥古斯特看着咖啡杯，摇了摇头。心想，那里当然也阳光普照，但感觉就像一个漫长的冬天。在英格兰的时候，当地人每年都会谈论冬天的到来，好像那是一件让人丧气的事情，尽管她总是做好准备迎接扑面而来的寒意，好像她生来就喜欢屋顶上的冰霜。奥古斯特真的不记得英国的太阳。只记得在大屠杀平原不曾见过的东西——从清晨一直到傍晚的低云。树木变得光秃秃的，窗户上结了冰。那些狭窄的小巷，那些石头建筑和家乡没有的古老的东西。

"乔伊周六来。"米茜姨妈一边说一边低头看着手机，把奥古斯特带进熟悉的人群中。

---

① 可拆卸的、容易忘记的房屋（Packawayable Forgettable House）：战后澳大利亚住房严重短缺。因此，房屋在工厂而不是在建筑工地整体组装。这是一种经济适用房。Packaway 的意思是房子可以拆开，可以组装，看起来整齐划一，建得快，拆得也快，所以很容易被忘记（Forgettable），故称为 Packawayable Forgettable House。

"他怎么样？"她问。

"啊，相当不错。"米茜姨妈把椅子挪到离奥古斯特更近的地方，这时玛丽姑奶奶下楼去了菜园。米茜姨妈把手机放在她俩中间。"他发明了一个 App，是在少管所想出来的。他们让他学习电脑之类的东西。真神。"她伸出手指在屏幕上颇为优雅地弹了弹，想找出奥古斯特的表哥做的那个 App，"太棒了，叫'击倒他们'^①。在这个游戏里，你可以与殖民者战斗——你可以选择你的武器，你想为哪个国家而战等等。"奥古斯特看着姨妈的手，屏幕上的颜色开始闪烁，转眼间手机在她手中变成一块光滑的石头。"妈的，没电了。"她说，把手机扔进手提包里，眼睛盯着窗外，长叹一声。那动静让奥古斯特觉得，她仿佛突然想起要呼吸了。"爸爸过过好日子，"米茜姨妈交叉着双臂，拍了拍胳膊肘子，补充了一句，"也过过苦日子。"

玛丽姑奶奶正在拔花园边土豆地里的细细的苗。奥古斯特想起吉达，有那么一会儿，觉得清清楚楚看见她正和吉达在花园里埋鸡蛋，准备种茄子。小时候她们就这样干过。然后噗的一声，她和吉达都消失了。

姨妈正在游廊埋头干活，朝她们三个喊道："这些东西都得拿走，埃尔西。都拔出来，放到板条箱里，在……"

"在什么？"奥古斯特打断她的话，自己也感到惊讶。

玛丽姑奶奶把一根土豆苗扔到身后，双手轻轻放在屁股上，直起腰。"在搬家之前，亲爱的。"她说。

"这么说，这不是小道消息了——外婆必须离开这幢房子？"

"没错儿。"

---

① 击倒他们（get 'em）：是一款非常魔性的模拟类的角色扮演，玩家在其中扮演一只狗狗来对抗狡猾的人类，玩家必须团结其他的狗崽子一起对抗人类。

"真不明白这是为什么。是因为莱茵帕尔姆，对吧？可他们是在那片荒地呀，不是吗？"奥古斯特朝埃迪之前指给她看的地方扬了扬下巴。

"你知道他们在挖什么矿吗，奥古斯特？"玛丽姑奶奶眼睛睁得大大的，下巴垂到胸前，好像有什么故事要讲。"T-I-N——锡。你知道会发生什么吗？"她笑着摇了摇头，"这儿的一切……"她伸开双臂，张开手指，原地旋转，拖着脚画了个圈儿，"都完蛋了。"

"多大的地盘儿？"

"方圆两公里。"

"不会吧。"

"会。"

"南庄怎么办？"

"也没了。"

"那地是他们家的呀！"

"不是了。"

"为什么？"

"那是官契，租期九十九年。"

"那是什么时候的事儿？"

"我想是埃迪的爷爷从战场上回来的时候吧。"

"什么战争？"

"第一次世界大战。"

"他们种的小麦怎么办呢？"

"你觉得他们一吨能赚多少钱？"

"不知道。"

"就那么一点点。"

"锡矿是什么样子？"

"就是个大洞。"

"很糟糕吗？"

"记得《绿野仙踪》^①吗？"

"记得。"

"记得《铁皮人》^②吗？"

"记得。"

"哦，他没有心肝是有原因的，亲爱的。"

"你这样说是什么意思？"

"那个铁家伙不会爱任何人或任何东西。"

奥古斯特喝了一口咖啡，看见埃尔西正听她们说话。奥古斯特觉得外婆既年轻又苍老，但满脸悲伤，一副脱离红尘的表情，好像刚从冥河^③回来。埃尔西望着奥古斯特，哽咽着用手捂住嘴，眨巴着干涩的眼睛，没让眼泪流下。米茜姨妈把手搁在母亲的膝盖上，对奥古斯特挤了挤眼睛，说："走着瞧吧，看他们能不能让我们先离开。"她对外甥女咧嘴一笑。

"你知道你要去哪儿吗，外婆？"奥古斯特问。

"不知道，亲爱的。"

奥古斯特想说点什么，但拙嘴笨舌，想不出该说什么才好。她想握着外婆的手吻她，告诉她，不会让她失去房子，一切都会好起来。但事实并非如此。此时此刻，奥古斯特说不出什么能温暖人心的话来。她知道，该付出的她还没有付出。她知道，这么多年她并未在这幢日见衰败的房子里生活过，没有在街上多看一眼，过后发

---

① 《绿野仙踪》(*Wizard of Oz*)：是美国作家弗兰克·鲍姆的代表作，同名系列童话故事的第一部，按照原名直译为《奥兹国的魔术师》，中国国内一般翻译为《绿野仙踪》。

② 《铁皮人》(*Tin Man*)：是根据弗兰克·鲍姆的经典儿童科幻小说《绿野仙踪》改编，由 Katehleen Robertson 等主演的迷你剧集。

③ 冥河(*River Styx*)：希腊神话中的一条河流，形成人间和阴间的边界。冥河、弗勒格通河、阿刻龙河、勒特河和柯西特斯河在地下世界的中心汇合成一片大沼泽。这片沼泽有时也被称为冥河。

誓她可能看到了吉达。也没有在一座日后想起来能让她露出一丝微笑的小镇住过多久。奥古斯特没有完全沉迷于将她们紧紧联系在一起的悲伤之中。一种歉疚之感油然而生。那种感觉从她的喉咙里涌出，像脏兮兮的柴油一样，在舌头周围弥漫开来。她环顾四周，嗅了嗅。但目光所及，看不见有引擎在转动。

"我要去买一把牙刷和别的东西。"她站起身，抓住椅背，"你要我从镇子里带点什么回来吗？"

"没有，谢谢你，奥吉。"埃尔西说。奥古斯特拿起椅子，另一只手轻轻地抱了抱米茜姨妈，向玛丽姑奶奶挥了挥手。"星期六见。"她说。"再见，宝贝儿。"姑奶奶和姨妈异口同声应答着，让她走了。她回过头，看见她们又弯腰曲背，忙乎着收拾东西。

十二

费迪南德·格林利夫牧师 1915 年 8 月 2 日
给乔治·克罗斯博士的信（续）

2

我曾经只是一个普通牧师，大约三十五年前，也就是 1880 年，为那个养牛的小镇及其周边地区的土著居民开办了路德宗旺德传教站。

现在，我们这个传教站将在土著居民保护委员会的管辖之下工作。我相信它将像一个牧羊站一样运作。就像我所知道的这个地区的"牧羊站和保护区"一样。毫无疑问为了上帝的孩子成为有用之材，《圣经》的教义、数学和英语会抛到一边儿，让他们学习一些经济实用性的知识。知道即将发生的变化，我本该离开传教站。因为我没能减轻我深深关心的这些土著人的负担。我本可以回到一间小小的农舍，在一英亩宁静的土地上度过余生，尽管内心并不宁静。可是，唉，似乎过去并没有真的成为过去。我正因为英国对我的出生地宣战而遭受痛苦——对此，我无话可说。然而，在这场战争中，遭受最大痛苦的远非我的具有德意志和普鲁士血统的同胞。

真正受苦受难的是这里的土著人。我将在这封信中详细说明。他们只不过是些孩子！但他们被迫成为奴隶！因为政府希望他们填补工业劳动力的缺口。我强烈建议你仔细看看我在这几页纸上详细讲述的事情，然后尽可以表示不同意见。

正如我之前提到的，我的家人于 1841 年 10 月乘坐斯克约德号从普鲁士的萨克森①来到澳大利亚。我的父亲善于精耕细作，又具有丰富的生产佐餐葡萄酒的经验，希望加入到"葡萄园丁"的行列。母亲是家庭主妇，她以移民的勇气、毅力和勤劳的双手，跟我父亲一起踏上这块土地。我们乘坐牛车，第一次从内陆到南方，父母亲带领我走向我们的宿命。那次旅行中，我——也许是通过年轻人的眼睛——目睹了那块满目青葱、肥沃富饶的土地上生活着的土著居民。他们给我留下奇特的印象。最终到达我们的新家时，那里已经有了一个讲我们语言的社区。镇上的人很体面，都是从普鲁士和德国的宗教迫害中逃出来的。他们愿意也有能力在这个伟大的国家开始新的生活。这个国家将给这些无依无靠的人机会和安全。

在新家园，政府分配给我们五十英亩土地。父亲开始开垦那块乱石丛生的荒地，砍树，挖树桩，直到土地变得平平整整，可以耕种。我们没有马车，工作非常辛苦，但他坚信我们的小家庭会壮大，这个国家会是他深爱的、最后的家园。母亲每周三下午到镇子里赶集。那时家庭主妇都把自制的黄油、奶酪和蜂蜜拿来卖。这样一来，一个星期就用不同性质的"营养"划分出两个阶段，从星期天早晨的弥撒到星期三的农产品市场。而我，我总是全神贯注地研究《圣经》。

我们非常友善地适应了这个城镇的生活。我的早年生活包括在学校学习英语，在家里和父母说英语。只有在特殊的场合，当葡

---

① 萨克森（Sachsen）：德国东部的一个州。

萄园主人和他们的家人聚在一起吃饭或祈祷，或者讨论大家都认为已成过去的政治话题时，我们才会使用家乡的语言。我们家大概认识十五个体面人家。大家都能说一口流利的英语。我们的利益永远都和我们定居的这个美丽的国家有关。和取得这个国家的公民权有关——我们曾在英国国旗下宣誓，全心全意地遵守维多利亚女王治下的法律。为了进一步表示对这个国家的尊重，我的父母很快就安排让我们的名字英国化。我们来澳大利亚的路上，航海日志上登记的名字是格伦布拉特。从1844年6月的第一天起，我们家正式更名为格林利夫。我之所以提到这些信息，是因为这是事实，而且鉴于我们目前所面临的情况，人们必须记住这一点。

长大成人之后，我对福音越来越感兴趣。能够面对外面的世界时，我已经成为一个虔诚的信徒。由于澳大利亚幅员辽阔，和上帝大多数年轻的门徒一样，我在内陆的荒野中从一个牧羊站到另一个牧羊站，独自一人跋涉千里，在白人移民中播撒福音的种子。这当儿，出乎意料接触到大屠杀平原的黑人。在那里，我发现他们的处境令人震惊。我参观了他们的营地，走进他们用树皮和树枝搭建的破烂不堪的小屋。他们在极其恶劣的条件下，挤在一起睡觉。我从一个地方走到另一个地方，到处都是废墟，每一次我都遇到同样的不幸和悲哀。第一次去一个营地时，孩子们看到我都吓得拔腿就跑。而他们的母亲——有一些，唉！自己还是孩子——像蜷缩在窝里的小兽。在她们眼里，我无疑是可怕的幽灵。他们那样无助，那样悲哀。而这一切都是信奉基督教的白人造成的！更糟糕的是，我很快就从权威机构和我个人的观察中了解到，这种情况不过是整个内地存在的大量不平等现象的缩影。我相信，就是那时，看到极度绝望的生存之后，我由衷地感到有必要帮助营地里的土著人。我对这些就像对圣灵一样确信，我的使命将由圣犹大亲自引导完成。

我说的那些营地都在城郊。我觉得，对于陌生人而言，倘若说到城镇，没有什么地方比大屠杀平原更不讨人喜欢的了。小镇依山而建，低矮的山丘上覆盖着灰色的火山巨石，除了周围几百英里外高大的白色树木之外，植被稀疏，一望就知这里只适合放牧。和潮湿的南部殖民地相比，这个地方给我的印象是一片纯粹的蛮荒之地。我目睹了它与南方繁华城镇的天壤之别。那里连绵逶迤的山岭郁郁葱葱，庄稼在阳光和雨水的滋润下长势喜人。然而，大屠杀平原的建筑物寥寥无几，只有两家旅馆和三家商店，每一家都沐浴在灼人的干热和辽阔的晴空之下。在他们强烈的推荐下，我去了两家旅馆中最有"贵族气派"的那一家。那里的警长已经为我订了一个房间，还算干净舒适，这也是我唯一的要求。

随后，我向联合教会①正在病中的主教报了到。我很快就判断他是一个真正意义上的绅士。我作为牧师，第一次履行的职责是被叫去探望一个快要死了的小伙子。之后，在当地一位警察的带领下，沿莫伦比河骑马走了两英里半，到一个牧羊站主持礼拜。回到住处后，我把当天早些时候的所见所闻告诉了女主人。她回答道："格林利夫牧师，我常常想，基督教牧师们经过这些地方的时候，从来不对可怜的黑人说一句话。这该是多么大的罪过啊！我可以向你保证，在所有来过这里的牧师中，你是第一个关心他们的人。如果哪位真诚善良的牧师能把这件事提到议事日程，政府或许会采取措施，改善一下他们的艰难处境。"

接下去我们聊了好长时间，这位在大屠杀平原住了二十年的女士描绘了一幅幅令人难以想象的画面。聊完之后，回到房间，我满脑子都是这些不幸的人的需求和痛苦。我跪在上帝面前哭泣，说："主啊，求祢指示，祢的道路！指示我，带领我，走祢道路！②告

---

① 联合教会（Uniting Church）：澳大利亚仅次于罗马天主教会和英国国教的第三大教派。
② 主啊，求祢指示，祢的道路！指示我，带领我，走祢道路！（Show me your ways，LORD，teach me your paths.）：《圣经·诗篇》二十五章四节。

诉我该为这些可怜的土著人做些什么。"答案并非唾手可得，不过我知道如果走正道，就会得到上帝的指示。我站起身来，平静地顺从上帝的意志。但即使那时，我也没有想过成为一名传教士是我的责任。如果我当时就知道这沉重的负担会降临到我身上，会使我精疲力竭，那天晚上我根本就不会跪在那里。如果我知道人会有那么多的劣迹，如果我听到过使徒约翰的话，"人们爱黑暗胜过爱光明，因为他们的行为是邪恶的"，我就不会长跪不起；如果我意识到，澳大利亚腹地直射的太阳，它那耀眼的光芒，并非来自伟大的公平正义的太阳，相反，在那令人目眩的光芒下，隐藏着与正义原则相悖的信念，我就不会嘤嘤哭泣。这里到处都是人类对自己的同胞犯下的滔天罪行，让无数人悲伤。为了掠夺他们的土地和住所，白皮肤的基督徒残酷迫害黑皮肤的兄弟，毫无人道可言。他们所谓的"和平获得"——包括逮捕、锁链、长途跋涉、鞭打、死在路边。或者，如果能挺过这一切，等待他们的是更可怕的命运——就像田地里的野兽一样，作为没有工钱的劳动力卖给出价最高的人。

澳大利亚，自称是自由和光明的新家园，怎么就变成一座展示压迫和残酷的大剧院？这块土地不仅得到了上帝的庇佑，天空万里无云，大地一片繁荣，有幸拥有这块土地的人幸福安康。而且，这个国家大言不惭地说自己是大不列颠崇高制度的象征。那些敬神、博爱的组织，不仅是英格兰的光荣和骄傲，而且是被世界各地的人民羡慕嫉妒的地方。然而，就是这块土地被令人发指的罪行所笼罩！这块土地受到上天的眷顾，却成了哺育不公正的奶妈。种种可耻的行为在这里得到鼓励。我所看到的是玷污了澳大利亚名誉的最肮脏的污点。如果我早知如此，那天晚上就不会跪下来了，就不会大声疾呼：哦，主啊！

十 三

Dandan 的意思是：在混乱中四处散落。旋风在周围肆虐的时候，我们的祖先从来不出家门。有人把旋风称为"尘卷风"，因为它把什么都吹起来，搅得天昏地暗。我们管它叫 dandan——恶灵。恶灵穿越世界，扬起煤尘、沙子、泥土、水和雪。我这辈子见过两次。第一次是小时候，我们坐火车去大城市为聚集在一起的人群表演一百五十年"花展"。我们表演的节目叫"澳大利亚的发展"。我扮演二分之一混血男孩二号；其他男孩有的扮演纯种男孩一号、二号；有的扮演四分之一混血男孩一号、二号；还有八分之一混血男孩一号、二号。年纪大的男孩扮演牧师和教师，还有一个男孩扮演州长。我们必须表演得像绅士。有八分之一黑人血统的混血儿最"绅士"，纯种黑人男孩最不"绅士"。我们最终赢得二等奖。一等奖是演绎"奋进"号①登陆的剧目。演出结束的时候，巨大的旋风从舞台后面席卷而来。古里②演员被他们的监护人推上舞台，他

---

① "奋进"号（Endeavour）：指 1770 年 4 月 28 日库克船长（James Cook）在位于澳大利亚新南威尔士州首府悉尼东南部，库内尔半岛上的植物学湾南岸即银滩登陆的历史事件。库克这次登陆行动，导致 1788 年 1 月 26 日英国运来首批移民和后来澳大利亚国家的诞生。

② 古里（Koori）：传统上指新南威尔士州和维多利亚州的澳大利亚原住民。维多利亚州、新南威尔士州和塔斯马尼亚州部分地区的原住民用这个词指代他们自己。最初是新南威尔士州北海岸的一个词，1834 年首次被记录在案。

们看起来都非常害怕。即使是成年人也害怕。我问汤米——那个有八分之一黑人血统的混血男孩一号演员，为什么大伙儿都很害怕。他不知道。我就准备下次看望我的祖先时问个究竟。他们告诉我："那是恶灵，如果你靠近它，它就会抓走你。如果你看到旋风拔地而起，dandan 从天而降，千万不要来看我们。"我已经好多年没看到旋风了。然而，我一生都在感受它造成的混乱。我想我们都有过那种体验。许多年以后，dandan 来到旺德，在那里待了很长很长一段时间。从那以后，我再也没有做过时间旅行[1]。

Ngaa-bun-gaa-nha 的意思是：寻找，到处察看。我十五岁的时候，在"男孩之家"年龄已经太大了，但仍然是"被监护人"，只能在当地干点活儿。十九岁时，我拿到了"狗牌"[2]。有了它，就可以在一定距离的范围内活动，为肉和盐在田野里干活儿，或者外出参加什么聚集活动。为了找工作，我东奔西跑，但我主要是想ngaa-bun-gaa-nha 家。

Murriyan 的意思是：大海。我们从未去过海边。我成年后的生活中，似乎只有白人家庭去海边度假。即使和祖先一起，我们也没有去过海滩。我们确实在海面上航行过，但我从未像在电视上看到的那样，感觉到海浪冲击我的腿。我要离开这个世界了，我从来没有去过大海，这对我来说没什么大不了的。我还有很多事没做，但这并没有让我的生活变得更糟。我从来没有坐过飞机旅行，从来没有去过海外的其他国家，不像奥古斯特。我从来没有躺在旺德的

---

[1] 时间旅行（time-travel）：是一个在不同时间点之间移动的概念。这个概念在哲学和小说中常见，如查尔斯·狄更斯的《圣诞颂歌》。从历史上看，这个概念可以追溯到早期的印度教神话，如《摩诃婆罗多》。

[2] 狗牌（dog tag）：这里指识别身份的证明。

房子下面，也没有爬上过它的屋顶。在现实生活中也没有看过歌剧，没有学过乐器。我不能抱怨这种生活——毕竟我是个"时间旅行者"。如果能改变一切，我一定会的。我会是一个普通男孩，有姐姐、妈妈，甚至可能还有爸爸，我们会去 murriyan 旅行。在我的"时间旅行"中，从来没有遇到过妈妈和爸爸。

Nguru 的意思是：幽灵，影子，邪恶。你不能说太多反对家人的话——如果总是对家里人说三道四，大家就会担心并且觉得受到威胁。我想这是因为发生了那么多事情之后，他们再也不能失去任何一个亲人了。所以我从来没有告诉过玛丽我们对吉米的看法。埃尔西忽略了她的直觉，于是我们收留了我妹妹玛丽，而且一直和她一起生活，还有小吉米。我不管不顾，善恶不分，一心想要个家，结果蒙蔽了双眼。吉米到底怎么回事，我也说不清楚。他不是那种乱发脾气的人，可他心里总是藏着秘密，无论走到哪儿，对身边的人都极其蔑视。他确实长成了一个狡猾的小伙子，说话总是那么得体，措辞总是那么圆滑。我不知道他是从哪儿学来这一套的。因为我妹妹一直很优秀，很勤奋。她把生活和工作都看作一种荣誉。把食物放在餐桌上有时是一个人所能做到的最大的爱，但它仍然是爱。哦，我们不知道，但他体内一直有一个旋风，还有 nguru 和 ngarran。

Babirra 的意思是：唱歌。那玩意儿没什么了不起，他们说。只要张开嘴，自然而然就会唱起来。其实没那么简单，不是吗？对周围的人来说能是耳旁风吗？住在田野里的好处是你可以走得足够远，确信没有人会听到你。我这一辈子，开口唱歌的时候，就想哭。我从来都唱不出个调调，但那并非我们试来试去的原因，不是为了完美。完美只是人们一天结束时自己的评价。不管怎么说，人很难把事情都做得完美。我听过一句谚语，伤口只能由施与伤口的人治愈。我敢说，第一个说这话的人一定没唱好。唱歌对歌手来说是一种安慰，如果歌手能保持音高，那么对听众来说也是一种安慰。任何一首歌都可以，辽阔的原野并不介意。有时候，我迷路的时候，我会唱敬拜歌①，我的脑海里会出现一行字，"哦，耶稣，给我指明道路……我们到河边祈祷……"我会低声或大声唱着歌，踢着脚下的泥土，眼泪就会流下来。有时我会在收音机里听到合唱，优美的旋律在我脑海里萦绕好几个星期。我把收音机带到田野里。鬼魂、祖先也教我唱歌。我会发出你以前从来没有听到过的声音。低音从脚底升起，高音从胸口发出，让我的心颤抖。Babirra 很好，那仿佛是一种食物，你看不到，但能让你饱腹。

Manhang 的意思是：土壤、泥土、尘土。我们在菜园里种了一些耐寒的蔬菜——土豆、胡萝卜、木薯。秧苗是从一个中国商人那儿买来的。那人是从大屠杀平原过来的，他主要是受镇子周围那些家伙的差遣。许多年来，生活在旺德的人没有从那块土地上攫取到什么东西，但我和埃尔西住在这里的时候，情况变了。我们耕地，播种，施肥，锄草，种出我们需要的食物。在我出生的那些日子里，刚刚打完仗，能干活儿的男人不多，妇女们也一样下地干活儿。夏天雨水丰沛的时候，他们种玉米。玉米秆很高，玉米棒子呈黄油色。可是后来，夏天的雨水越来越少了。我想，镇子里的人开始指望耶稣基督了。他在《约翰福音》七章二十七节中说："若有人渴了，可以到我这里来喝。"如果他们相信，如果他们对干旱结束有信心，那么"从他的心里就会流出活水的河流"。但是水没有回来。

---

① 敬拜歌（worship songs）：是一种宽泛定义的基督教音乐流派，用于当代敬拜。这些歌曲通常被称为"赞美歌曲"或"敬拜歌曲"。

在镇上图书馆的科学书籍中我最终读到了关于土壤的知识。我们这一带也有可怕的植物，外来的杂草。最坏的一种最初是由一位名叫帕特森夫人的女士在休谟水库旁边种的。帕特森夫人在她那看上去有益无害的别墅花园种了一种草。这种草开着漂亮的紫色花朵。然而，对于食草动物，这种盛开美丽花朵的植物意味着死亡，而且很快在整个大陆蔓延开来。这种邪恶的紫色植物名叫帕特森诅咒，没办法躲过它。还有别的植物——金盏菊[1]、骨架草[2]、野萝卜、黑麦草、野燕麦，现在又有了棉花——它们全都从本来已经十分干燥的土地吸取水分。现如今总是障碍重重。那时候也一样。土壤也变酸了，为了控制酸度，必须从山那边运来石灰，掺到土里，让生命重回故里。一次又一次，这样的循环从未结束——土壤里的好东西被剥夺，再把化学物质放进来。我从书中读到，土壤中微生物的数量和宇宙中恒星的数量一样多。如果耕种土地，你就抓住了不让雨水带走营养的机会。哦，这让我大开眼界——无知并不意味着我们总能找到答案。但我找到了。而你一旦找到想知道的东西的一部分，不管走到哪里，最终都会得到越来越多的"拼图碎片"。一件事发生了，然后世界告诉你去寻找所有其他丢失的信息。Manhang——那是躯体最终的归宿，而从 manhang 到天上的星星，世间万物都与我们的灵魂同在。

---

[1] 金盏菊（capeweed）：通常被称为角草，因为它起源于南非的开普省，故名 capeweed。它在加州被列为有害杂草，在澳大利亚也是一种入侵杂草。

[2] 骨架草（skeleton weed）：是西澳大利亚谷物生产的主要威胁。这种杂草在仅仅五十多年的时间里就从昆士兰州东南部蔓延到南澳大利亚广袤的土地上，成为威胁澳大利亚农业的有害的杂草之一。

十四

　　沿高速公路到镇上开车要十分钟。奥古斯特在唯一的休息区放慢了车速。那地方没有人，但她的眼睛习惯性地瞟着那里。我们在那里寻找吉达——一只鞋，一件衣服，一绺头发。可是什么也没有找到，吉达那天穿的塑料凉鞋没找到，校服也没找到。奥古斯特开车的时候，被看到的路边被撞死的动物、散落的轮胎碎片，以及满肚子的不快弄得心烦意乱。她突然想把车开到路边，在沙袋鼠的骨头和黑色橡胶碎片里找点什么。她想象着在垃圾堆里踢来踢去，发现一个被遗漏了的女孩的骨盆。但她并没有把车停在路边。我还没疯，她对自己说。只有疯子才会做这样的事。然后她想，即使找到吉达，找到她的骨头——不再被乌鸦啄食的白骨，又有什么用呢？对于他们失去的一切，那森森白骨也不会带来任何安慰。

　　她的嘴里，有一股车窗外面那个正在流逝的世界的硫黄味儿。她的思绪跳跃到她留在英国的那些书上——那些她深爱的、能使她在这种状态下平静下来的书：海亚姆①、叶

---

① 欧玛尔·海亚姆（Omar Khayyam，1048—1122）：波斯诗人，哲学家，天文学家。生于霍拉桑名城内沙布尔。幼年求学于学者莫瓦法克阿訇。成年后以其知识和才华，进入塞尔柱帝国马利克沙赫苏丹的宫廷，担任太医和天文方面的职务。

芝①、普拉斯②、博尔赫斯③、鲁米④。她想起诗人泰戈尔的诗句：每一个婴儿的诞生，都是上帝还未对人类灰心的讯息。"可是，把一个孩子就那样带走了，这话又有什么意义呢？"她对着道路大声说。她知道该怪人。她知道是她的错。她无法让自己的心平静下来。"想点快乐的事儿。"她大声说，所有糟糕的记忆都混杂在一起，没有按时间顺序排列。想想快乐的事儿，她的意志力仿佛在一艘黑暗的船上点燃一团火焰。

蝗虫的尸体飞溅在风挡玻璃上。她把它们看作神话中的动物，X 光照射下虾的肢体，蜻蜓的翅膀，人类和蟾蜍都可以食用。

蝗虫？它们从来没有来过这么远的南方。可是等到大坝建成后，它们就来了。是的，它们来了，她自问自答。大坝不能完全阻止河流，它只是控制了它。没有什么力量能完全阻止这条河。弯弯的流水见证了岁月的沧桑，河边发生的一切将永远留在我们记忆中。永远吗？

奥古斯特和吉达常常伸出娇嫩的手指敲击厚厚的电视屏幕，追踪蝗虫的旅程。它们从这个国家的东部飞来，前往大屠杀平原。小姐儿俩曾经用蜡笔画甘蔗蟾蜍追踪蝗虫。蟾蜍的速度慢，从来赶不上蝗虫。蝗虫来了，吃完庄稼又走了。蟾蜍紧随其后。它们满脸困

---

① 叶芝（Yeats，1865—1939）：爱尔兰诗人、剧作家和散文家，著名的神秘主义者，是"爱尔兰文艺复兴运动"的领袖，也是艾比剧院（Abbey Theatre）的创建者之一。

② 西尔维娅·普拉斯（Sylvia Plath，1932—1963）：美国自白派诗人的代表，是继艾米莉·狄金森和伊丽莎白·毕肖普之后最重要的美国女诗人。

③ 豪尔赫·路易斯·博尔赫斯（Jorge Luis Borges，1899—1986）：阿根廷诗人、小说家、散文家兼翻译家，被誉为作家中的考古学家。其作品以拉丁文隽永的文字和深刻的哲理见长。

④ 鲁米（Rumi，1207—1273）：出生于阿富汗北部的巴尔赫（Balkh），原名穆罕默德，在波斯文学史上享有极高的声誉，与菲尔多西、萨迪、哈菲兹齐名，四人有"诗坛四柱"之称。

惑，肚子咕咕响着，四处张望，然后把当地的老鼠和蓝舌蜥蜴都吃掉了。奥古斯特还记得那一切。记得她们如何把狗哄过去抓蟾蜍。那几条狗除了抓蟾蜍，什么都不喜欢，可是一不小心，自己中了毒，肚子咕噜咕噜响了起来。毕竟，这个国家是一个"适者生存"的实验之地。达尔文甚至是北方一座城市的名字。想想快乐的事儿。

她经过大街，向维吉米特黑酱谷走去的时候，火焰树①在热风中摇曳。街上没有孩子玩耍。奥古斯特经过玛丽姑奶奶的家。她在那儿抚养了她的儿子，她家的门总是为牧师敞开着。她慢慢地开着车，朝表亲和远房表亲，以及还能认出来的任性的同学们的家的窗口张望，没看到什么人。驶过一所房子的时候，看见那所房子挂着风铃和一盆盆花草，迎街的窗户挂着窗帘，前面有一个"大门关闭"的牌子。她把车停在路边，看清了牌子下面那行小字："滚吧，莱茵帕尔姆！"她觉得好像有人正在监视她，心里好不舒服，朝附近的房子瞥了一眼，果然看见有一个人影站在窗前。她隐隐约约认出是学校里的人。那人面无表情。突然，另一个男人走到他旁边。她和他们对视着。

那一刻，她的感觉不像是一个被人注视的、愤怒逃跑的少年人，而是一个可怜的、仿佛看透了一切的女人，像她的妈妈。她连忙锁上车门，调转车头，有点胆怯，但并不害怕，然后大着胆子回到大街上。那里聚集着的人她全都不认识。她想继续开车驶过新开的咖啡馆。咖啡馆的座位一直延伸到路边巨大的遮阳伞下。她从婴儿车里的婴儿、蹒跚学步的孩子和他们的父母身边驶过。从前的空地现在盖起一座座商店。她想开车驶过百货公司和几乎占据了整个街区的橱窗。无论咖啡店还是百货公司都没有被那种绿色网罩遮挡。奥古斯特开车经过从前那座奶油色砂岩建筑，新药房上方过去

---

① 火焰树（flame trees）：澳大利亚槭叶瓶木，也叫凤凰木。习性与华南的木棉类似，先开花后长叶，常见于冬末初春。

的旧标牌清晰可见。隔壁是一家房地产中介公司，窗户上挂着"出售"的牌子。在这家房地产中介公司的上方，挂着一个"鬼牌"①，上面用早已过时的字体写着：农牧场用品——铁器、石灰、水泥、铁丝网、栅栏、铁门等。新店和旧店比肩而立，仿佛希望和绝望在同一张牌桌上扮演一只肮脏的手。

她想继续开车往前走，但做不到。不能让妈妈永远被关禁闭。她仔细考虑了一下。如果她认不出我怎么办？没有我她会不会很开心，或者很失望？不会好转，反而更糟呢？她在将大街分成东西两部分的绿色中间地带对面给汽车熄了火。这里一点都没有变，"分水岭"一直都屹立在那里，但她以前从来没有注意过：中间是那座大屠杀雕像。一个戴着金属徽章的士兵，身上裹着子弹袋，头戴宽边软帽，靠在枪上。枪托浸没在一片绿油油的水草中。那是一片翠绿，与大屠杀平原其他地方的淡绿完全不同。就在这时，一位镇里的园丁把他修剪树篱的剪刀放到枪托旁边，仿佛举行什么仪式似的在青铜边缘剪了几下。

这位园丁身上有一种优雅的气质，他在雕像周围的举止充满敬意——他与那个肌肉结实的年轻士兵有某种相似之处，引起奥古斯特的注意。青铜雕像挺起胸腔，眺望北方，凝视的目光中充满坚定。她知道，对一些年轻人来说，任何事情都是值得期待的。

她看见药店一扇卷帘门正往下拉，便从车里冲出来，赶在药店关门、员工午餐前跑了进去。她拿了一个最便宜的牙刷，抬起头仔细查看天花板上有没有烟火留下的痕迹。哪儿都没有被黑烟熏过，天花板装着灯箱，墙壁刷了新漆，货架上摆满了药品和零食。她上次来这儿的时候，埃迪和乔伊也在。但只有乔伊在着火的时候被困在里面。她付了钱，把药袋攥在手里，不再想那些往事。

---

① 鬼牌（ghost sign）：指建筑物上保存了很长一段时间的手绘广告标志。之所以保留这种招牌可能是为了怀旧，也可能只是因为业主不在乎。

转过街角，她在小镇外面的街道上寻找一所安了封檐板的、漆成黑红黄三色的房子。那幢房子还在那儿。除了旺德，原住民医疗中心和土地委员会是奥古斯特度过大部分童年时光的地方——放学后，和别的孩子一起在车库里画画儿，补牙，拔牙，或者求医生开个病假条，不去上学。住在平原的土著人，还有来自山谷的吉布森家、柯斯家和格兰特家的人都喜欢来这儿闲聊。每个家庭都聚集在那里避难，站在烤架周围，把快要烧焦的香肠斜放在白面包片上，旁边还放着调味汁。他们踢澳式足球，跳到空中顶球，欢呼，踢球，翻滚。她想知道那里是否有人知道农场上采矿的事儿，或者知道在他们身上发生了什么——古老的米什村的冈迪温蒂人。也许有人会告诉她，外祖父是一个多么好的人。过去，他们经常说他是个"值得尊敬的正人君子"。透过昏暗的窗户朝里面张望，屋子里空空如也，连一件家具也没有，真正的"家徒四壁"。"可拆卸的房屋"。她的眼睛慢慢适应了屋子里昏暗的光线，仿佛看到了自己。一个不同的人——一个大街上的孩子在窗玻璃上留下的影像。好像小时候的自己瞥见了一个人，一个她有朝一日会变成的人。女孩看起来很失望，因为奥古斯特想，一切都太晚了，她已经变成那个人了。还是想想快乐的事儿。

"奥古斯特？"

透过窗玻璃的反光，她认出阿莱娜·迪米特里那一头浓密的鬈发。她既不是朋友也不是敌人，只是这所高中的另一个学生。阿莱娜以最快的速度向她冲过来，把戴戒指的无名指伸到奥古斯特面前，告诉她自己刚刚嫁给了加登家的男孩詹姆斯。"就在周末！"她微笑着，"好久没见到你了！"

这倒是真的，自从奥古斯特在学期中间离开学校，她们就没有见过面。那之后，关于奥古斯特·冈迪温蒂的谣言在阿莱娜和其他大多数八年级学生中间好一阵子流传。最不可能，但或多或少被人们当作事实接受了的谣言是，她跑去加入了一个马戏团。她是一个怪物。阿莱娜现在带着一点残留的怜悯和焦虑望着她，好像冈迪温蒂家某一个人的悲剧会传染似的。

"你好吗？"奥古斯特问，松开阿莱娜伸过来的手。看着她们之间的大肚子，想象着那肚子里孩子的模样，仿佛看到弯曲的脊柱，看到 X 光片上液体里上下浮动的胎儿。

阿莱娜摸了摸肚子，像抱西瓜一样抱着。"还坚持着呢——你呢？回家了？"

"看看家里人。"奥古斯特说，看着阿莱娜的脸。

"回来就好。这我就放心了！这个镇子简直就是个垃圾场。"

"比以前还糟糕吗？"

"毫无疑问，已经没有游客绕道到这个地方了。"

"这么说，你是加登太太了，是吗？他们还在卖时髦的赛车吗？"奥古斯特笑眯眯地盯着她的戒指说。

"你知道现在镇子里的人靠什么赚钱吗？除了每年出口一次羊，没有来钱处。就是这样，汽车比赛已经没有任何意义了。大伙儿都想从矿井赚点钱。"

"你知道矿井的事吗？"奥古斯特收起脸上的笑容。

"我知道这不合你的口味，对吧？"

"在我们的农场，是的。"

"真是发疯了，想知道那些疯狂的事吗？我昨天还想起你呢！"

"是吗？"

"喝杯咖啡好吗？"她伸出大拇指，朝咖啡馆指了指。

"对不起，我不能，"奥古斯特说，"还在倒时差。"然后，出于礼貌，问道："你现在做什么工作？"

"在一所公立学校当助理老师，学生大多是六岁的孩子，一年级。等到休产假的时候暂且离职。"她再次抚平盖在"西瓜"上的连衣裙，"昨天，我就是在学校里想到你的。"

"是吗？"

"是的，我们收到了这些活动包，不同年级的包不同。是莱茵帕尔姆送的。"

"里面装着什么？"

"哦，都是些孩子们喜欢的小玩意儿。真的，但你知道——我看到一份'场地概况'。我老公很高兴，因为他很快就能接手一份'承包工程'。不过——是的，一堆环保人士正大发雷霆呢！"

"不过，这跟学校有什么关系呢？"

"我不知道，在小学做宣传呗。孩子们用硬纸板做手工，假装把做好的东西埋在地里，然后就会出现一个多项选择题：有一个矿井最大的好处是什么？三个选择：A 工作，B 工作，C 工作。"

说完之后，她仰起头大笑起来，一头鬈发在笑声中披散开来。

"你真的想看看吗？我可以给你送过去。你住外公外婆那儿吗？"

"是的。我住在那儿，外公死了。"

"听说了，"她皱着眉头说，"对不起。"她叹了口气，好像是为了她们俩悲伤。

奥古斯特又感觉到时差反应的难受劲儿。"我得走了。得回去帮奶奶。"她举起手里拎着的药袋让她看，好像这就是证据。

"她好吗？"

"还好。"她点了点头，放下手里拎着的药袋。

"我星期一把东西送过去？"

"不着急。"

她搂了搂奥古斯特的肩膀，轻轻吻了一下她的脸颊。奥古斯特走回到租来的那辆汽车之前，又看了一眼原住民医疗中心空荡荡的窗户，对着玻璃呼了一口气，热气在干燥的空气中没有留下一丝痕迹。她走上大街，一辆双座小卡车从她身边慢慢开过。茶色玻璃窗下，亮闪闪的白色车身上有一行不起眼的银字："莱茵帕尔姆矿业公司"。小卡车向小镇那头驶去。

回家的路上，她仿佛在做白日梦。想象着，下个星期不坐飞机回伦敦，不坐火车到吉尔福德①，不坐出租车到希尔②的白马酒店，不再背着背包爬上那个英国酒吧后面的铁楼梯，在小屋里睡，醒，再睡。下一次上班之前，不必再碰那几本折了角的远方诗人的诗集，不会再把手浸在滚烫的肥皂水里，洗干净沾了肉汁和约克郡布丁的盘子。不再扎着浆洗过的围裙，在散发着不新鲜的啤酒气味的厨房里干活儿。那不是她想象之中自己要做的事。

车子驶进旺德，她看到地里竖着三个钻探架，莱茵帕尔姆矿业公司高高的运载大卡车停在旁边。从那间老布道室传来搬东西的声音。奥古斯特走到门口，看见埃尔西正在那里打开一个茶叶箱的盖子。

"外婆，我回来了。"

外婆穿着一件黑色长袖棉布长裙，在赤裸着的脚脖子上扫来扫去，显得很有生气。她抬头看了一眼奥古斯特，说："埃迪来找你了。"

"我待会儿见他。我能帮帮您吗？"

"嗯。"

埃尔西跪在地毯上，奥古斯特也跪了下来，两个人中间放着一堆裁剪得四四方方的布。埃尔西把艾伯特一张装在相框里的照片放在布的中央，然后像包小孩儿一样包起来。他们从来都不会把照片装在圆相框里，不像奥古斯特在英国看到的那样，人们祖先的照

---

① 吉尔福德（Guildford）：英国东南部萨里郡的郡府。

② 希尔（Shere）：英格兰萨里郡吉尔福德地区的一个村庄，吉尔福德东南4.8英里，具有传统的英国特色。它的中心是一幢幢房屋、商店，包括一家铁匠铺、一家旅店、一家茶馆、一家艺术画廊、两个酒吧和一座诺曼教堂。

片装在古香古色的椭圆形相框里。几年前，埃尔西在这个房间里组织了一个"妈妈小组"。女孩子们在这儿聊天，练习叠尿布。那些来这里领取免费速冻食品的女孩，只有看到墙上挂着的圣像时，才会兴奋激动。然后聚集在厨房里，听埃尔西教"新妈妈"们如何做饭。一辆辆褪了色的婴儿车放在走廊，埃尔西教她们如何炖无糖苹果，如何把无盐的蔬菜捣碎给婴儿吃。婴儿从来不需要盐或糖，听明白了吗，姑娘们？外婆说。盐和糖对婴儿没有好处。

埃尔西俯身在茶叶箱上，把外公那张已经包好的照片放了进去。奥古斯特拿起另外一张照片。照片上的一群人穿着长及膝盖的短裤和短袖衬衫站在一辆公共汽车外面。外婆和外公都在人群里，虽然他们没有站在一起。她知道这是"自由行"①之旅。这张照片装在一个挺大的相框里，一直挂在客厅的墙上，周围还有许多装饰品，仿佛它是房子的中心。

"把这张也包起来吗？"

"是的，包起来。"

"这张照片怎么回事儿呢？"

外婆看了一会儿奥古斯特手里那张照片，然后才回过神来，"一路颠簸，下车透口气吧。"

"不是吧，真的是因为一路颠簸，下车透口气吗？"

埃尔西皱着眉头，眯起一双眼睛，仿佛想回忆起什么，又想忘到脑后。最后她说："我们希望大家能过上幸福的日子。"

"你这话是什么意思？"

"我想，当时我们年轻，充满希望。"

"现在呢？"

---

① 自由行（Freedom Ride）：原本指为争取公民权利，民权工作人员去美国南方乘坐实行种族隔离的交通车辆做示威性旅行。这里指澳大利亚原住民为争取公民权利所做的同类性质的示威性旅行。

她看着照片和手里那块布，抿着嘴唇："我觉得人们应该做一些不同的事情，让自己开心。"

"你就是那时和外公相遇的吗？"

"没错儿，"埃尔西微笑着回忆起往事，"不过也就在那天我离开了他们。"

"后来什么时候又遇到的？"

外婆一边包着东西一边聊天："我本来打算走遍全国，那就是我的计划。但后来遇到你外公，爱给我带来了麻烦。"

"你后悔过吗？从城里来到农场。"

"从来没有，而且很快就生下一大堆孩子。"

奥古斯特点了点头，埃尔西撑起身子，走进客厅，手里拿着一个库拉蒙①回来了。她拿起一块方棉布把它包了起来。

"我一直很喜欢这个盘子。是外公做的还是别人做的工艺品？"

"这个吗？不是你外公做的。他从来不做这玩意儿。"

"那是从哪儿来的呢？"奥古斯特问。

"你还很小的时候，你外公和我参加了灰狗巴士旅行团，庆祝我们的结婚周年纪念日。我们去了澳大利亚中部。这个库拉蒙是当地妇女做的。"埃尔西把盘子举起来，让奥古斯特看，满脸微笑，"瞧，多好看呀！红土地上盛开着鲜花。这对我们来说很特别。回家之后，他也开始做库拉蒙——他管他做的库拉蒙叫 guluman。"

奥古斯特摸了摸库拉蒙的边缘，薄而粗糙的红木倾斜而下，做成一个椭圆形的盘子。盘底深赭石和白色的图案错综复杂。埃尔西用布把它盖住。"你不把它放在外面吗？"

"我想，我得赶快把房子里所有的东西都收拾起来。不管怎样，这些东西已经不重要了。这些东西是他的故事，他的故事将永远伴随着他。"

----

① 库拉蒙（coolamon）：木头或树皮制成的盛水盘。

"还有什么有价值的手工艺品吗？我们冈迪温蒂家的。"

"我觉得没什么了。一场反对当地人的战争已经爆发。在这场战争中最大的受害者是文化，你知道吗？所有这些东西……"她把已经包好的库拉蒙拿出来送到她面前，"……是呀，文化没有军队，不是吗？"她说。

奥古斯特咬了咬下嘴唇，开始包下一个相框。

埃尔西把手放在奥古斯特的耳朵上，"不要为他的离去悲伤，奥古斯特。他有过非常幸福的生活。我们不再是这个故事的受害者了……你明白吗？"

她们又默默地包了几件东西。讲故事的人是外公，不是外婆。

厨房里响起计时器的铃声，埃尔西把茶叶箱盖上，站起来，靠在门口，转过身看着奥古斯特。

"不要成为牺牲品，奥吉。我们很容易走上这条路，成为受害者。我从来不鼓励艾伯特走那条路。这块土地、这个地球现在都成了受害者。我想它需要一支军队去捍卫。真正陷入麻烦的正是这个世界。"

"外婆，"奥古斯特跟着她走了出去，"为什么不能阻止他们开矿呢？为什么人们不抗议呢？这不就是你想做的事情吗？这不就是你的意思吗？这不就是你过去的希望吗？"

"我不这么认为，奥古斯特，"她说着走进厨房，"太多的人希望这种事发生，参加市政厅会议的人都支持开矿。每个人，亲爱的，甚至埃迪。"

"南庄的埃迪？"奥古斯特跟着外婆走进厨房，问道。

她点了点头："这是进步，不是吗？"

埃尔西在水池里洗了洗手，然后舀了一碗冷水，奥古斯特倚在墙上休息。

"我们做过了，"埃尔西继续说，"我们上街抗议，争取我们的权利，反对海外发生的战争。我们用鲜花抗议，我们为拯救被大坝阻挡的河流而抗议，和平抗议。"她从后窗户往外看，"我们在大街上捧着鲜花抗议。后来花被太阳晒蔫儿，只好把它们扔到路边。"她从冰箱里拿出一个托盘，把塑料模具放在碗上，直到冰块掉到碗里。

"我想已经太晚了，奥古斯特。不管怎么说，我们只是一群小人物。"她把一锅热气腾腾的鸡蛋倒到冰水里。

奥古斯特和埃尔西一起走到水池边，"我觉得这样不对，我觉得需要做点什么。如果袖手旁观，对我来说不合情理。"

埃尔西伸出手指尖碰了碰鸡蛋，像用占卜板测出温度。"你不能要求饥饿的人搞什么绝食抗议，孩子。但是……"埃尔西的手在鸡蛋上面盘旋，然后把拇指按在一个鸡蛋上，敲碎蛋壳。

"你是说因为镇上的人需要工作？"

"算是吧，别管它了，奥吉，这事已成定局了。"

她把第一个剥去壳的鸡蛋放在一张纸巾上。

"你说但是？但是什么？"

"但是？"她反问奥古斯特，含含糊糊地说，"嗯，食物不仅仅是你可以吃的东西。就这么回事儿。你应该出去走走。你回来后去过河边吗？"

"我去散散步，好吧。"奥古斯特说着，把捏碎的蛋壳心不在焉地扔到餐具柜上。

奥古斯特抓住外婆的胳膊肘，紧紧地搂着她，觉得连气也喘不过来，好像掉了一层皮似的。好像终于有话想说，却又不知道从何说起。

埃尔西把双手放在水里，哼起一支曲子。

"我想见见埃迪。"奥古斯特说。她回头看了看外婆，外婆正在一碗冰水里轻松地剥鸡蛋，头也没抬。

十五

费迪南德·格林利夫牧师 1915 年 8 月 2 日
给乔治·克罗斯博士的信（续）

3

我清楚地看到，在祖国盛产粮食的地区，第一批同胞也许播种了小麦，但收获的是荆棘。刚到澳大利亚的时候，我还是个小孩儿。一个天真的、不谙世事的小孩儿。随着时间的推移，我们的镇子来了很多善良的居民，每年都在扩展葡萄园，生产不那么酸的白葡萄酒。这一切向我展示了我们的传统以及我们是如何来到世界另一端的。他们自己遭到迫害，流放到这个国家寻求庇护，现在却因为我们来自同一个地方而遭受巨大的骚扰，这让我不断地质疑人类的理性。我必须在这里告诉你们，并呼吁你们的良知——我与我的同胞们肩并肩地站在英国国旗下，对国家没有任何威胁。然而，我所认识的那些与英国并肩站在一起、在生活中保持纯朴和善良的人所经历的一切是最可悲的，必须让人们知道。

多次穿越草原，到过大屠杀平原之后，我主动给殖民地大臣写信。这封信是 1879 年 5 月寄出去的，等了两个月，才收到回信。

他对我建立慈善堂的建议很感兴趣，并向我询问了一些情况。我根据自己的记忆做了回答。收到回信六个月之后，我为传教站寻找一个合适的地点。在一块巨石下面河流急转弯处找到一个地方，那个地方方圆五百英亩的土地上，从哪个角度都能看得到。这片土地最近被取消了租约。我本来希望能借此机会摆脱与该地区居民的任何不愉快，但当我将要建立传教站的消息在该地区传开时，并没有受到欢迎。我住在大屠杀平原那家不那么"贵族气派"的旅馆时，就有了这种感觉，因为我喜欢的那家旅馆，我一到就关门。

我骑着马来到房子后面，那里聚集了几个样子粗鲁的人。我下马问经理在哪儿。他们全都缩头缩脑，鬼鬼祟祟，我立刻断定这几个家伙或多或少是喝醉了，因为他们匆匆忙忙拿走后面桌子上的酒瓶和小酒杯。很明显，我搅了他们的好事。我说："好了，伙计们，我知道你们干什么了，别装模作样了，把事情一五一十地说出来吧。"他们似乎又恢复了理智。我解释我是谁，我要做什么。他们把我领到旅馆前面，经理亲切地接待了我，同时为屋子里一团糟道歉。听说我想在这儿过夜，他说最好还是去三英里外的剪羊毛工棚里找个地方睡觉去吧。我对他说，我已经累得筋疲力尽，他才同意我留宿。不过希望客人自备毯子。我向他保证我能做到这一点，就把马牵到马棚，回到他指定的房间。

令我惊讶的是，当晚有三个年轻人来找我，说他们最近一直耍酒疯出洋相，要我帮助他们戒酒。我回答说，很乐意帮忙。结果，有六个人决定戒酒，有的准备戒一年，有的准备戒半年，但他们都同意要到夜里十二点才开始，先把手头的下酒菜都吃完。我想舒舒服服睡一觉，但隔壁房间里传来的狂欢声，让我久久难以成眠。因为那几个家伙和我表示戒酒的谈话一结束，就急忙跑去喝光酒瓶子里的酒。我想他们肯定都喝光了。第二天早上我要走的时候，并没有抱怨那一夜的噪声，经理说他从当地人那里听说我是个高傲的牧师，现在很高兴发现我不是那样的人。我有所不知的是，那些叫嚣着要戒酒的人后来成为我们传教站最大的麻烦。

　　那天，我在向北去的路上经过当地的警察局，看见几个可怜的土著人脖子上套着铁环，像许多条狗，拴在一根铁链上。螺栓把铁环固定在一根很粗的铁链上，每个人之间只有几个链环的距离，连转动一下肩膀的空间也没有。那根粗铁链向前延伸，固定在一棵树上。似乎铁链加身还不足以阻止他们逃跑，有几个可怜人脚踝上还戴着锁链。周围脏得要命，他们显然已经在那儿坐了一个小时又一个小时，甚至已经锁在那好几天。他们在等待治安官的到来，然后接受审判，至少那个年轻警察是这样告诉我的。我问他，为什么这几个人连件儿衣服也没有，只有一块破布遮羞，在他们自己的屎尿中煎熬，而且，更重要的是，被铁链子锁在树上！他只告诉我这是"必须的"。我在那儿没有公事，也没有权力干涉，所以只好沿着马车留下的车辙继续向北走。一路上，除了鸟儿鸣叫和几只疲惫的袋鼠之外，没有什么引起我的注意。我偶尔从一支运送羊毛的车队旁边走过，队伍里总会有当地的姑娘或女人。和几个车夫搭讪了几句之后，我就问他们为什么带着女人。一些人自豪地回答说，与男工人相比，女工更温顺，所以他们愿意带她们远行。另外一些人则厚着脸皮承认，他们是出于"不道德的目的"把她们带在身边的。

　　我常去的那片土地是莫伦比河上土壤最肥沃的地区，河岸上生长着数百棵高大的金合欢树，很适合当建筑材料。政府对我唯一的要求是，传教站要离城镇足够远，尽量减少与白人社会的接触。我满足了他们这个要求。多年后，又做了进一步的规定，尽可能和小镇分开。这样做最终都是为了我们的居民自己好。只有在每年纪念维多利亚女王生日的时候，我才鼓励所有的居民去镇子里领取分发的毯子。我还要求他们立即返回，不要参与关于科罗波里①的政治讨论。众所周知，附近的土著人喜欢每年五月发放毯子期间聚集在一起，相互鼓励要求自治。虽然我知道参加这种活动的人数明显减少，每年都有报道显示死亡的人越来越多。他们说，很快就用不着再给这块古老土地的"领主"发放那些用作慈善的毛毯了。他们说，随着这些人的减少，土著人很快就会从地球上完全消失。当地的快报上写道，很快，莫伦比河岸上的土著人就会像悉尼街头的土著人一样稀少。可是事实并非如此。我还看到一些看起来自由自在的黑人男子把石头搬到河里，后来我才知道他们这样做是为了捕鱼。这一地区的黑人似乎仍然与土地保持着密切的联系。他们或许是我见过的最优秀的黑人，很高，很瘦，很敏捷。

我的朋友奥托·鲍曼牧师在我南边二百英里、内陆四百英里的一个人工湖边建立了一个百人传教站。那时候，我打算在这个季节建好旺德传教站。他和我一样雄心勃勃。在上帝的恩典下，我和鲍曼用我在各地当牧师挣来的微薄工资，开始真正努力地工作，砍伐树木，为建造房屋准备木材。大约一个月后，两座小屋——第一座我希望由一对已婚黑人夫妇住进去，另一座我自己住——已接近完工。现在是寻找房主的时候了。

我和鲍曼一起在河的南边发现一个妇女和儿童的小营地，说服她们跟我们走。但是这些女人对我满腹狐疑。我觉得她们以前和白人男人一定相处得不太好。她们听不懂我的话，而我，可想而知，对她们的语言也一窍不通。这让我非常沮丧。鲍曼试着用他在当地学会的几个单词和黑人女子交流，但没有人主动回应他。我们只能悻悻离开，没能照顾这几个妇女和儿童。鲍曼建议我学习大屠杀平

---

① 科罗波里（corroboree）：是澳大利亚原住民通过舞蹈、音乐和服装与"梦幻时代"互动的活动。corroboree 这个词是由澳大利亚的欧洲殖民者模仿澳大利亚东海岸当地土著居民的单词 cariblie 创造的。

原黑人的语言。如果我真的想让他们皈依天主，就应该用他们的语言布道。这些年来我一直朝这个方向努力。早年的岁月，鲍曼和我决定再为传教站建造几幢小屋，并为开设拟议中的课程建造一座校舍。仅仅过了两个月，鲍曼就不得不返回他自己的传教站，于是我自己开始播撒以合理的价格买到的粮食种子。

那时候，我深刻地认识到传教站保持稳定供应的重要性。因此，在我可以支配的五百英亩土地中，拨出五十英亩靠近河岸的土地，用于种植农作物的试验。我还种了一个菜园子，把泥土挖得像灰烬一样松软。河岸边东一块西一块种着一种我以前没见过的庄稼，兰花、百合花和苔藓夹杂在田地间繁茂生长。后来，当我询问时，当地人称这种草为gulaa，还"咬牙切齿"，似乎告诉我，这玩意儿可以吃。我把当地人种的这些庄稼脱粒之后，把秸秆埋在坑里，把所有我认为会腐烂变成肥料的东西都扔了进去。

我把那块杂草丛生的荒地挖了一遍，把倒伏的树干从地上挪开之后，连树根带野草一起烧，然后把草木灰和泥土一起挖起来。再锄一遍，每天不超过七垄或八垄。我只是刨了一下地，但如果刨得好，几乎和犁地差不多了。然后我让那块开垦出来的土地尽可能长时间地暴露在空气和阳光下。播种之前，又翻了一遍。收割完小麦之后，又锄了一遍，耙了一遍，然后撒上萝卜种子，让它慢慢成熟，为来年做准备。经过这样一番精耕细作，几年下来昔日的淤泥都变得非常肥沃，土壤的颜色也变得赏心悦目。这块地和我父亲的葡萄园大相径庭——那葡萄园非常干燥，每年需要打理三次。我说服了一个当地的定居者，借了他手下的两个黑人来帮助我。他们可以自由自在地为我盖房子、筑篱笆、种花、清理场地，帮助我种庄稼。这些人能够和我简单交流，用他们的语言问候我。我把他们说的话十分认真地记在日记本里，此后努力用他们的语言问候他们。他们听了都非常高兴。晚上，完成传教站的工作，或者到平原旅行回来之后，就着用树脂做的油灯的亮光，我读书看报。累了，躺在床上，想一天的所见所闻，感谢上帝，给了我一块土地，为那些可怜的、无家可归的人建设一个家园。

十六

Yarang gudhi-dhuray 的意思是：歌之路①。Birrang-dhuray-gudhi 的意思是：唱着歌儿去旅行。歌词是我们早期的"地图"。它告诉我们身处何方，通过故事里的歌曲和舞蹈告诉我们要走过的遥远的路程。歌词还在，但有时候 gudhi 消失了。冈迪温蒂失去了 gudhi，但现在它又回到我们身边。

Gibirrgan 的意思是：南十字星座。有时候只有女人们来接我，我们一起去河边的火堆旁坐坐。她们教我数星星，从一数到一千。我们先从那些不太亮的星星数起——手指尖敲着脚趾数，"一路向上"，敲着腿上的每一个关节数。然后数那些比较明亮的——敲着胳膊、胳膊肘、手指数。然后是最亮的——敲着脸、鼻子、眼睛、下巴和耳朵数。整整一个晚上都在敲。最亮的星星是 gibirrgan——南十字星座。这个国家国旗上的标志——由五颗明亮的星星组成，呈十字状。有一次，那个女人给我讲了 gibirrgan 的故事。她们以"当世界还年轻的时候"作为故事的开头。恩古旺达——一个部族

---

① 歌之路（songline）：在澳大利亚原住民的万物有灵论的信仰体系中，歌谣被称为梦的轨迹，是穿越陆地和天空的路径。人们可以通过重复歌词来导航，因为歌词蕴含可以起到地标作用的各种自然事物或现象。

的伟大领袖，没有儿子，只有四个漂亮的女儿——已经很老了。他很快就要离开这个世界了，所以就把女儿们叫到一起，告诉她们他要走了，因为他的生命即将结束，但他放心不下四个女儿，因为没有兄弟照顾她们、保护她们。他说："我想让你们和我一起住在天空，已经和一个聪明、有魔力的人谈过了，他愿意帮助你们和我一起住在天空。"父亲死后，四个女儿去见这位聪明的魔法师。他正坐在篝火旁，编一根长长的银绳，那银丝是从他的胡子上拔下来的。女儿们弄清楚找到父亲唯一的方法是顺着绳子爬到天空上的时候，都很害怕。最后，白胡子老人说服了她们，让她们相信这是安全的。于是她们顺着绳子爬到顶端，和父亲相聚，他是最亮的星星——半人马座。七姐妹星也在那里。希腊人称之为昴宿星，我们管它叫 mulayndynang。

Balubuningidyilinya 的意思是：自杀。我们在这里开办空手道学习班，"母亲小组"变成了烹饪学习班。这些年轻的孩子找到了他们关心的、擅长的，并且可以提高的东西。我们想做点什么让年轻人忙起来。所有的 balubuningidyilinya 都是过去的痛苦造成的。这让我心碎。

Wadha-gung 的意思是：兔子、野兔。这些兔子是被黏液瘤病感染之前，由一个牧人带来的。他的本意是在牧场养兔子当练习射击用的靶子。起初只养了十二对兔子。有些打兔子的人靠兔子过着很好的生活。但是短短几年之内，就繁殖出一千三百万只兔子。这些家伙吃树苗、庄稼和袋鼠、兔耳袋狸和沙袋鼠赖以生存的本地植物。然后他们引进狐狸抓兔子，结果狐狸把当地的动物当作袭击对象。他们建起一道横跨整个国家的防兔子篱笆，试图阻止兔子进入"祖国的粮仓"。可惜已经太晚了。

Waagan, wandyu 的意思是：大乌鸦，当地的。如果你去过大屠杀平原，我敢保证你见过 waagan。在这个小镇或者丛林，无论走到哪里，你都可以确信它在看你——也许在等你成为它的食物。在农场，母羊生产时，你必须密切关注，小羊羔一生下来，就得赶快抱走，否则就会被大乌鸦吃掉。我在穿越时空，做"时间旅行"的时候，听说过一个关于瓦恩，也就是 waagan 的故事。瓦恩很喜欢看一群群鹈鹕。有一天，它又坐在一群鹈鹕旁边，看热闹。过了一会儿，一只老鹈鹕走过来问瓦恩在做什么。瓦恩说它饿了。鹈鹕就回去和另外几只老鹈鹕商量该怎么办。大伙儿都同意让瓦恩过来，坐在它们的篝火旁，还给了它一点食物。过了一会儿，鹈鹕四散而去，给树上巢里的小宝宝找更多的食物。瓦恩想吃鹈鹕蛋，但发现它们已经孵出来了，就给树念咒语，把树枝升到空中。小鹈鹕哭喊着要吃东西。鹈鹕回来喂小宝宝时，不得不往树上爬，但怎么也够不着。从那时起，鹈鹕就把孩子放在低处，并且总是和瓦恩保持距离——就像其他鸟儿一样。哦，我倒是喜欢 waagan，虽然在那个故事里它没落下好名声。人们都认为 waagan 狡诈，但这并不意味着它邪恶。Waagan 没有几个鸟朋友，喜欢独处。但它们自己是一群忠实的鸟朋友。交配时，它们会触摸对方的喙，就像在长时间地亲吻。互相追求时，它们会把爪子交叉在空中。大乌鸦都有一个终身伴侣，我觉得这是件好事，waagan 能把家人团结在一起。这很重要。

Yindyamarra 的意思是：尊重。我想，我已经意识到，有些东西如果不给予就无法得到。除非你有给予和接受的机会。人只有平等才能互相尊重，否则这就是一场奴隶主和奴隶的游戏——总有人在要求尊重的时候占上风。但 yindyamarra 也包含另外的内容，那是一种生活方式——一种善良、温柔和相互尊重的生活。我们的

90

yindyamarra，看起来很值得分享。

Dharrar 的意思是：肋骨。《创世记》二章十八至二十二节说女人是由男人的肋骨制成的。埃尔西说："真是一派胡言。"我笑了。但最终还是信《圣经》里的话，因为从小时候起《圣经》就是我的朋友。我喜欢那里面的美好，还有故事。我想我是按照自己的想法理解书里的字字句句。我祖先的故事，还有《圣经》。每次我们在家里争吵，她都会指着自己尖叫："我不是你的 dharrar！你想要 dharrar，去找屠夫！"这是一种侮辱，我希望我们教会女孩子们这一点——不要成为任何人的肋骨。

Bila 的意思是：河流。现在你知道"死水潭""死河"[①] 这个词的来源了吧。来自我们的语言。一切的一切都回归到 bila——所有的生命，以及所有的时间。我们的"歌之路"也源自那里，我们的生命之源从那里得到滋养，我们的灵魂最终也栖息在那里，甚至牧师也被吸引到河边，在那里他背诵了《以赛亚书》四十四章三节，"因为我要将水浇灌口渴的人，将河浇灌干旱之地；我要将我的灵浇灌你的后裔，将我的福浇灌你的子孙。"无法想象再也看不到水滚滚而来会有多么痛苦。

Darribun, ngaraang 的意思分别是："蜂王""工蜂"。现在，ngaraang 陷入困境，整个蜂群都在死亡，只有 darribun 幸存下来，就像棋盘上一样，没有一兵一卒，所有的 ngaraang 都在死亡。蜜蜂把离开蜂巢的时间推迟到成年以后，因为那时候花少了，对蜜蜂来说，

---

① "死水潭""死河"（Billabong）：是河流改道后留下的孤立的池塘。死水潭通常是在小溪或河流的路径发生变化时形成的，反映了澳大利亚干旱的气候。它季节性地充满水，一年中大部分时间都是干的。

收集花粉便成了一项艰苦的工作。许多蜜蜂在酿蜜——warrul——前就筋疲力尽而死，再也回不了家。如果农场里的杀虫剂对蜂房或者四处觅食的蜜蜂造成威胁，蜜蜂就可能死亡。这样一来，下一代蜜蜂就加快成熟，过早地离开蜂巢。结果，还没有做好充分准备，整个蜂群就崩溃了。冈迪温蒂人就像这样，四散的孩子们没有东西养活自己，没有指南针指引他们回家。

Girra-wiiny 的意思是：开满美丽鲜花的寂静之地。你能在乡间看到盛开的野花。比如野生亚麻和黄金合欢花，还有兰花和百合花，这些都可以食用，它们被称为 diramaay。不仅可以食用和药用，茎和叶也可以编篮子。花开花落的时候会告诉我们随着季节的变化会发生什么事情——比如当 ngawang ——"快乐的漫游者"绽开紫色的花朵时，我们就知道，可以在河流和湖泊中捕到肥硕的guya 了。

Bula 的意思是："一对儿""两个"。我埋头学习《圣经》，被希望所鼓舞。迎来第二个春天的时候，家里又添了吉达和奥古斯特两个小女孩。旺德对所有人敞开大门。我和小姐儿俩走很长一段路去肯加尔巨岩。我给她们讲解，一代代老人如何走过我们脚下这一块块牧场，用石斧——白人带来金属斧之前——干活儿。情人们在这里相会，在树干上留下种种标志，或椭圆形疤痕。那是他们轻轻地剥掉树皮留下的。他们用那个长长的、椭圆形的"盘"放婴儿。如果木头很坚硬，就用来挖植物的根和块茎。我带她们到河边，去看老人们钓鱼的地方，看平静的河面上一块块岩石，那是最初灌溉的地方，也是老人们撒网打鱼的地方。那都是老人们吃的东西——莫伦比河的鱼，莫伦比河的贻贝、小龙虾和鹰嘴鱼。他们吃平原上的袋鼠草①——把种子磨成面，在泥土炉膛里做面包和蛋糕。他们做的面包和蛋糕比聪明的埃及人早得多。那时，小姐儿俩抬头看着我，眼睛睁得大大的，世界上所有的奇迹都在她们脑海里翻腾。那是我最美好的回忆——让她们俩知道很久以前我们的先人多么伟大。

Buwubarra 的意思是：父母，或者，就像父母。我和埃尔西对于可爱的 bula，小姐儿俩，就是 buwubarra。

---

① 袋鼠草（kangaroo grass）：三叶草，是一种多年生草本植物，广泛分布于非洲、澳大利亚、亚洲和太平洋地区。在澳大利亚，它通常被称为袋鼠草。

十七

　　奥古斯特沿着车道向南庄走去。南庄四周都是一片绿茵茵的草地。福斯塔夫家的花园里没有本地的植物，只有树篱、郁金香、半个世纪的玫瑰花丛和果园。房子被漆成南瓜色，饰以灰色镶边，但过去每隔几年就会改变一次颜色：多乐士①蓝桉色，多乐士奶油色，多乐士赤褐色。奥古斯特非常关注福斯塔夫家。她总是躲在灌木丛里，或者试图以某种方式钻进门里。

　　这个地方和旺德比也没有太大的区别。如果有区别的话，也只限于山墙装饰得比较华丽，木头雕刻的图案错综复杂，边饰打磨得更加光滑。有两个喷泉、太阳能庭院灯，双色钻石图案的卵石路直通游廊。一根浇水用的黄色软管整整齐齐地盘在一起，放在房子旁边专门放软管的架子上。他们家的前门总是放着一个擦脚用的垫子，上面有"欢迎"两个字，看上去好像从来没用过一样。可是现在垫子不见了，整个南庄也今非昔比。草坪长得乱七八糟，埃迪懒得去管它。除草机正在出售，像十字架一样躺在平板卡车上。这里很快就会变成一片瓦砾，除草已经没有意义。埃迪看见奥古斯特向

---

①　多乐士（Dulux）：是国际知名的涂料品牌。它由阿克苏诺贝尔公司（前身为帝国化学工业公司）生产。多乐士品牌自1931年以来一直被ICI和杜邦公司使用，是最早的醇酸基涂料之一。

他走来，双臂抱在胸前等她。他好像一辈子都在等她。

"见到你外婆了吧？她还好吧？"

奥古斯特走到南庄脚下，"她一直忙个不停，好让自己熬过这些日子。"

"你是怎么熬过这些日子的……"他朝两边抻了抻胳膊，从十几岁起，他就开始发胖了，"我是说，过去的十年里。"他看见她正在看他穿一件带领子的衬衫，不由得涨红了脸。奥古斯特注意到，他已经完全变成一个大小伙子，那张脸不再是娃娃脸了。

奥古斯特仿佛听到脉搏咚咚咚的响声，朝一旁张望着，在台阶上坐下，"熬过什么？"

"一切的一切……你知道的……"埃迪说，坐在她旁边，"有你妈妈的消息吗？"

没有妈妈的消息，而且几年前她就不再四处打听了。她觉得妈妈一定自己认为没脸见人，跨越了悲伤和疯狂之间的界限，被她的所作所为埋葬了。

"没有。"她把手伸进口袋，掏出一支香烟点燃。

埃迪用胳膊肘推了她一下，"给我一支。"她把一包香烟和一盒火柴递给他。

他点燃香烟，偷偷看了一眼她短裤下面赤裸着的人腿。

"你吃得多吗？"他看出她很能吃。

脉搏咚咚咚地震动着耳鼓，她说话的语气是防御性的："多。"

"你看起来不一样了。"

"怎么不一样了？"她知道自己和过去不一样了，但不知道怎么个不一样法儿。她觉得自己在过去的十年里，无可选择地变成现在这副模样。就好像只有脸和名字还有以前的踪影。她真不知道自己应该是什么样子。

"你还是你，我这样说并没有恶意。只是说，你看起来变了。"

"你也是。"奥古斯特说，心里却想，她认为这种变化是一种进步。

"我猜你有英国佬朋友了吧？"

"没有。"好像有什么东西夹在他们中间。两个人都不想提起往事——所有那些不可言说的事情。

他接着说："世界上可去的地方多的是，我真不敢相信你竟然去了英国！"埃迪解开鞋带，一脚把鞋踢开。

"为什么？"她说，心里还是小时候的想法，还像十八岁那样。在英国，孩子们生来就纯洁无瑕，有喝茶的时间，有校长，有长袜，有夹心糖果，还有在结冰的河流上比赛的小帆船。孩子们的童年就像她读过的那些旧书描绘的那样美妙。

"我不知道。因为这不是你的传统。因为澳大利亚还是粉红色的。"

"你这话是什么意思——澳大利亚是粉红色的？"

"在世界地图上——澳大利亚是粉红色的，难道不是吗？即使你是冈迪温蒂人，也是英国臣民！"

他笑了起来，但是奥古斯特笑不出来。小时候，他们经常这样开玩笑，可是现在已经长大了。看到奥古斯特冷冰冰的脸，埃迪后悔不该那样说话。他把衬衫扣子一直扣到脖子下面，试图用法兰绒来掩饰他不无挑逗的玩笑。

"对不起，我只是开个玩笑。"他说。

"你为什么留在这儿？"奥古斯特吸了一口烟说。

"也许是为了看风景吧。除了我，还有谁会这么做呢？没一个混蛋会这样做。"

她向热气腾腾的空中吐了一口烟，不再说那个话题。

"你有男朋友或者别的什么玩意儿吗？"

"你在乎吗？"

"我在乎。"他说，望着她的眼睛。她的目光与他相遇。

他们互相打量了一会儿对方的脸庞。埃迪俯下身，凑到奥古斯特棱角分明的嘴唇前，好像对她发出邀请。

然后他们接吻——就那样接吻了。嘴唇刚好碰在一起，脸被放大，暂时挡住阳光，这是一个小小的休战。

她转过身，掐灭香烟，站起来。"我得走了，"她开始向旺德走去，"去帮外婆干活儿。"

"好吧。"他有点困惑地说，但她已经走远，没有听见。

"要我帮忙吗？"

埃尔西把一锅洋葱放到奥古斯特面前。她们整个下午都在做饭，热风把干小麦的气味吹了进来。埃尔西让奥古斯特做黏糊糊的白米饭，只是插嘴说一句，往咕嘟咕嘟冒泡的水里倒一点椰奶。然后，让奥古斯特把胡萝卜和黑萝卜切成丁，再择点香菜和大葱放进去。埃尔西负责搅拌，加入红糖、大料、姜和特制的红酱、鱼露。她把鸡块扔进酱汁里。外婆做饭时总是容光焕发。然后她在锅上摇了摇那个橙黑相间的小调料瓶，屋子里骤然间散发出基恩牌[①]咖喱粉的气味。

厨房的气味让奥古斯特想起学校里的孩子们。她坐下来吃她带来的热乎乎的午餐时，他们都捏着鼻子，呆呆地望着他们自己切好的面包皮、火腿三明治、一小包一小包的盐和醋，还有冰冻果汁汽水。还有一些孩子也被这样呆呆地看过。比如乔迪。他花了整个午餐时间求其他孩子"咬一口"或者"十美分买一个香肠卷"。还

---

① 基恩牌（Keen's）: McCormick Foods Australia Pty Ltd 的一个品牌，该公司是美国食品公司 McCormick & Co. Inc. 的澳大利亚分公司。Keen's 芥末粉和 Keen's 传统咖喱粉是澳大利亚生产的调味产品。Keen's 的品牌在澳大利亚已经成为一个家喻户晓的名字，几十年来它一直享有标志性的地位。

有卢克。他妈妈在当地的汽车旅馆工作，他总是带旅馆的黄油块儿和面包卷儿，独自坐在校园里做三明治。还有奥古斯特的朋友露易丝，她端着一个透明的塑料碗用筷子夹凉面吃。如果她对同学之间的差别感到好奇的话，那差别也仅仅是穷和更穷。山谷、传教站农场和郊区的穷人多。奥古斯特想，虽然吃的东西不同，但依然不是不再饥饿，而是永远饥饿——这让他们既不同又相同。

埃迪上的是另外一所学校。她想知道他是不是从学校回来就一直想着她。难道他真的想要她的心吗？可是她的心早已支离破碎。还是因为他也认识吉达和外公，为她难过，只想吻吻她？因为一切都又重新开始，或者终于结束？她不知道，对此很在乎，但却尽量不去在乎。只是那时候不行，还有那么多事情需要她考虑、关心。

后来米茜姨妈来了，玛丽姑奶奶、贝蒂姑奶奶和诺拉姑奶奶也来了。她们都是和外公一起长大的。后来又离开了外公家。埃尔西擦了擦手，把木勺放在水槽上，拿起床单。她把那摞洗过的床单递给奥古斯特，让她去收拾厢房那几个房间的床铺，自己和姨妈、姑奶奶们继续做饭。

厢房几个屋子的门外面有锁，但没有插销。屋子里积满厚厚的灰尘。奥古斯特在酒吧干过活儿，还在带早餐的旅馆干过活儿，知道从哪儿下手。她先打开窗户，让门半开着。走到外面，抖了抖枕头上的尘土，拿进来之后，把已经变黄的枕芯装进印着图案的枕套里。她翻动了一下松塌塌的床垫，铺上刚浆洗过的床单，心里想有多少人曾经在这里休息过。然后扫了扫地板，把羊毛毯子拿出去，挂在外面的绳子上，用那把破扫帚敲打，把上面的皮屑和灰尘都清理干净，再把毯子一条一条拿进来，边对边铺在床单上，把床单翻过来，在每条毯子上折出一个漂亮的三角形。在旺德绿荫深处，她剪下几枝兰花，把花枝分别插在四个床头柜上放着的水杯里。她没看见埃迪在地里干活儿。

有一个床头柜上有个抽屉，抽屉上面有个小凹槽。奥古斯特轻轻晃动了一下，拉开抽屉，看见里面有一本《圣经》。她把它拿出来，坐在刚刚整理好的床上。"这是一本书，"外公第一次把一本《圣经》放在她手里时，语气坚定地说，"我要你读它，权当里面的每句话都是谎言。如果你发现哪句是真的，我希望你能把它写下来。"

她不知道这是外公的"策略"，还是"挑战"，但他向她保证，每答对一次就会得到一块钱硬币。吉达失踪之后，这对他是一种心理安慰。她还记得暑假期间，她是怎么写了半个练习本的答案，盼望最后能得到外公奖励的一大笔钱，去买糖果。后来外公奖励了她两块钱。奥古斯特从头到尾翻看了她写的"作业"，发现外公在两个地方写了"是"，还在那行字旁边画了一个圈。她现在只记得第一句。这是《箴言》中的，"生死在舌头的权下"[①]。

奥古斯特把那本《圣经》拿出来，扔进房子旁边的手推车里。这从来就不是她要找的书。

自从奥古斯特回来，埃尔西的精力时好时坏。有时候，她会像一列上山的火车一样忙个不停，然后又放慢速度，安静下来，顺着山坡滑下去。姨妈、姑奶奶们到厢房卧室里休息之后，埃尔西和奥古斯特都没有吃她们做的咖喱饭，而是轮流为对方沏茶。晚上她们又做了一些饭：炖菜和蔬菜千层面。等饭菜都凉了之后，用特百惠[②]封好，放在冰箱里，准备告别时吃。

奥古斯特倒了两杯她从镇上买来的葡萄酒，站在水池旁边，一

---

① 《圣经·旧约》十八章二十一节：生死在舌头的权下。喜爱他的，必吃他所结的果子。

② 特百惠（Tupperware）：是一个家用产品系列的名称，包括厨房和家庭的存储、密封和服务产品。

口气喝了一杯，然后又按规矩，倒了小半杯。埃尔西正在餐桌上熨一块白桌布。熨斗冒着热气，她揉着双手，等指关节不再疼痛。奥古斯特放下酒杯，朝外婆点了点头。"我可以替你熨。"她轻声细语地说，不想让外婆觉得她自己熨得不好。

埃尔西用一只酸痛的手接过杯子，另一只手轻轻碰了一下插座上的电线。"你今天吃东西了吗？"

奥古斯特正想问她这个问题，但她们俩，一个没答，一个没问，只是让问题"悬而未决"。两个悲伤、总想逃避的女人。

"到外面坐坐好吗？"奥古斯特说，拉开玻璃推拉门。

她们在户外双人椅上坐下，藤椅上垫着羊毛垫子。斯皮克跑过来，卧在埃尔西的脚边。

"外公在写书吗？埃迪告诉我他在写书。"

"不是书，他只是在纸上记东西—— 一种字典——他在努力记单词。已经写了一个多月了。"

"我能看看吗？"

"不知道他放在哪儿了，奥吉。去他的办公室找找，我也想看看。"

她们呷着葡萄酒。"我会去找的。"奥古斯特说。

"Yingaa，是我在他写在那几页纸上看到的一个字。"

"Yingaa？"

"这个字的意思是小龙虾，丛林龙虾，你知道……"埃尔西又呷了一口酒，热情地补充道，"我们的第一次约会就是吃小龙虾。"

"你和外公？"

"是他把我带到这儿的。"埃尔西把酒杯举在脸前，望着茫茫夜色，"那是我第一次来旺德。他陪我走到大坝，告诉我 yingaa 的事儿。我那时是个城市女孩，对小龙虾一无所知，从来没有见过那玩意儿！他听说之后，二话没说跑回到屋子里，我紧紧跟着他，也跑了进去。"埃尔西转向厨房，"他开始在垃圾桶里翻来翻去，"她笑着说，"艾伯特抬起头看我的时候，我一定满脸惊讶！我在想，这个人在垃圾桶里找什么呢？然后他得意洋洋地举起两根骨头，又从晾衣绳上扯下一条绳子，带着我又回到大坝。他在绳子两头各绑上一根骨头，扔到水里。我们拖着'钓饵'在水边慢慢地走。水面两次泛起涟漪，他教我把钓索从大坝上慢慢放下。你瞧，那是我的第一次 yingaa 盛宴。"外婆摇摇头，又喝了一小口酒，朝奥古斯特微笑，"他写这事儿！"

"真妙，"奥古斯特说，两个女人笑了起来，"你为什么回来找外公？"

埃尔西想了一会儿，"我想和你外公可以一起做些好事。那个年纪，我觉得我们的爱可以回报这个世界。我对他敞开心扉，我也清楚地知道他爱我，不会贬低我。"

"贬低你？"

"我们都是古里族人，会互相扶持。我们都知道这种扶持有多么重要。"

他们的善良让奥古斯特心里难过，想到自己的母亲，真不明白她怎么会出那么多问题。"你们俩在一起那么好，为什么妈妈身上会发生那么多坏事？"

外婆摇了摇头，没有回答。她还想再问的时候，平常工人们住的厢房里的灯突然熄灭了。她们俩都望着漆黑的窗户，姨妈和姑奶奶们都已经上床睡觉了。"明天还有谁要来？"奥古斯特问，心里明白奶奶不想回答，或者不能回答一个毫无意义的问题。

"都是家里人——有的在这儿，有的在那儿。我想，弗雷德叔叔会来。从甘蔗地里一路往北。你还记得他吗？"

"不记得了。只记得他的胳膊，还有一次给我们买了香蕉冰淇淋。"

埃尔西用手指敲打着酒杯："我过去认为他是世界上最悲惨的人，但我现在喜欢他了。他是你外公的表哥。"

"他的胳膊到底怎么回事？"奥古斯特仗着酒劲儿问道。

"他去战场上打仗，倒是平平安安回来了。没有受伤，但人们说他被弹片之类的东西击中，受了伤。所以回来之后胳膊总疼，大概是神经坏了。医生们都看不出怎么回事。他走遍全国看专家，也没有人能解决这个问题，扑热息痛在他身上不顶事儿。他决定让医生把手去掉，甚至用一只坏胳膊砍甘蔗攒钱支付手术费。但没有一个医生为他做这件事儿，因为他的手还在胳膊上长着。有一天，他就想自己把那东西割下来……"埃尔西摇着头，脸色又一次阴沉起来，"你不可能总是看到让你疼痛的东西。他买了一把斧头和一个舱口弹簧之类的东西，在铁皮桶里生了火，用自制的'断头台'把那只手砍下来，把动脉烤焦，把手扔进火里，这样一来，那只手就再也接不到胳膊上了。"

奥古斯特倒吸一口凉气，几乎大叫起来，一张脸都吓得扭曲了，"怎么能这样干呢？"

埃尔西若无其事地继续说："后来，医生只好把剩下的手臂也截掉。现在他是一个那么快乐的家伙。总想展示……"

"展示什么？"

"展示人们会为减轻疼痛而做的事情。"她用指关节摩擦着膝盖。

"你可别把手砍掉，外婆！"

她看了一眼奥古斯特，吓了一跳，两人又笑了起来。等她们笑得把猫头鹰都惊起来的时候，埃尔西说："你一向脾气很好，姑娘——你知道，你可以跟我聊任何事情，对吧。"

这好像一份声明——她只是想让奥古斯特知道。"我知道。"奥古斯特说，立刻打消了心中的疑虑。奥古斯特知道外婆不再是她的监护人，她可以成为她的知己，但奥古斯特仍然不知道该怎么说这些话。田野里传来嗡嗡嗡的响声，有一种跳动的节奏。蝗虫吃饱了晚饭准备过夜。新月当空，没有一丝亮光照在那片古老的土地上。

"敬艾伯特。"埃尔西说，对着黑暗举起那几乎满满的一杯酒。

"敬外公。"奥古斯特说着，把她的手高高举起，银色的月亮从空杯子里弯了下来。

十八

费迪南德·格林利夫牧师 1915 年 8 月 2 日

给乔治·克罗斯博士的信（续）

4

庄稼开始生长时，我就去布莱克家的营地，给他们小麦种子和菜园里收获的胡萝卜。以这种方式，建立相互之间需要的信任，以便顺顺利利建起传教站。在我多次屈尊俯就、卑微拜访之后，当地的土著人听说已经为他们准备好一个家，便成双成对或者十人一组，来到我们的"慈悲之家"——旺德传教站，寻求保护和食物。在接下来收获的季节，主赐福于我们，传教站诞生了许多孩子中的第一个。1881 年 12 月，一个小小的、美丽的混血女孩出生了，我在我的日志里记下了她的出生——上天赋予她健康的身体和一个基督教徒的名字——默茜。

我们的住宿条件很差，收入微薄，但看到这么多不幸的妇女和儿童食不果腹，衣不遮体，我最柔软的同情心被深深触动。我不能不接纳他们，尽管最初只是想收留已婚夫妇。镇上的人警告我说，土著人永远不会在我为他们建造的地方睡觉，可是当第二和第三座小屋建成后，我看到土著人拥有自己的住所之后，都很满意。就这样，一个小村落在孤寂的丛林应运而生。这个村落里有我自己住的小屋、校舍（也作为教堂），十五个两居室农舍，供已婚夫妇居住。一个大宿舍，可以住五十个女孩和单身女人，另一个大宿舍住相同数量的男孩和单身男人。此外，还有一个储藏室，三个附属建筑。最后但并非最不重要的是老师的小屋。因为第二年，我百事缠身，不得已放弃了教师的职务，请我在南方的朋友汉斯·凯勒来这儿当教师。这样一来，我就可以抽时间帮助男劳力在传教站周围建一道栅栏，保护我们的庄稼和饲草免受周围人家的牲畜糟蹋。这些年来，我目睹他们动作敏捷地爬上仅存的几棵桉树，目睹他们以一种轻松、优雅的姿势穿过湍急的河水。我很高兴看到他们在我的明确指导下勤奋地工作。

我那时除了作为神职人员有点捐款之外，没有固定收入，所以经常陷入极度贫困之中。因为我经常不在家，就让凯勒当经理。有时候我们连羊肉和面粉都没有，更不用说生活必需品了。然而尽管最初许多个月里，困难重重，缺衣少食，但这些考验对我们的影响远没有周围那些自称是基督徒的白人的残酷行为那么大。那些年，我逐渐认识到他们只有一个愿望——用他们自己的方式来对待土著人。那些卑鄙的家伙试图以不同的方式瓦解教会，驱散在近两年时间里已经成长起来的超过九十人的黑人群体，其中包括四十名在册学生和三十名定期参加学习的学生。

在我们传教站运作的第三年，有一次，我因为主持婚礼，不在家。一个号称"绅士"的家伙带了一箱杜松子酒来到妇女居住的营地。这是离传教站只有一英里的一个小营地，这位"绅士"把大家灌得烂醉，他还带来几个同伴。凯勒告诉我，接下来的场景是纯粹的邪恶——城里的单身汉和已婚男子对那些可怜的妇女和女孩极尽淫荡之能事。还有一次，趁我不在的时候，我曾经住过的那家不那么"贵族气派"的旅馆老板又给营地送来酒，把白人叫来。我相信就是曾经骗我要戒酒的那几个无赖。凯勒告诉我，又发生了上次那种情况。第二天早上，我回到营地，看到老妇人和非常年轻的女孩都喝得烂醉如泥。一个可怜的女人，怀里抱着一个混血的婴儿，摇摇晃晃地向我走来。"你们都干了些什么，黛西？"我问。"一直在喝酒，gudyi。""谁给你喝的？""默里先生。"指的是我遇到的那个旅馆老板。黛西非常难过，请求我的保护。她说她不想喝酒，但他们强迫她喝，然后逼她跟他们干那肮脏的勾当，干完了拍屁股走人。黛西的脸又青又肿，还磕掉一颗牙。我觉得最好还是把黛西送走。我猜她大概只有十五岁，就把她安置在北方一个我认为很好的基督徒家庭里。她的家人知道之后很难过，但我说，我对这家人很了解，有我的大力推荐，没问题。她会经常回家探望父母的。

鲍曼还送给我一支枪，教我如何装火药，如何瞄准射击。我只是在万不得已的情况下才离开传教站，到别的地方去履行牧师的职责。

我不想离开传教站，但是为了弄到一点经费，常常别无选择。每次回来，我都会立刻去拜访每一个居民，让他们知道我已经回来了，让那些我承诺过要拯救的人放心。几个月后的一个晚上，我被一群女孩吵醒，她们跑到我的小屋寻求保护，因为邪恶的白人男子闯进她们的宿舍。我冲到女孩子们的住处，赶走那两个畜生，骑上马去追赶那几个坏蛋。我骑了四英里，不知道自己能做什么，该做什么。虽然我最终没能逮捕他们，但我想传教站的居民都清楚，我信守诺言在保护他们。

好几个月平安无事。有一天，又发生了一件不幸的事。附近牧羊场一个年轻移民光天化日之下，骑着马发了疯似的闯进传教站。他从马鞍上扯下马镫，在头上挥舞，发誓要杀了第一个敢靠近他的人，不管他是黑人还是白人。大家都很害怕。半小时后，那个家伙威胁要解散传教站，扬言如果我不放弃，就不得不忍受镇上人的骚扰。他们要"我行我素"，不想受任何法律的约束。我明白，这些人的肉欲是他们想让黑人回到露天营地混乱生活的原因。他们不会容忍那些试图给可怜的黑人带来"和平与善意"的人。因为众所周知，在我来之前，野蛮地贩卖土著人的身体和灵魂已经是司空见惯的事情了。

在我再次写信请求警方介入无果之后，我们只能自己保卫自己。我确保传教站的居民不离开居住地，到周围闲逛。我还要从悉尼请一位女老师来帮忙，让传教站的女孩子们忙个不停，把每天的时间都安排得满满的。当然最重要的是上学。有时也像大多数学校一样，教她们做饭、打扫卫生和缝纫等基本技能。天快黑的时候，我们确保孩子们整夜都在宿舍里睡觉。在传教站男居民的帮助下，我们加固了围栏，并在主屋上方刻下了我们团结一心的誓言。用凿子刻，用火钳烫，留下这样的字迹：

单凭恩典，单凭信心，单凭《圣经》

我仰面朝天，站在那一行铭文下面端详着，心里非常高兴。我处事谨慎，一颗心常常因为恐惧而颤抖。灵魂深处，希望它能在可以预见的、酝酿之中的风暴到来时保护我们。

十九

Girinya 的意思是：玩耍。小时候，我们在"男孩之家"玩板球、手球、弹珠、跳背和长矛游戏。我们用芦苇或树枝做矛，把树枝在石头上磨尖。从毯子上抽出线把小石子绑到树枝上。一个男孩扮演袋鼠，另一个男孩朝他扔长矛。我们把玩具长矛藏在屋子后面的楼梯下。每天都在那儿排着队，双手放在胸口唱"天佑女王"①。没有什么永远可怕，即使最糟糕的时候。小时候，你总能找到 girinya 的办法。

Biladurang 的意思是：鸭嘴兽。有一个关于 biladurang 的故事。故事说的是，为什么只有这个国家有鸭嘴兽。很久很久以前，有一只叫盖加的小鸭子。盖加不听长辈的话，不珍惜家里的好日子。她离开安全的湖，游到小溪里，远离家人，一直游到鸭子不应该去的水里。在那里，她被一只名叫比根的水鼠捕获。他把她关在一条小溪里整整一个季度。等她逃回到湖边时，所有鸭子都生了孩子。盖加也生了孩子。可是，家人看到盖加的孩子时，都连连摇头。他们告诉盖加必须离开，如果她留下，家里就会发生不好的事情。盖加

---

① 《天佑女王》(*God Save the Queen*) 是英国和许多英联邦国家国歌。

108

只好带着她那几个长相奇怪的小宝宝穿过河流、湖泊，游啊游啊。后来，她终于找到一个能让孩子们快乐生活的地方。但是对盖加来说，那地方太冷了。因为她不像她的孩子一样有皮毛。盖加死后，她的孩子们待在凉爽的河流里，脚上有蹼，大扁嘴，身上长着皮毛。这就是 biladurang。

Didadida 的意思是：千鸟。我是在"男孩之家"学会这个词的。Didadida！我们一边跑，一边叫，在空中挥舞着手臂吓唬它们。大多数人都认为千鸟是世界上最糟糕的鸟，比秃鹫和喜鹊还糟糕。我敢打赌，每个澳大利亚人都知道这一点。如果你靠近它们的巢，它们就会向你的脸扑过来。即使你马上逃走，它们也会不停地追赶你。当我自己身为人父的时候，又想起 didadida，想起它们是如何保护自己的孩子的。Didadida——那声音听起来甚至像小鸡呼唤父母寻求安慰。

Gandyan，gandyi 的意思是：男警察，女警察。我遇到过好人，也遇到过坏人。倘若遇到一个坏 gandyan 就麻烦了。他们不仅有枪，还有泰瑟枪——便携式电枪。小时候，人们都说："向警察挥挥手。"我认为，当人们在墙上挂十字架、在翻领上别个东西、在胳膊上戴个袖章时，实际上是在说："别朝我开枪。"我们也会以同样的方式向他们挥手。我甚至教女孩和外孙外孙女们："瞧那儿，向警车招招手！"当然，如果我独自看到一个 gandyan，情况就不一样了——那时我就要真的变成"隐形人"了。

Dyirribang 的意思是：老人。我出生在和平与战争年代之间，恰恰处于行动前的思想和行动后的阴影之间。幸存下来的士兵第一次返回家园时，得到我们租给他们的土地，叫作"士兵移民配额"。

Dyirribang 福斯塔夫，这家伙犯了个错误。他依据"闲置牧场宅地租赁法"得到那块土地，却没能付清获得自由保有权的款项，使其在澳大利亚法律框架下永远属于他。福斯塔夫家族从未拥有过这片土地。那以后，冈迪温蒂家族也不曾拥有。所有权在政府手里，时间长达九十九年，足够把一个错误延续到下一代人身上。埃迪对此也深有体会——没有一块土地或者牧场可以称为他的家。这就是为什么采矿会采到这块土地，像一条蛇爬到这里——比蛇还糟糕——贪婪的伙伴将大赚一百万、十亿甚至更多。

Garru，wibigang，dyirigang 的意思是：喜鹊。喜鹊像千鸟一样邪恶，但是老祖宗说，它们能带来通灵信息。如果你能和它们做朋友的话，它们愿意和你交谈。我试了一下，不筑巢的时候，它们就会来到花园里，我会说 garru nguyaguya milang mudyi——喜鹊，美丽的朋友。它就变得安静、温柔。它给我讲它的祖先——第一只喜鹊的故事，以及保护自己的孩子免受巨蜥伤害的重要性。这就是它被人诟病的原因。我对它说，完全理解它的苦衷。

Dharrang-dharrang 的意思是：邮差，（用消息棒①的）信使。图书馆的朱莉是一个聪明善良的女人，她在图书馆的目录里找到了我需要的信息，没有她的帮助我是不会找到这些东西的。她把它们像很久以前人们使用的"消息棒"一样给了我。她给我看的那些东西帮助我编辑了我的字典，帮助我把图片组合在一起。朱莉是我的 dharrang-dharrang。

---

① 消息棒（message stick）：是澳大利亚原住民的一种交流方式。通常是一块实心木头，大约二十到三十厘米长，蚀刻着各种线条和圆点。传统上，消息棒在不同的部落和语言群体之间传递，以建立信息和传递信息。经常被用来邀请邻近的团体去参加篝火晚会、打擂台和球类比赛。

Murru 的意思是：过往物体留下的痕迹、印迹。这是蛇、巨蜥、鸟类和我们在世界各地穿行时留下的痕迹。我们都会留下 murru，那就留下一个温柔的印迹吧。

二十

一连几天，高温猛烈地冲击着内陆地区，大屠杀平原的居民都在谈论莱茵帕尔姆的事，谈论它对环境会造成多么大的破坏。另外一些人则说他们需要工作。说到底，争论的各方都认为他们应该得到更多的好处。前一天晚上，当真正的谣言像病毒一样从莱茵帕尔姆矿业公司扩散到山谷和小巷里，男男女女虽然都晕晕乎乎好像要中暑一样，但还是从家里跑出来，直奔镇里。到了深夜，人们累了，也喝多了，都期待着马上能有活儿干。他们醉醺醺地跟着自动点唱机唱歌。有的人在人行道上吵吵嚷嚷撒酒疯，最后大家都回到茫茫夜色之中。

星期六早上，埃尔西和奥古斯特做的第一件事情是，在外面建起的火坑周围放了两排椅子。这时候，从布罗肯火葬场来了一个女人。她站在旺德家旁边，手里拿着一个比首饰盒大不了多少的木箱。奥古斯特看见那个女人，不由得悲从中来，哈下腰，脖子变得僵硬。埃尔西又放了一把椅子，揉搓着疼痛的双手，昂着头迎接那位女士，然后在文件上签了字。米茜姨妈走下游廊那几级台阶，伸出胳膊搂住妈妈的腰。奥古斯特无法忍受观看那一幕的痛苦，摆好最后一把椅子之后，便穿过田野朝河岸走去。外婆早就劝她去那儿走走，但她一直没抽出时间。而且，她根本不想看那已经干涸的

"河流"。她伸出手指，划过麦浪。因为麦穗早已成熟，麦粒很容易掉到地上。莱茵帕尔姆钻探工地周围，小麦被劈砍得不成样子，已经不高的麦秸被踩到泥土之中。再往前，大约有旺德家院子那么大的一块麦田已经被轧成平地。一根根用螺栓固定着的管子拔地而起，管子的"群像"中央耸立着一根带帽的管子，四周围着带刺的栅栏。每一根与之相连的铁丝上都挂着牌子，上面写着"危险"两个字。奥古斯特无法走近那些从远处看就像针头一样高高的管子。下面每个入口周围的地面都布满了靴底印和凌乱的金属碎片。奥古斯特想知道什么东西会造成危险。她想象着管道下面被压缩的气体、易燃的恐龙骨头和煤。元素周期表中所有的元素代码都在升腾。她想象着自己掉进那个矿坑。一切都消失了，在一公里以下自由坠落。

她抄近道穿过剩下的那几亩地，一直走到莫伦比河边。麦田之间的土地已经干裂，她发现有什么东西在阳光下闪闪发光，是凸出在泥土中的一块碎片。她弯腰捡起，是石英石，亮闪闪的好像水晶。她回头看了一眼旺德。并没有那么远，没有她在记忆中看到的那么遥远。而记忆就像一个不受欢迎的客人闯入她的脑海。

复活节那天，尼基姨妈送给女孩们两个用彩纸包着的挺大的巧克力蛋。奥古斯特很快就把她那个吃了，但吉达舍不得吃。第一个星期，她把那个彩纸包着的巧克力蛋放在冰箱冷藏室里动也没动。后来她舔了舔，再后来，像兔子似的，咬了一小口。那块巧克力就这样一直放了好几个月。巧克力蛋让奥古斯特着迷，几乎每天都会打开冰箱看一看。

后来有一天，她实在忍不住了。两个小女孩从地里回来的时候，都想把对方绊倒。奥古斯特停下脚步的时候，仿佛又看见那个巧克力蛋。"开始！"奥古斯特喊了一声，趁吉达弯腰起跑的时候，把一块石英石放到她的桶里。奔跑的时候，奥古斯特能听到吉达塑料桶里的"宝贝"在她身后不远的地方咔嗒咔嗒地响。最后冲刺的时候，她想出一个主意。吉达在游廊台阶上靠近她的时候，她换上了最佳女演员的声音。

"蛇，蛇！"奥古斯特喊道。

"在哪儿呢？在哪儿呢？"吉达停了下来，踮着脚尖走近屋后的平台。

"从我的脚旁边溜走了，我发誓，就在台阶下面。"奥古斯特指了指，按想好的计划，停下脚步。吉达蹲下来看了看。"我猜它在我的脚上放了毒药或者什么东西，我得去洗脚。"奥古斯特补充道，一边慢慢地走上台阶，"你知道吗，听说我们这儿现在有棕蛇出没，是迁徙还是怎么回事——你知道吗，吉达？"

奥古斯特刚从后门进屋，就迅速把玻璃拉门关上，把门反锁。吉达听到锁门的声音时抬起头。

奥古斯特咯咯咯地笑着跑到冰箱前，拿出吉达舍不得吃的复活节彩蛋。她能听到吉达隔着玻璃门威胁她。

"你敢碰它！我就揍扁你的脸！"

但她打开几乎没吃过的彩蛋，咬了起来。

"奥古斯特，我要杀了你，一定要杀了你。"

奥古斯特忍不住了。她咬了一口又一口，冰冻的巧克力在舌头上咔啦咔啦地响着，难以下咽。

吉达气得要命，大声叫骂，说如果外婆和外公在家的话，一定会狠狠地揍她一顿。吉达开始用她小小的身体使劲撞玻璃拉门。奥古斯特笑着，飞快地吃着。然后吉达在平台上后退几步，飞身跃起，向玻璃门撞去，结果撞到了鼻子和嘴唇，奥古斯特看到她顿时血流满面，玻璃上也留下一团模糊的血迹。奥古斯特想让自己理智下来，好吧，好吧，把最后一小块巧克力塞回冰箱。她站在后门，准备打开门锁，找个藏身的地方。这时候，吉达从花坛上找到一块大石头，高高举起，仿佛满腔怒火都集中在那个动作上。吉达把石头扔向玻璃拉门。那块石头一定和她一样重。玻璃门碎了，碎片落在油毡上闪着微光。这下子她们俩都惹了麻烦。外婆和外公罚她们洗盘子。没完没了。直到最后……

奥古斯特不再回忆往事，把石英石扔回到麦秆上，走到河边。那里的水位下降了，一直到河底都是裸露的沙子。桉树根从河岸两边垂下来，除了根须什么都没有。奥古斯特离开这个地方的时候，它们就不再长叶子，再也没有考拉爬到树干上去觅食。鸭嘴兽也没有地方游泳了。

她沿着莫伦比河向北走，那里曾经流水潺潺。她看到河边丢弃的贝丘①和蝉壳。河床里，排列着一行行的巨石。那些石头是许久以前人们为了捕鱼而堆在一起的。她走过一个柔软的沙槽，成群结队的橙色蝴蝶在飞舞。她走过去的时候，蝴蝶都吓了一跳。灌木丛的静电声越来越响。那嗡嗡嗡嗡的响声是树上的昆虫发出的持续不断、兴奋激动的叫声。她想，就像太空中的声波或只有敌人、鲸鱼和海豚才能听到的潜艇发出的声音。穿过毛柏②，隐约可见肯加尔岩巍然耸立。它的一边像波浪一样向上伸展，另一边则向高原延伸。她朝河流干涸前的上游走去时，空气变得凉爽。再往上，松树

---

① 贝丘（mussel middens）：也叫厨房垃圾堆或贝壳堆。其中可能包括动物骨头、人类粪便、植物材料、害虫、贝壳、碎片、岩屑以及其他与过去人类占领有关的手工艺品和生态环境。这个词源于中世纪英语的斯堪的纳维亚语，但世界各地的考古学家都用它来描述与人类日常生活有关的任何一种含有废物的特征。它们可能是由游牧群体创建的一次性垃圾坑，也可能是定居社区经过几代人积累而长期使用的指定垃圾场。因此，这些特征为考古学家提供了有用的资源，是考古学家研究过去社会的饮食和习惯的手段之一。

② 毛柏（black cypress pine）：俗称黑柏松，是柏科针叶松的一种。只存在于澳大利亚。

挡住人们的视线。鸟儿啁啾，wahn——乌鸦聒噪，笑翠鸟在树枝间跳来跳去，在清晨晚些时候放声大笑。一只巨蜥沿着桉树弯曲的树枝慢吞吞地爬行，看起来胖乎乎的，好像已经吃得很饱。外公常说："得在吃东西之前抓住它们，否则它们吃起来就像死肉。"奥古斯特仿佛听到他讲故事的声音。巨蜥从她身边经过，好像明白她知道似的，但他们从来没有吃过巨蜥。

　　这都是留在记忆中的东西。她和吉达一起寻找秘密的丛林，寻找没人能看到她们的地方。那时候，孩子们都很勇敢。她们敢跑到大屠杀平原那边，不怕被农民或野狗追赶。她们可以攀爬，而且知道怎么爬。吉达知道，骨折是孩子在丛林中生活的基石。不过，奥古斯特在丛林里总是有点不安——她觉得自己好像总是喘着粗气，屏住呼吸，等待着灾难降临。但她和吉达忍了下来，她们一起在灌木丛中找到一片绿洲。

　　小溪蜿蜒曲折，想流过更红的沙滩。她继续往前走，穿过片片绿荫，看到肯加尔平坦的花岗岩山顶上搭起紫色和蓝色帐篷。帐篷旁边站着几个人。其中一个朝她挥了挥手——手臂动作的幅度很大很慢。奥古斯特下意识地举起胳膊朝那人挥了挥，然后转身朝来时的方向走。这时候，她听到 cooeee[1]，便回头瞥了一眼，那人又挥了挥手，招呼她过去。奥古斯特想，这里有足够多的人来帮忙搭帐篷，所以顺着河往前走，爬过旧油库的栅栏，爬上山脊。

　　经过一段短暂的跋涉，一个和奥古斯特年龄相仿的年轻女子慢慢向她靠近。她左摇右摆，好在陡峭的山坡上保持平衡。

　　"怎么样？"那女人一边笑着说，一边挥手赶跑脸前的苍蝇。不等奥古斯特回答，她又说："想喝点茶吗？"奥古斯特耸了耸肩，跟

---

[1]　cooeee：澳大利亚原住民相互呼唤的声音。

116

在她后面，转身向下看着旺德。从那里可以看到房子后面的情景，尽管姨妈们看不见她。她还记得吉达和她爬过马毛树林到肯加尔，寻找猎鹰的巢穴，等待猎鹰归来。外公指着远处的博贡山，但她们自己从来没有真正看到过它的具体位置。

那个女人两条长长的辫子垂到胸部两侧，工装短裤齐膝，糖果条纹长筒袜一直到大腿根儿。双乳之间垂下一束皮绳和金属项链，还有一副军用双筒望远镜。

"你们在这儿干什么？"奥古斯特看到隐没在旺德后面的这群人和他们的帐篷时，问道。

"我叫曼迪，"陌生人说，"这些人都是水资源保护者，我们阻止开矿。"

奥古斯特嘲笑她的真诚："你看到莫伦比河还有多少水吗？"

曼迪没有笑，相反，她继续侃侃而谈，好像比实际年龄大得多。"肯加尔岩石实际上是火山对河流的过滤系统。这是一个天然的山泉过滤器，已经有四亿年的历史了。事实上，它仍然在过滤地下水——地下半公里深。"她端详着奥古斯特的脸。奥古斯特不大高兴，心里想，她干吗找她？"不过，你必须知道这一点。"

"不知道，"奥古斯特说，"你们是怎么做的，保护水？"

"此话怎讲？"

"我的意思是——你是怎么保护水资源的？"

"让他们停止采矿。"

"如何停止？"

"直接行动。"

"什么意思？"

"封锁。让我们自己成为机器上的一部分——我们很快就会有更多的人。我们会形成一个巨大的网络。"

"网络？"

"地球守护者。"

"你?"

"还有他们。"她指了指她的营地，"我们一整年都在寻找目标项目。需要的时候，我们的支持者就会加入到我们的队伍之中。我本来是古老森林的守护者，后来听说这里要开矿……是的，就来到这里。"她点了点头，把拇指插进皮带环里。

"你们跟谁一伙儿?"奥古斯特问。另外一个女人递给她一杯茶。她接过来，点点头，抿了一口。

"你这是什么意思?"

"我的意思是，你是古里人还是别的部族?"

"都不是。我只是关心环境保护。"

"很好。"

"你觉得他们不允许我做这件事吗?"

"我没这么说，我是说这很好——你关心环境保护很好。"奥古斯特把目光移开，想在南庄看到埃迪的身影。

"那天我看见过你。"

"你看见过我?"奥古斯特问。

"对不起，"曼迪笑着说，把挂在脖子上的望远镜举起来，"这地方实在没什么可看的!"

奥古斯特故意不看她的双筒望远镜，而是环顾了一下他们的营地。他们有煤气灶，几十个牛奶箱，里面塞满东西，乱扔在帐篷之间，几张晒太阳的躺椅，晾衣绳上晒着几件衣服。大约有十个人，在临时搭建的厨房里打牌，两个白色的大塑料桶上标着饮用水和做饭用的水，木桩上挂着洋葱和香蕉，还有几个牛奶箱。

"你知道这是私人财产吗?"奥古斯特终于说。

"你是说油库吗?"

"是的。"

"说老实话，在一个神圣的地方压根儿就不应该有他妈的油库。"她挠着脖子，盯着奥古斯特。

"谁告诉你这里是一个神圣的地方？"奥古斯特知道关于肯加尔，外公能讲出一个美丽的故事，但话说回来，任何一个地方他都有故事好讲。

"我发现了一份八十年代对文化遗产的研究。如果你愿意，我可以让你看看。"

"我相信你。"她说，把茶根儿倒到她身边的石头上，把杯子递给曼迪。

"听着，如果你想过来玩，随时恭候。我们一直都在这里。"曼迪双手合十，好像在祈祷。

"也许吧。"奥古斯特觉得自己被这个女人小看了。她开始走下山脊，曼迪在她旁边的小路上走着。

奥古斯特不知道该如何回答，她也不想和那个女人一起走，于是停顿了一下，说道："再见。"她走了一步，又补充道，"今天我们举行葬礼，希望你不要用你的望远镜往下看我们家，好吗？"

"当然，我们并不是监视你或别的什么人，我只是注意到你了。"她歪着头仔细端详奥古斯特，脸上的表情怪怪的。奥古斯特吓了一跳。曼迪伸出手，把奥古斯特的一缕头发塞到耳后。奥古斯特的胃里突然有一种翻江倒海的感觉，屁股蛋儿也疼了起来。"你的眼睛真漂亮。"她说，似乎希望奥古斯特也能盯着她看。

有那么一秒钟，也许两秒，奥古斯特喘不过气来。曼迪又向山顶爬去。

奥古斯特往山下走，有点头晕目眩，又兴奋不已。"曼迪。"她一边念叨，一边走下山坡，穿过围栏，沿着去大屠杀平原那条路走着，来到旺德入口，经过一排排薄荷树，一辆辆横七竖八停在房子旁边的汽车。曼迪，岩石上的陌生女人。

奥古斯特在后门脱下沾满灰尘的鞋子。屋子里和院子里都是忙忙碌碌的客人。有的人劈柴，有的人重新摆放那几件可拆卸后重新组合的家具，谈论像布满在老人脸颊上的毛细血管一样被太阳烤焦的草。姨妈们把盘子放在桌上，在餐桌旁边尽可能多挤一把椅子。孩子们跑来跑去，婴儿在妈妈聊天的时候，在她们怀抱里或者大腿上扭来扭去。人们喊"奥吉"，奥古斯特冲他们招招手，不想说话，快步走进厨房。贝蒂老姑奶奶责备米茜姨妈："你为什么不戴我圣诞节送给你的那顶帽子？"

"不能总是戴帽子呀，姑妈。"

"好吧，如果你不戴，那就还给我！"

米茜姨妈从贝蒂姑奶奶身边转过身，手里端着一盘咖喱鸡蛋三明治。"走吧，"米茜姨妈对奥古斯特低声说，"耶稣，救救我。"

奥古斯特得意地笑着，在闹哄哄的人群中慢慢走着。从埃尔西身边走过时，听见她正对弗雷德叔叔说遗产协会要过来拆除彩色玻璃窗的事。"……一块一块地给我们拆。他们说，是个专家。好像这是唯一值得保留下来的东西。"弗雷德叔叔听了似乎很惊讶，摇了摇头，用那只好胳膊蹭了蹭脖颈。

奥古斯特和他们擦肩而过，到阁楼去换衣服。关门的时候，听到米茜姨妈和贝蒂姑奶奶在笑。她想，每个家庭都有自己独特的表达情感的方式。那种特有的、怪诞的幽默感还停留在过去。她知道，冈迪温蒂式的幽默感会让人争吵不休，直到笑出声来。她迅速脱下短裤和T恤衫，从那堆衣服里拿出黑色衬裙穿上。然后穿上黑色衬衫和长裙，在脚踝系上一根干净的黑色帆布鞋带。门背面，打了蜡的麻绳拴着一面镜子，挂在一根粗钉子上。奥古斯特盯着镜子里的自己，看见耳朵后面的头发时而卷起来，时而散开。那是曼迪摸过的那一缕。她涂了点睫毛膏，抹了点口红。她不会长久地盯着自己看，从来没有。也许从九岁开始就不曾仔细端详自己，因为弱视。因为不喜欢镜子里那个女孩。她想，她可能压根儿就没有注视过自己的眼睛，或者别人的眼睛，甚至没有注视过照相机的快门。不会超过一秒，两秒，三秒。拍照的时候，她都会在最后一刻把脸转向一边，习惯了人们的叫喊："奥古斯特，又照坏了！"

不过今天不会拍照。她把小丝绒钱包的长皮带挎在肩上，把那包香烟装进去，又从桌上的盒子里抽出几张纸巾，也塞了进去。她以前从来没参加过葬礼。他们家从来没有为吉达举行过葬礼——毕竟她还有可能活着。

回到楼下，奥古斯特看见水池里几乎完全融化了的冰水里泡着几瓶酒。通常，有这种感觉时，她会倒杯酒，但今天她只倒了一杯水，站在灶台前喝了下去。快喝完时，把剩下的水根儿倒进水槽里。吉达以前也是这样，妈妈也是。头一天晚上，睡觉前，奥古斯特看见外婆也是这么做的。她问她为什么大家都这么做，把杯子里最后几口扔掉。"嗯，"外婆想了一会儿，"我想因为我们喝的是水箱里的水，杯子底部有沉淀物，所以我们从不喝最后几口。"她们继承了这个习惯。

奥古斯特在外面点燃一支香烟。"把那些飞镖拿开，翁巴！"一个叔叔在板球场前喊道。她屏住呼吸，跑出花园。

烈日当空，没有什么东西投下阴影。白色塑料天棚悬挂在一张张装满食物的折叠桌上，食物用纱布罩着。桌子尽头放着一堆塑料盘子和刀叉，还有一瓶瓶冰镇啤酒。酒瓶上结满水珠。阿奇·罗奇正在调试手提 CD 播放机的旧喇叭，看能不能播出声音。有人正在用钢丝棉球清洗烧烤用的盘子，洒在烤炉箅子上的水咝咝作响，一团团蒸汽冒出来。人们三三两两聚在房子附近，满脸阴郁、不无尴尬地交谈着。火坑在远处，靠近第一垄麦子。院子里不时传来不可避免的咯咯笑声。外公在这里度过他的一生，有很多有趣的故事可以分享。米茜姨妈对埃迪说，小时候上学前，她的爸爸常常带她去钓鳗鱼。"你外公有条十二英尺长的铁皮小船，但除了他，没有人用过这条小船。大坝有水的时候我们就把它拿出来。我记得大清早就出去干活儿，他经常告诉我们这几个女孩子，干完活儿再吃早饭，即使星期六。"

"我妈妈也去吗？"奥古斯特问。

埃迪对奥古斯特笑了笑，又转过身来听米茜继续讲故事。

"是啊，你妈妈也去，尼基姨妈也去。"米茜说，伸出胳膊搂住奥古斯特的肩膀，"那天早上，我们要干的活儿就是从河岸上收集红蚯蚓。把铲子深深地插在沙子里，迅速挖起来，蚯蚓蒙头转向不知道发生了什么，然后把铲子里的东西倒进一个筛子里，让沙子流出来，蚯蚓在滤网里蠕动。你知道怎么抓蚯蚓吗，埃迪？"

埃迪慢慢地摇了摇头，笑了起来。

"该死的小家伙们！"米茜姨妈说，用胳膊肘推了推站在旁边的另外一个姨妈，"这样一来，我们就有了一桶红蚯蚓。我们把一个装鱼的大篮子放到小船里，推下河岸。把鱼钩系在线上，扔到河里。不一会儿，乔琳的线就拉得很紧了。爸爸大叫：'动作快点，乔琳！'她干不了这活儿，爸爸只好接手，把一条巨大的鳗鱼拖到小船上。我们挤在平底船上尖叫，鳗鱼在船上挣扎着跳来跳去。爸爸抓起一把刀，割断鱼线，鳗鱼张开大嘴咬住那把血淋淋的刀，割破了爸爸的手！我们吓得越发尖叫起来。到处都是血，一条鳗鱼嘴里叼着一把带血的锋利的捕鱼刀！"

几个家里人也凑过来听米茜的故事，他们的脸上洋溢着喜悦。"于是爸爸抓起挖虫子用的铲子。'闭上眼睛，姑娘们！'他喊道。但谁也没有闭眼，我们尖叫着，还在那儿看！"

"发生了什么事？"奥古斯特问。

"他把鳗鱼脑袋给砍掉了！回到家，把鱼吊起来，剥了皮，然后妈妈接手，我们吃了两个星期的鳗鱼蛋糕。"

"Burramarramarra——对付鳗鱼动作必须要快！"

"叔叔，为什么？"米茜问弗雷德叔叔。

"把手抬起来——把手迅速抬起来！"弗雷德挥动着那只好手、好胳膊，去抓想象中的鳗鱼，"那些混蛋特别滑。"

"Burramarramarra，没错！"米茜姨妈笑着说。旁边站着的几个人也都笑了起来。真是个有趣的故事。外公曾经是这个家庭的纽带。奥古斯特看着他们笑着聚在一起，不知道以后是否还能再见到他们中的任何一个人。

奥古斯特走到放食物和饮料的桌子旁边。有几只苍蝇困在超市买的一袋面包里，在塑料纸和面包皮之间爬来爬去。她打开面包袋，让它们飞了出去。她从桌子上抬起头来，看见她的表兄乔伊。

上次奥古斯特见到乔伊的时候，他跟当地最糟糕的律师借了一条带松紧带的领带系在脖子上。跟着一群像他一样的男孩进了那座石头砌的大楼之后，就再也没从法院出来。四年的少年拘留所，其中一年——十七岁那年——在佩恩镇的成人监狱度过。他很幸运——大家都说，所有的堂兄表弟都是按成年人审判的，只有他是例外。案发当晚她就在那里。为了第二天上午出庭，她逃了课，坐在法庭台阶上闲聊，喝盛在舒泰龙泡沫塑料杯里的茶。审判结束后，她回到旺德，当天给外婆和外公留了张便条，带着出生证明逃跑了。她搭了一辆货运卡车，沿着布罗肯高速公路来到这个国家的另一端。找了一份工作，在葡萄园修剪树枝，摘水果，睡帐篷，攒钱买了一张飞机票，最后到了伦敦郊外。这就是她所做的一切：东奔西跑，找份临时工作。没有什么可炫耀的。

乔伊的胡子又长又稀疏，仿佛他坚持在任何毛发可能扎根的地方都让它自由生长。下巴和上嘴唇两边的胡子像小手指一样垂下来。

"奥古斯特！"他看见她，喊了起来，连忙从塑料椅子旁边站起身跑了过来。他穿着得体的西装，打着领带。用胳膊搂住奥古斯特的脖子。

"好久不见！"

"是啊。"她说，心里想，见到乔伊真是太好了。

"来看看我的车。"他手里拿着一瓶淡啤酒，就像拿了个手电筒似的，在前面领路，"这是一辆马自达 MX-5。或许你还没听人说过，我能买得起这辆车，因为我现在是商人。"他往后站了站，打开西装外套，下巴对着天空。

"从哪儿偷来的？"

他没有理会她的挖苦，有太多话要说。

"妈妈给你看了我做的应用程序了吗？赚得盆满钵满，妹妹。五位数。"

"土豪！"她侧着身子，朝他微微一笑。

"奥古斯特，我的天啊！我在少管所相当于上了三个大学！在那里面，除了看书什么也不做。我读过马波的故事。那小子，真是个聪明的家伙。不管怎么说，外公常去看我。我们俩'互通有无'，交流思想。我给他吹耳边风吹了好多年。我说，外公！你必须宣称这片土地是我们的，必须争得原住民的所有权！外公问我农场里有多少种原生植物。我说，一半对一半吧。再想想，他说。我说，不知道。他说，百分之五！好吧，好吧，所以就放弃了那个念头。后来我在那里上了免费电脑课——为公共安全付出的一点代价。你知道吗？我只是想出去赚点钱。我已经准备好了……外公给了我第一个游戏的创意——你明白了吗？"他深深地吸了一口气，又呼了出来，"你怎么样？"他喝了一大口淡啤酒问道，"操，真热！"掏出手机。但一定从她脸上看出点什么，又把手机塞回到上衣口袋里。

"你还好吧？你有点变了，奥古斯特。"

"打从十几岁以后我们就再也没有见过面！你看起来也和以前不一样了！"

"不，我是说你脸色不好，看起来很伤心。"

"外公不在了。"

"噢，我们会永远歌唱他。今天在这里纪念他，继承他的精神——别难过了。"

"也许我只是感觉怪怪的，不知道。世界在变化。我觉得我好像在生活的大海中漂浮。回顾整个人生，我仿佛都不是真正的我。"

奥古斯特打开钱包，又拿出一支香烟，在汽车引擎盖上轻轻敲了敲过滤嘴，点着了。她觉得眼泪快要流下来了。以前从没听外公谈论过政治，但他一直和乔伊谈论"原住民土地权"。就好像她错过了外公另一个版本，心里有一种怅然若失之感。

"我想我们这些黑人现在也是这么想的，但你必须向前看。我上次见到外公时他说了什么？中国谚语——欧，耶！谚语说：一个人织网，另一个人站着许愿。两个人打个赌谁能得到鱼。织网捕鱼，这就是生活的意义，不是吗？"乔伊咧开嘴笑了，露出洁白的牙齿。

"是吗？"奥古斯特挤出一丝微笑。

乔伊小时候就很懂事，比其他孩子都更早就知道成年人会撒谎，会很卑鄙，很坏。他比女孩子们更早就知道，生死关头，在街上向警察招手求救也没用。他比奥古斯特更了解旺德，知道它的特别之处。许多事情，他在她目睹之前就有耳闻。

"你对矿上的事情很了解吗？"奥古斯特问。

"他娘的，略知一二。"他退后一步，用手里的啤酒瓶朝肯加尔指了指，"那些该死的嬉皮士在我们的圣地。当心点，那些肮脏的家伙一肚子坏水儿。"

他放低声音，但继续以同样的速度说着话："这是笔好交易——

福斯塔夫家现金短缺，就打电话给一家煤层气①公司邀请他们来开采！那家公司的人就来勘查。可是对煤层气公司来说，其实没什么用。但是他们非常高兴，因为下面是个资源丰富、质量极高的锡矿。福斯塔夫一家变卦了，就说：'不，我们不想让你们在这里开矿，因为会失去房子。'大约六个月后，这家莱茵帕尔姆查找了有关谁拥有这块土地的合同，结果发现了一项对他们有利的法律文书。该条款说这是政府的土地，不属于福斯塔夫家，他们甚至不会分得一杯羹。哦，他们或许能得到拆除南庄的补偿款。我想这对他们来说是好事。我的意思是，莱茵帕尔姆和福斯塔夫家迟早都会发现这份为期九十九年的租约。现在莱茵帕尔姆来开采，只是先行一步罢了。这很令人沮丧，不是吗？知道这个地方很快就会变成一个露天矿。"乔伊不再高谈阔论了，用手里的啤酒瓶朝前指着，"看，罗西在那儿。"

他的小妹妹正在阳台台阶上玩手机。"她现在多大了？"奥古斯特问。

"据妈妈说，到二十五号就十岁了。她的钱夹里有一张碧昂丝②的照片，她向她祈祷，就好像她是圣人。但她是个好孩子，前几天她读了《哈利·波特》之后，就把自己反锁在壁橱里，结果发现自己不是一个真正的女巫。笑死我了。"他推了推奥古斯特，好像想让她想起，他以前是怎么看待她的。

"你和埃迪聊过吗？"奥古斯特指了指那块地，想起乔伊和埃迪每个周末和学校放假的日子都在那里砍树枝挣零花钱，然后两个人就消失在丛林里玩去了。

---

① 煤层气（coal-seam gas）：是与煤伴生、共生的气体资源，指储存在煤层中的烃类气体，以甲烷为主要成分，属于非常规天然气。煤层气俗称"瓦斯"，热值高于通用煤一至四倍。

② 碧昂丝（Beyoncé，1981—　）：美国歌手、词曲作家和演员。

"以前见过。偶然碰到的时候，会打个招呼，小地方，你知道……"

"什么？"

"我是因为他，才被关起来的，不是吗？有你妈妈的消息吗？"

"没有，你有？"

"我上哪儿去有？那是你妈妈。我都不记得她了。"

"有你爸爸的消息吗？"

"笑话。没有。"乔伊朝他身后的地上啐了一口。

尼基姨妈端着两杯白葡萄酒来到临时停车场。奥古斯特觉得她看起来美极了，她穿着红色高跟鞋和一件长及膝盖的黑色无袖连衣裙。

她弯下腰，拥抱了乔伊和奥古斯特，酒杯举在空中。

"你们两个好吗？"

乔伊挪到她旁边："很好，姨妈，正给奥吉讲埃迪家和矿上的事。"

尼基姨妈递给奥古斯特一杯白葡萄酒。

"谢谢，"她说，"是真的吗？是他们把莱茵帕尔姆招到这里来的吗？"

尼基姨妈斜倚在乔伊的车上休息。

"采矿——大伙儿都在谈论这事，不是吗？"她把空着的一只手放在奥古斯特的肩上，"这事很复杂，明白吗？你知道吗？我现在在镇议会工作。"

奥古斯特摇了摇头，乔伊正要走开，对她喊道："我马上回来，再去倒一杯啤酒。"

尼基姨妈继续说："那份申请是几年前寄来的。有大约十个农场有煤层气。可是大屠杀平原有些农民不愿意开发。他们害怕地下水位下降或漏水。有时候确实会这样，然后一家人不得不去住旅店。有些人却愿意，因为能得到一些补偿。我们这里长期干旱，不仅仅是庄稼旱死，牲畜也养不活，而人们需要钱。现在埃迪一家能做的只是允许他们来看看，仅此而已。另一种选择是锁上大门，但他们还是让他们来了。没关系——有些人会说，这是出于礼貌。问题是，从某种意义上讲，他们找到了'金子'。这样一来，这两个家都完蛋了。艾伯特想让委员会调查，他认为这里有文化意义，无论是疤痕累累的树木还是房子本身都是文物。"尼基姨妈看了看旺德，"但委员会没有必要，也没有义务调查。这个项目除非镇议会叫停，没有别的办法阻止。你明白我的意思吗？"

"这么说，外婆真的要走了？什么时候走？"

"哦，下个星期。他们下个星期就都走了。外婆没事儿，她和玛丽待在一起。"

"乔伊提到原住民土地权。他和外公谈过土地所有权的事。"

"不可能发生的事——我来告诉你为什么——不会再有富含文化价值的手工艺品。莫伦比河没有水，没有鱼——只有有鱼可捕，外婆，或者别的什么人才能在这里生活，才能和这片土地有一种文化联系，才能保持……哦，保持和'资源'的联系。明白吗？另外，没有语言。我们民族的语言已经灭绝，没有人再讲这种语言了，所以他们只能在政府发放的表格上打钩，标明'文化联系的丧失'。你明白吗？"

"外公教过我们一些。"

"头，肩膀，膝盖，脚趾，那些儿歌。是啊，他也教过我一些。但我指的是和这个地方，和这里的风土人情有关的语言。"

"昨天晚上，外婆告诉我，外公在编一本字典。"

尼基姨妈在回答之前摇了摇头："即使他编了字典，也改变不了什么。你不记得了，他们是在米什人那儿长大的，他们不允许我们使用自己的语言。这里，更是女王和教会的天下。"姨妈指了指旺德那幢顶端已经弯曲生锈的房子。奥古斯特想打断她，纠正她，告诉她小时候就听到过外公如何讲本民族的语言，听到他说话的方式如何变化，听到过他说别人似乎不知道的单词。但她什么也没说。

"你什么时候回英国？"姨妈问，然后舔了舔手指。那手指沾着裙子下摆上的灰尘。

"很快。"

"住在国外真好。我敢打赌，你巴不得赶快回去了。"尼基姨妈笑了笑，拉起奥古斯特的手，向聚集在一起的冈迪温蒂家族的人走去。他们正慢慢地、满脸悲伤地从游廊台阶上走下来。"来吧，该说再见了。"

二十一

费迪南德·格林利夫牧师 1915 年 8 月 2 日
给乔治·克罗斯博士的信（续）

5

时光流逝，我们这里的人口一直不稳定。无处可去的土著人从附近的河流漂流而来。有些人为了躲避抓捕徒步数百英里，亲自来传教站一探究竟。虽然有些人看了之后自愿离开，但许多家庭都留了下来。我们按部就班，安排他们的住房。1886 年，我给公共教育部写了一封信，说明我们仍然急需物资，并附上一份物品清单——粮食、糖、茶叶、无花果、烟草，还有盖校舍需要的木板、铁栅栏、门和窗户。六个月之后，他们发来电报，说要视察我们的进展情况，以便批准拨款。我立即召集孩子们，用了一个星期的时间，夜以继日学习《圣经》，直到许多《圣经》里的话我都烂熟于心。神之道①真的成了他们脚下的光，成了照耀他们前进道路的灯！在那个难忘的日子里，小梅西毫不害羞地跑到前来视察的巡视

---

① 神之道（the Word of God）：《启示录》非常清楚地表明，救世主万王之王万主之主就是神之道。神之道是救世主其中一个名号，而非上帝的道或者上帝的话。

员面前，拉了拉其中一位绅士的袖子。然后，自信满满地背诵了威廉·希克森版《天佑女王》。三个小时后，视察结束时，他们告诉我，公共教育部将提供所有物资，还会派一个熟练的木匠供我们差遣。他们已经认识到走读学校的重要性和无可置疑的成功。而且，我想，由于仁慈，他们还把它提升到公立学校的地位，从而确保传教站的学校能享有殖民地每一所白人学校都享有的所有福利。那天晚上，我心中充满了喜悦和希望，在地上跪了好几个小时，表达我的谢意。

然而，我们急需的物资一再拖延，没有运来。那时天气非常干燥，地里的庄稼不是因为没人收割，而是因为烈日暴晒而枯萎。我们那几只羊快要饿死了。我祈祷，希望神能帮助我，给我指个方向。哦，瞧！——"方向"和"救援"来了！

一个老黑人来到我的小屋，说："大河下游有很多鱼。"

起初，我没有理会，但他不断地重复，我就说："好吧，我明天派一个骑手去看看。"

听我这样说，他变得很热情："你不要派什么骑手，派一辆大马车和我一起去。"

我被老人的自信打动了，心想一定是上帝要帮助我，就同意去捕鱼。第二天早上，四个男人和老杰克带着我们来到肯加尔山下水面突然变窄的那条河。走上一道短短的、陡峭的斜坡之后，三个黑人脱下衣服，不慌不忙地跳下河岸，一头扎进齐腰深的水里，不一会儿就开始用长矛刺鱼。这样的景象我以前从未见过。三个标枪手让老杰克、我和另一个叫伍利的家伙忙个不停。我们一起收拾、打包，短短几个小时的时间里，就已经弄到大约六百斤重的鱼。在感谢上帝之后，我们回到传教站，大伙儿都非常高兴。妇女们立即留出三分之二的鱼晾干保存，以备日后食用。

那天晚上，我和汉斯·凯勒共进晚餐时，我们俩打心眼儿里认为上帝在保佑我们。我问他，在现在这样的困难时期，如果能维持生计，是否应该允许土著人继续按照他们过去的方式生活。他觉得，吃饱喝足应该没什么问题。

从那天起，我对黑人的能力刮目相看。他们给我看河边地里的块茎，告诉我这玩意儿可以在火上烤着吃。还有一种当地产的土豆，妇女们捣碎后加上蔬菜做成松软的糕饼。这些年来，我一直努力学习他们的语言，现在列出土著语一百一十五个单词，附在这里。作为回报，他们以同样的热情接受了我的布道。虽然在语言上仍然困难重重。我明白，布道时，影响我们沟通的不是情感，而是话语。我解释何为上帝时，黑人伙伴们就是这么告诉我的。他们对我说 Baymee，然后皱起眉头，点点头，好像我们在严肃地交谈，没错，是很严肃地交谈。因此，在绞尽脑汁和懊恼沮丧之后，我祈祷并问主——"为什么我可以和基督一起隐藏在保罗里面？而他们不能和 Baymee 一起隐藏在上帝里面？"① 我思考良久，得出的答案是：我应该灵活使用语言，应该对翻译持开放态度。

所以，背地里，我和那些人聚集在一起，布道时，既不说上帝，也不说 Baymee，只说"他"。我讲那些充满勇敢精神的故事和创造的魅力。他们点头听着，听得入迷。我从来没有把这个决定告

---

① 这句话的原文是："Why am I only hidden with Christ in Paul？ Why can they not be hidden in God with Baymee？"保罗是耶稣基督十二个门徒中最重要的一个。基督死后，保罗向地中海地区的早期基督徒团体讲道，并写了大量书信。他告诉他们的事情之一是，一旦他们决定成为基督教徒，就得过新的生活 hidden with Christ——"与基督隐藏"。意思是他们应该关注"天上的事"而不是"地上的事"。而这些"天上的事"对非基督徒来说大多是"隐藏"着的。"hidden with Christ in Paul"这个短语字面上的意思是"与基督一起隐藏在保罗里面"，因为这个教导是写在保罗给早期基督教团体的书信中。在《圣经》的《保罗书信》中即可看到。"为什么他们不能和 Baymee 一起隐藏在上帝里面？"是将上述概念融入土著人的精神概念。土著人也可以很容易地"隐藏在上帝之中"——专注于他们信奉的"上帝"的精神生活。而通往这个上帝的途径可能是通过 Baymee 完成的。

诉鲍曼，或者凯勒，或者教会神职人员、政府官员。一开始，我以为 Baymee 是他们对上帝的称呼，但内心深处，我知道并非如此。我想，我一直都知道，我们赞美的是他们的上帝而不是我的上帝。因为，在那些艰难的岁月里，耶稣基督在哪里？

我们只能依靠那块土地生产的粮食填饱肚子，公共教育部答应的"物资"从来没有到位，我也没能在旺德正式建起一座教堂，没能在它东边的墙上安装带有玫瑰标志的彩色玻璃。日出日落，河水依旧奔流不息。至少他们可以向我指出他们的上帝，他们说 Baymee。Baymee，他们一边说一边指着巍然屹立于旺德传教站北面那座人们称之为肯加尔的巨大的花岗岩。我总是把他们的手臂抬高一英寸左右，指向我信仰中的天神，但是松开他们的手臂时，他们总会下降四十五度，指着肯加尔的峰顶，无可辩驳地说，那才是他们心目中的 Baymee。

二十二

Guradyi, gudyi, guraadyi 的意思是：巫医，牧师，魔术师。这时候，gudyi 从教堂走出来。他要为我们这些人家解决问题。据我所知，这里只有一个不错的白人 gudyi，那就是格林利夫。我祖先中的巫医教给我如何辨别对我们这个部族而言最神圣的植物。乔伊和年轻人需要知道的事情都写在这里。现在没有 guradyi 了，我们的后代必须挑起这副担子。要宣称，这是属于我们的天地。而现在这里充满耻辱，失去传统，我们被排斥在自己的文化之外。

Ngaan 的意思是：嘴。现在就用嘴，大声说出我们的单词——你试着说的时候，有时候是对的。还有鼻音，也就是从鼻腔后面发出的音，比如"ny"——是由"n"发出的，有点难，尤其是在单词的末尾。通常英语单词末尾的"ng"在我们单词的开头，由"n"构成。"nh"在英语中根本听不到——就像有时候在"n"音前呼气，有时在"n"音后吸气。然后是顿音——那些从胸腔发出的音。像"dy"，听起来像"j"或"t"，根据单词的不同而不同。"dh"听起来像"d"或"dy"或"dth"。还有"b""g"和"d"——听起来像英语中的"p""k""t"。还有一些单词包含长元音，比如"uu""ii"——"uu"听起来像单词 book 中的"oo"，"ii"听起来像 feel 中的"ee"。剩下的只是去体会和感觉那些文字。

Ngayirr 的意思是：神秘，神圣，秘密。在古老的语言中，mystery 和 secret 是同一个意思。记住这一点很重要。我能想出一百个理由，为什么我活在世上，为什么会发生这样的事情，为什么我们的生命有限，而母亲是无限的。但事实是，一切都只是一个问题。

Buyu-wari 的意思是：腿，长腿。冈迪温蒂人就是这样！你知道吗，当你看着自己的影子，腿很长，对吧？我们站在那儿，就是这样一副样子。我不确定我们是否会因此而成为优秀的跑步者，但我们总是能拿到放在高处的东西。

Mugarrmarra 的意思是：幸运，天意。好多年前，"小旋风"来到旺德，在那里刮了三十多年。在它席卷而来的第二周，我骑车去了大屠杀平原食品市场，买了牛奶和一块钱的"悉尼大桥刮刮卡"①。中奖金额是一万块现金。柜台后面的女士向我解释中奖的细节。这是一张崭新的卡，她说刚上市一个月。我一直保存着那张卡，这么多年从来没有动过。反正直到"小旋风"离开的那一天还完好无损，没有人刮过。我想买这张卡，只是试图在焦躁不安中寻找某种让自己平静下来的征兆。金钱似乎是不错的选择。我失去了所有的魔力，失去了所有的美德，甚至失去了祈祷文，但我依然为家庭的福祉而努力。由此可见，我从来没想过干那种一劳永逸的事。买彩票只是碰碰运气。

Ngurrunggarra 的意思是：渴望，狂热。祖先曾给我讲过一个故

① 悉尼大桥刮刮卡（Harbour Bridge scratchie）：一种彩票，其收入用于修建悉尼大桥。

事。那是很久以前住在莫伦比河两岸一对恋人的事儿。莫伦比河是两个地区之间的边界。生活在这两个地区的人们都很友好，尽管每一个部落的人都有严格的传统和规矩。有一天，一个小伙子看到对岸一位漂亮姑娘。两个人一见钟情，小伙子下定决心娶她为妻。遗憾的是，命运已经对这个女孩另有安排。不过，两人幽会很多次，都没有人知道。后来，终于被人发现，部落里的老人们警告这个年轻人不要再 ngurrunggarra 这个女孩，否则他将受到严厉的惩罚。但他们太相爱了，两个人决定私奔，即使永远都是被家族驱逐的"外人"。他们打算在河边碰头，然后到北方的丛林。逃跑的那个晚上，他们俩都跳进莫伦比河。到达河中心时，长矛雨点般落进水里，把他们俩都刺伤了。两个人紧紧拥抱着沉入水中。如果莫伦比河有水，青蛙今天还会聚集在那里，从河两岸唱出两种曲调不同的歌。一对青年男女相互哭泣，哀悼他们逝去的爱情。

Gulba-ngi-dyili-nya 的意思是：了解你自己，心气平和。我还年轻、没有弯腰曲背的时候，陌生人开始出现在旺德。我从田野里抬起头，看到有人站在后门。很多时候都是一个比我年纪大的女人，她抓着手提包，在薄荷树下紧张地走着，东张西望。他们是故地重游。我会给他们倒一杯茶。如果愿意的话，可以在房子周围走一走。他们告诉我，为什么会找到这里，怎么会记得曾经来过这里。有些年纪大的人还记得我母亲。他们正在把自己从或美好或痛苦的生活中解放出来。但是不管美好还是痛苦，都需要看看从哪里开始。我和他们交谈，点头致意。这就是那些重返故里的老人想要的——有人接纳他们，相信他们，帮助他们以某种方式，把回忆的碎片拼凑在一起。Gulba-ngi-dyili-nya 是一项重要的工作，长时间的工作。每个人都面对那个十字路口，不知道是否要穿过那道薄荷树拱门。

Barrandhang, gurabaan, naagun 的意思是：树袋熊，考拉。在"巴士之旅"惹了一大堆麻烦之后，埃尔西开着一辆古铜色"瓦伦特"来到大屠杀平原。我们在土著人的舞会上相爱。埃尔西因为跳舞、喝潘趣酒累得不行了，只能由我开车，尽管我没有驾照。我们边开车边唱边叫，突然从车底下传来一声巨响，我连忙打了一下方向盘，把车停在路边。我们俩回头看了看，但什么也没看见。埃尔西很担心，所以我把车转了个弯，发现路上有一只很大的barrandhang——这是祖先告诉我的名字。埃尔西很难过，想要救这个动物。她从后备厢里拿出一块野餐用的毯子，我们就去抱，但就在她抱的时候，barrandhang——我猜是被撞了，或者吃了满肚子桉树叶—— 一下子依偎在埃尔西怀里。埃尔西高兴得就像抱着一个婴儿一样。我一点也不喜欢这样，但还是抱着 barrandhang 上了车。路上，我想到应该去找那个拯救本地动物的"救助站"，特别是妈妈被车撞死后，育儿袋里还活着的小袋鼠。我辨认了一下方向，开着车向前驶去。这当儿，回头瞥了几次埃尔西，她仍然像抱婴儿一样抱着那只考拉，但我不得不再回过头来看路，弄清楚如何继续开着那辆车前进。大约一个小时后，我们找到了那个地方。把车停在路边时，已经过了午夜。一个上了年纪的农民不到一分钟就端着猎枪走了出来。哦，上帝！我举起双手，就像电影里那样，然后双膝跪地喊道："我们撞到了一只考拉——请帮帮我们!"我看了看埃尔西，她已经下车，野餐毯子掉在地上，考拉搂着她的脖子。当时的情况没有任何母性的柔情可言，小家伙好像刚刚被一个陌生女人的气味唤醒，伸着爪子还处于半昏迷状态。我和那个拿着猎枪的人可以看到那动物有多大。他立即放下枪，我站了起来。埃尔西仍然很高兴，但说话的声音有些颤抖。"阿尔布[1]，"她说，"我想它醒

---

① 阿尔布（Alb）：艾伯特的昵称。

了。"那人慢慢地朝她走过来，说了几句安慰的话，然后告诉她，他要带走那只考拉。"我对你说松手的时候，你立刻松手，转身离开。好吗？"她点点头，知道自己惹麻烦了。那人过来抓住考拉的腋窝时，小家伙用牙齿咬住埃尔西，爪子也抓住她。那人把考拉抱出来的时候，考拉把她裙子的后背扯开一个大口子。嗯，埃尔西身上倒没有沾上太多的血，但考拉肯定醒了——它伸开胳膊和腿，大声叫喊着。那人说他明天早上就叫兽医过来看看。几天后，埃尔西和我去了那里。Barrandhang 状态不错。几天后，那个农民把它放了出来。知道一切都好，我们很高兴。不过，从那以后，埃尔西再也没有和野生动物近距离接触过。

Dhulu 的意思是：锯齿长矛。不久前，我作为一个年长的男人，做了一支真正的 dhulu。

Duri-mambi-rra 的意思是：病，生病。在我的"时间之旅"中，我一次又一次试着去看我的母亲，但只看到她在我的记忆中行走，在我的脑海里，她总是一个失败者。我看见她在田间劳作，脱粒；我看见她坐在一蒲式耳①谷物旁边，手里拿着一听烟草；我看见她老了以后坐在树下，一直喝格洛格酒②。那酒让她 duri-mambi-rra，直到死亡。

Wamang 的意思是：不正确，错误。我站在后院，极目远眺：田野、庄稼、右边远处的水坝，树木、围栏、左边远处的河流，还有旁边的菜园。看起来都是些小事，易于管理。很难想象有什么浩瀚无际的东西会把这里吞没。很难想象我们这里还会出现什么问

---

① 蒲式耳（bushel）：谷物和水果的容量单位，一蒲式耳相当于八加仑。
② 格洛格酒（grog）：用朗姆酒兑水制成的烈酒。

题，挥之不去。真不知道我们做了什么错事激怒白人。也许是他们记忆的负担，或者仅仅因为我们没有被帝国的光芒灭绝。有些时候，一切似乎依然还是 wamang。

二十三

　　乔伊和几位叔叔一起把黑柏松和桉树树枝放到火坑里。奥古斯特注意到埃迪和那些拿着很长的山龙眼树枝的人站在一起。他穿着西装，似乎有一种要奔赴战场的军人的自信，就像镇上的雕像一样。奥古斯特想起外公，试着想象他年轻时的样子，纳闷她怎么从来没有完全了解过他，只是对他一生中的某些时间段略知一二。她想知道他年轻时在大屠杀平原是个什么样子。埃尔西在火坑旁边等待着。她穿着一件藏青色绉纱连衣裙，头发盘成一个发髻，垂在脑后。

　　奥古斯特站在紧紧地搂抱在一起的女人和女孩们旁边。所有的姨妈、姑奶奶都大放悲声，玛丽姑奶奶也哭了。太阳似乎收起炽热的光芒，奥古斯特突然不再感到闷热难挨。一阵微风仿佛从莫伦比河吹来，但实际那里并不是它的源头。有一次米茜姨妈说，悲伤是从上游来的——还是从地下来的？她不记得了。米茜姨妈捏了捏奥古斯特的手腕。米茜想起小时候，爸爸带她去钓鱼的情景。他让她把拇指插进松软的泥土里，然后从她身边走过，把种子撒进泥土里。她用另一只手把它们盖起来。玛丽姑奶奶在火坑边摇晃着，想起第一次在土著医疗中心的圣诞午宴上见到哥哥的情景。亲戚们从不同的方向簇拥着他们俩穿过草坪，久别重逢的兄妹俩喜不自禁，不知道该拥抱还是跳舞。她想起，埋葬自己的儿子时，她简直痛不欲生。她从来没想到她是那么爱他，也没有人教给她母亲对儿子的爱有多深。尼基姨妈闭着眼睛，松开奥古斯特另一只手，她从来没有向上帝求过什么，此刻，请求上帝赶快结束他们生命中的这一章。阿门。

外婆从她的堂兄表弟、侄子外甥那里拿了些黑柏松枝、桉树枝和山龙眼树枝，把树枝顶端放在火里。男人和男孩站在后面等着。树枝冒起缕缕青烟，但还没有燃烧。大家都围拢过来。外婆把树枝分发给大家，直到她两手空空。奥古斯特站在后面，只是看着。

外婆接过装着骨灰的盒子，周围立刻变得死一样寂静。可是外婆把骨灰撒进火里时，音乐的声浪却从人们的脚底升起。火焰升腾又落下。她从烈焰边走开，走进麦田，灰色的骨灰从怀里抱着的盒子飘然而出，落在泥土之中。外婆把盒子放到地上，张开双臂，闭上眼睛，唱起他们结婚时唱的歌。埃尔西想到艾伯特，想到他的灵魂在自由自在飞翔，就像他经常说的那样，他能"嗖"的一声飞上天空。宛如一箭穿心，这只修长而优雅的鸟滑翔着，穿过呜咽、啜泣的合唱，落在大坝边上。埃尔西张开嘴，低沉的声音从她心头奔涌而出，她不记得这些话在她心中积攒了多少年！仪式继续进行，奥古斯特眺望着大坝，浓烟升起，席卷了整个平原。

这时，整个世界似乎都停了下来：蝉不再鸣叫，树叶不再沙沙作响，椅子不再吱吱嘎嘎。

奥古斯特什么都听不到，什么都闻不到。她发现大坝边上一只孤零零的鸟在跳舞。外婆也看到了，她一动不动凝望着。那只鸟好像正朝熊熊燃烧的火堆飞来。所有的人都在看这奇异的景象。

那是一只澳洲鹤。

几位家人指着大坝，在那里，澳洲鹤红色的头顶忽上忽下，白色和蓝灰色的羽毛时开时合。它在水边跳舞，细长而结实的腿浸在水里，拍打着翅膀，露出黑色的肚子。它低头的时候，奥古斯特觉得能看到它黄色的眼睛。它在急切地鸣叫，那叫声不断地升高，升高。然后，它的喙垂到地面，翅膀慢慢张开，张开。修长的身体骤然间腾空而起，它的腿在空中舞动着，然后再次下降。澳洲鹤落地时，先是一个翅膀，然后是另一个翅膀，嗖的一声冲进烟雾弥漫的田野。它先抬起一条腿，然后抬起另一条腿，两腿并拢，在空中飞了一会儿，猛然落地，在飞扬的尘土中抬起头。澳洲鹤一遍又一遍地重复着它的舞步。还有音乐。大家都屏声敛息观看着——突然之间，他们看到的不是这只鸟的自由，而是它的归属。她跪倒在地，抽泣着，号哭着，这样的事情在她身上从来没有发生过。奥古斯特在这只鸟身上还看到了别的东西。她觉得腿很沉，就倒在原地，眼睛一直盯着那只鸟。吉达，她想，吉达。

奥古斯特仿佛看到她在跳舞，她那小姑娘曲线优美的臀，修长的手臂在空中摆动。她看见他伸手拨弄奥古斯特的头发时，吉达挽住他的胳膊。吉达要和他去哪里？他是谁？她试着回忆，但想不起来。在这场白日梦里，在这生动的回响之中，奥古斯特从床铺上望过去，目光越过她能看到的东西，落到卧室的地板上。床铺下面，地毯上散落着她们的磁带，她看到了上面标着："辣妹组合"①"汉森乐队"②和"TLC"③。她可以看到她们所有的书和小工艺品，还

---

① 辣妹组合（Spice Girls）：1994 年成立的英国流行歌曲女子组合。这个组合由五名成员组成。这五个人分别是：梅勒妮·布朗（"疯狂辣妹"）、梅勒妮·奇泽姆（"运动辣妹"）、艾玛·邦顿（"婴儿辣妹"）、洁芮·哈利维尔（"姜味辣妹"）和维多利亚·贝克汉姆（"时髦辣妹"）。1996 年，她们与维珍唱片公司签约，并发行了首张单曲 Wannabe，这首单曲在三十个国家获得冠军，首张专辑《辣妹》全球销量超过三千万张，成为音乐史上最畅销的女性组合专辑。该组合对全球流行音乐的发展有着深远的影响。

② 汉森乐队（Hanson）：美国风靡一时的乐队组合，由汉森三兄弟组成。

③ TLC：一支美国乐队的名称，原名 Second Nature 的 TLC 于 1991 组建。T-Boz 来自爱荷华，Left Eye 来自费城，Chilli 来自乔治亚，是三位潜力无穷的少女。LaFace 唱片公司的 L.A Reid 和格莱美得奖歌手兼词作者、制作人的 Babyface，联手将她们推上冠军团体宝座。她们的歌曲在西方世界广受欢迎。

有吉达枕头上的一盒磁带，上面写着"给公主的信"。那不是一首歌，而是她们给英国戴安娜王妃的秘密录音。小姐儿俩给她录过故事。真实故事吗？当戴安娜王妃去世的消息传来时，奥古斯特和吉达正在看电视。屏幕上，芭蕾舞演员正在跳舞。她心里想，为什么她现在看到这些东西？她不是为吉达去英国了吗？她百思不得其解，在心里环顾四周，看着她们的卧室。她不是为她飞到白金汉宫了吗？这些年，难道她什么都没做吗？她不是刚洗过盘碗，就像孩提时代在家里做家务一样吗？难道她不是永远也吃不上好东西吗？难道她不是为了永远做个女孩，永远做个小女孩，而浪费了自己宝贵的青春年华吗？记忆中的水泥块、脑海中光滑的石板裂开，灰色的墙壁随之倒塌。她看到的只有吉达的舞蹈。听到的只有伴舞的音乐，女孩子们合唱的声音：头，肩膀，膝盖，脚趾。她们齐声歌唱：balang gaanha bungang burra-mi，bungang burra-mi，bungang burra-mi……她可以看到那些小女孩。奥古斯特想从上下铺的上床跳下来拥抱她们，但当她的头朝她们靠近时，脖子重重地垂下来，就像一具吸了毒的尸体。她的心在大海里沉没，突然间清醒过来，又回到田野里。澳洲鹤弓起背，头，肩膀，膝盖，脚趾……一会儿引颈向天……一会儿啄食泥土。一次又一次在尘土飞扬的田野起舞，就像未来和过去碰撞。

　　然后，澳洲鹤的伙伴们从西边飞来，仿佛有一百张帆被抛进黄绿色的大海。它们也跟着做同样的动作，强壮有力的腿踏着优美的舞步。但第一只澳洲鹤跳得最起劲。它在队伍最前面，翅膀展开得最宽。奥古斯特觉得泪水打湿了面颊。无须用言语表达的祝福的声浪在整个院子里回响。这是一个时代简单而又痛苦的终结。一直以来，他们都希望和平，希望快乐。那都是美好的事物，尤其对孩子们来说。但他们一次又一次被拉回到过去。在那里，所有的痛苦依然存在。她想知道，是不是每个人都被小时候的经历所困扰，被没有保护的感觉所折磨。那时候，她们得不到任何保护。奥古斯特记得，镇子里的人会对她们说三道四，冷眼相看。学校历史教科书谎言连篇，错误百出。周围人的精神世界似乎都裂成一千块碎片。现在，她清楚地记得，她们根本得不到任何保护。就连吉米·科尔维特叔叔也不会。他只喜欢趁没人注意的时候爬到她们床上。

在她周围响起的并非福音音乐，但她听到的就是福音音乐。那音乐从屋檐下升起，顺着游廊台阶，一直流淌到外面那古老的田野。音乐的声浪中，大树枝叶婆娑。树枝上，在荚里休眠的种子窸窸作响。那天晚上，她回头看了看旺德的游廊，看到外婆和外公。他们打扮得漂漂亮亮，准备参加募捐活动，正向女孩子们挥手告别。那一年福音音乐的 CD 刚刚流行，吉达和奥古斯特欣喜若狂。为了每周五开始学习《圣经》和结束时播放音乐，外婆和外公买了一台崭新的 CD 播放机，外公说这是上帝的旨意，然后按下了播放键。那时候，年纪还不算大的外婆对上帝的旨意言听计从，可说起上帝的愿望，总是对女孩子们微笑着眨眨眼睛。她们甚至打开窗户，奥古斯特看到福音音乐从旺德流淌出来，就像火炉里冒出的青烟一样弥漫开来。充满哀怨的歌声仿佛在农场里"安营扎寨"。

那时没人知道吉米·科尔维特是个什么样的人——他那天晚上只是临时负责看管孩子，不是吗？他说他给她们带来一部电影，问她们想看吗？是用录像带录制的。奥古斯特不记得那部电影叫什么名字，但她记得不是 G①级或 PG②级的电影。女孩子们不喜欢，乱七八糟，看不懂。吉米叔叔一直用手指抚摸她们的头发，吉达和奥古斯特在毯子下面紧紧地握着对方的手。吉米把嘴贴在她的嘴上时，奥古斯特能感觉到爆米花壳夹在她的牙缝里。吉达把头转过

① G：影片分级用语，指老少咸宜、适合包括儿童在内的任何人观看的影片。
② PG：影片分级用语，指在家长引导下可以让儿童观看的影片。

去，向旁边张望，奥古斯特也把目光转向别处。

第二天吃早饭的时候，大家围着玉米片和咖啡壶坐在餐桌旁边，外公高举着报纸，向所有在场的人宣布，在一个叫菲律宾的国家，有一尊圣母玛利亚的雕像在哭泣。奥古斯特认为圣母玛利亚一定知道她们当时的感受。她曾怀疑自己还能不能再哭。她以为即使能哭，滴出来的也是血，只是觉得无论如何也挤不出一滴"血泪"罢了。她被永远地改变了，她觉得那天和以后的日子里，她被埋在一百个巴布什卡俄罗斯娃娃的包装盒下面，就在木头和清漆下面。她再也不想听福音音乐了。

几周后，又发生了一次那种事，对吗？但是吉达让吉米·科尔维特不要碰奥古斯特。吉达救了她。

她的头似乎可以感觉到身体其他部分的感觉，她似乎在往下沉，而她的感觉在渗出，就像一碗蛋糕面糊掉进筛子里。她坐在沙土上哭泣。所有的感觉都在她身上蔓延开来，就像昏睡的皮肤神经被唤醒，一个死而复生的人在蠢蠢欲动。她的嘴、喉咙、鼻子——甚至耳朵都被眼泪打湿了。一个词突然出现在她的脑海里，栩栩如生，她知道那个词 Burral-gang 是什么意思——澳洲鹤。她不知道她是怎么知道这个词的，但她知道。Burral-gang。它们结束了舞蹈。是她在跳舞。吉达和她的朋友们已经逃离牧场，细长的腿向南疾驰，然后直冲云霄，飞上蓝天。奥古斯特的手指抠在泥土里。外公，她大声说。吉达，她心里面说。

她闭上眼睛，一道堤坝已经破裂，击碎它们小小的心——它们的心生来就像黏土一样脆弱。她的手平放在干燥的泥土上，眼睛被泪水弄得睁不开，她觉得好像回到了家，回到了属于她的土地。与此同时，她认为这是世界上最让人悲伤的地方。

二十四

费迪南德·格林利夫牧师 1915 年 8 月 2 日
给乔治·克罗斯博士的信（续）

6

请原谅我的长篇大论，我只是想说明这里的情况，以便你和任何有可能看到这封信的人，能正确理解我们传教站的生活。

旺德传教站的生活秩序井然，不乏上帝的恩典。当年建设小镇的年轻人已经成为父亲。他们的孩子按照"虔诚的方式"长大，接受正规教育，日子还算舒服。他们的一些亲戚还愿意过从前的日子，不愿意住在传教站。但他们经常来做客，和平友好。

这些年来，我知道并目睹了平原上土著劳工制度的发展，也目睹了游客逐渐减少。传教站的年轻人越来越少。据我所知，他们是被白人抓走之后，被迫在他们根本就不懂是什么玩意儿的文件上签字画押。随后就成为某个牧场主的"债券服务财产"，归牧场主所有。他们当中的许多人不愿意被牧场主奴役，当然会逃跑。警方发出逮捕令，警察开始行动，他们被追踪，被捕获。有时候就在传教站被抓获，押送到警察局，披枷戴锁好几个星期，然后又被送回到牧场。牧场主得意洋洋地挥舞着手里的《主人与仆人法案》。我努力维护的一个个可爱的家庭被彻底摧毁。

传教站建立起来的第六年，我们已经有一个尽可能大的、联系紧密、受到保护的社区。这个社区由织工、渔民、教徒、接受教育和上帝眷顾的人组成。我们种的有芒小麦连续两年丰收。一批孩子出生。自然，一些老年居民也死了。我很惊讶地发现，土著人对死者非常尊敬。我允许他们按照传统先举行仪式，然后再把棺材钉起来，在树林里划出一片永久的墓地。让我感到很欣慰的是，那些在传教站去世的人，临终前都接受过洗礼，有些人出于对我的信任，但不管怎样，完全接受了教义。

在传教站建立第七年即将到来之际，大屠杀平原的社区受到极大的破坏。社会上不同派别越来越敌对。政府严厉打击移民淘金者。《工人报》在一年内出版了三期，引发了所谓"有权势的人"和"平民百姓"之间的分歧。不过，请注意，社会上的两派对土著人的偏见却是完全一致的。

一天晚上，一群白人推倒围栏，进入我们的保护区。我睡在小屋里，被一阵叫喊声吵醒。那些马背上的白人大声呐喊，要实施报复，要"以牙还牙，以眼还眼"。我连忙穿上裤子和靴子，从高高的架子上拿起猎枪，冲到院子里。女孩子和妇女们尖叫着向男人们的小屋跑去。但是看到白人在那儿筑起路障，用火把点着他们的住处时，她们成群结队向我跑来。我让她们赶快跑，到我的小屋里暂避一时。大火熊熊燃烧，土著人从住处的窗户跳进院子里。我问这些入侵者有什么事。他们虽然喝得烂醉如泥，但仍然骑在马背上，有的挥舞着马鞭，有的紧握步枪，一个个飞扬跋扈，让人害怕。他们六个人大声嚷嚷着，回答说我们的黑人——他们称之为"黑鬼"——用长矛刺了他们的牲畜。从他们那副凶相，我看出，根本不能和他们讲道理，更不可能拿《圣经》去教化他们。那天晚上他们要进行一场复仇式的谋杀。这时，黑人们已经从他们那间大茅屋逃出来，藏到丛林里去了。

我走到还在马背上的白人面前，用步枪瞄准他们的坐骑，要求他们离开，否则就向当局报告。我承认，我的手在颤抖，十分紧张，不知所措。我的屋子太小，容纳不下多少人，手无寸铁的凯勒正把吓坏了的孩子们集合到一起，躲进教室。我把枪托抵在肩头，两手端着步枪，尽量不让自己颤抖。这时，明亮的火光下，广场中间，一个白人骑着马朝我飞也似的跑来，飞起一脚踢在我的头上，我应声倒在地上。

在接下去的苦难中，我大部分时间都昏迷不醒，躺在地上。等我在凯勒的照料下醒来时，男人住的宿舍已经被烧成一片废墟。一匹马躺在火边，胸口被长矛刺穿而死。白人带着两个女人逃走了。女人们坐在金合欢树下大声号哭，哭声在天空下回荡。

凯勒立即告诉我，有个黑人男子想阻止那几个白人歹徒绑架妇女。白人用鞭子抽打他的脖子，把他套在马鞍上拖来拖去，时而背朝下，时而脸朝下，拖了好几圈，最后才向他开枪。我记得，虽然烟雾缭绕，但浓烈的血腥味儿还是在我鼻翼间缭绕。我心不在焉地摸了摸自己的头顶，发现那血的味道不是我自己的。我从地上爬起来，想去帮助受伤的黑人兄弟。我跟跟跄跄地走向地上的那个人影，双膝跪地，非常难过地发现原来是乌赫莱，一个善良而可敬的人，大约只有我一半年龄，我的朋友。看见我，他说他害怕。他的胸口黑乎乎的一片，鲜血染红了他的身体和我的双手。我意识到，此时此刻，我除了祈祷，别无他法。我对他说："不必害怕，因为主耶稣总是与那些相信他的人同在，那些像你一样，正在穿越黑暗山谷的人。"

这时，人们开始唱歌。歌声从乌赫莱毫无生气、鲜血淋漓的身体升起，仿佛把光明带到夜空。这首歌肯定会让天使们捂着脸哭泣。第二天，土著人按照传统，举行葬礼。我们将乌赫莱的遗体安葬在墓地的"永恒之家"。墓地一直在扩大，传教站人们的痛苦与日俱增，平原宛若笼罩着蝗虫编织的阴云。

二十五

Gungambirra 的意思是：耙，犁。你所需要做的就是精耕细作。这些农具我们这里都有，甚至在牧师来到之前就有。他以为他是第一次在这里开荒种地。其实我们早就知道如何使用 gungambirra 了。

Nguram-birrang 的意思是：用来睡觉的洞。我们带着女孩子们沿着莫伦比河一起往南走。大坝建成后，我们带着外孙女们北上，在达令河边露营。在那儿"安营扎寨"的还有许多其他人家。他们的汽车上有皮划艇、独木舟、钓竿、折叠椅和四人帐篷。一家人远行，那是最美好的时光。沿途看到不一样的风景，经历一场冒险，找到莫伦比河的尽头。几年后，找到它的源头。我告诉孩子们，从前我们冈迪温蒂人是怎么睡觉的。我在岸边挖一个洞，下午就点上几堆火。等到火要熄灭的时候，就准备好了晚上睡觉用的"火塘"。然后去上游钓鱼。天凉了，孩子们都洗完澡，穿上睡衣，该做饭了。我就把其他火堆里的煤铲出来，放到最大的火堆里。我把几条沙滩毛巾铺在我做的小 gulamon 形状的沙坑里，然后告诉孩子们上"床"睡觉。哦，孩子们都很惊讶。他们躺在温暖的小沙窝里，旁边是篝火，互相讲笑话，直到吃晚饭，然后睡觉。女孩子们睡着以后，乔伊双手托着下巴，用胳膊肘支撑着身体。我睡在另一个沙窝里，也还醒着。我们俩会聊些男孩子们的话题，直到篝火熄灭，银河像演电影一样在我们头顶盘旋。

Dural 的意思是：空心树着火，烟从树顶冒出。我的祖先，我的一个曾曾曾叔祖父，有一天带我去散步。"我们要去吃晚饭。"他告诉我。那年我十一岁左右，已经习惯了"时间旅行"。曾曾曾叔祖父说他的名字叫科拉多克。他指着一棵枯树，树枝都折断了，整个树干都是灰色的。科拉多克曾曾曾叔祖父用斧子敲了敲枯树，耳边传来一阵空空洞洞的声音。然后敲打燧石取火，点燃一堆枯草，又在树干上凿出一个洞。他把火把递给我，让我站在那棵死树旁边。他自己往树上爬，动作比饥饿的巨蜥还快。他让我放开手里燃烧的火把，我求之不得，因为手指快被火烧焦了。落到树洞里的火很快就把洞炸开，接下来我看到的是，曾曾曾叔祖父手里拿着一只负鼠从树上爬了下来。"该吃晚饭了，"他笑着说，"那个，"他指着燃烧着的树说，"是 dural。这个呢？"他把负鼠提溜在我眼前问。"Bugari。"我说。

Mudyigaali 的意思是：圣灵。有一天，我决定要杀一个人。我的思想濒临崩溃——是的，在你的思想濒临崩溃的时候，不可思议的事都变成了一种选择。我像小时候一样双膝跪地，祈祷，请求，想从 mudyigaali 那里找到答案，但没有。我走到河边，向幽灵呼喊，可是不见踪影。那时候，旋风还在肆虐。第二天早晨，我把奥古斯特拖到外面，并没有伤害她，只是想做点什么。早些时候，当晨星尚未隐没，我已经用钢锅烧开了水，让它在月光下冷却，还在里面放了一块石英石。那天早上，我忘了埃尔西的朋友们已经来喝过早茶了。我对自己想做的事非常有把握。所以我带着奥古斯特到剪羊毛的棚子后面给她施了洗礼，或者说是我以为的洗礼。我说："对不起，奥吉，这是为了保护你，亲爱的。"我把锅里的水倒在她的头发上。可怜的东西，她不停地哭。当世界变得嘈杂和混乱时，孩子们就会那样。嗯，我给了她一个拥抱，送她上路了。那天晚些时候，我在文具店给她买了些东西。一个小箱子，里面装着比阿特丽克丝·波特①的迷你书。那之后，我策划了我将要实施的谋杀。但我无法与任何人达成一致，无论是埃尔西、祖先，还是mudyigaali——它是我灵魂的一部分，只属于我自己。

Yarramalang 的意思是：马，野马之地。赶拢牛羊的时候，我们会在日出时鞴好马鞍，喝茶，吃玉米饼，然后出发，一直工作到日落。有的牧场的面积超过一万平方公里。辽阔的原野让你想到，为什么人们认为我们这块缭绕着蓝色氤氲的土地，无边无际。那是我目睹的！日常生活中唯一的改变就是训练小马，或者回到大屠杀平原的小农场剪羊毛。我自己从来不用鞭子，我有一对卡尔比牧羊犬。两个家伙和我一起睡在睡袋里——每天早上都有三个脑袋伸出来。每天开始工作之前，我给它们读一两段。它们和我们这些牧场"学徒工"一样从早干到晚。有一次，我们要把几千只羊赶到北方，那就意味着必须穿过一片辽阔的荒野。往北走的时候，要经过一条美丽的绿色山谷。和我一起干活儿的那个家伙很想到峡谷里凉快一会儿。我拗不过他，只好让步，但警告他，只能去一会儿，然后继续上路。我们沿着山谷往下走，看到大约有二十匹野 yarraman。这意味着我们根本不可能下去"凉快凉快"了。几条狗汪汪汪地叫着，似乎要把那群马驱散。在我看来，世界上没有什么比眼前这一群野马更美丽的动物了。这个地方就是，yarraman 的天堂——yarramalang。

---

① 比阿特丽克丝·波特（Beatrix Potter, 1866—1943）：英国作家、插画家、自然科学家和自然资源保护主义者，她最著名的作品是富有想象力的儿童读物。波特共出版了二十三本书，其中最著名的是 1902 年至 1922 年间的作品。

二十六

　　她只知道有人掐着她的腋窝，把她举到空中，送到阁楼上面那个房间里。屋子里尘埃和阳光嬉戏，宛如一场梦。终于，当阳光退去的时候，奥古斯特停止了哭泣。埃迪带来酒，他们喝得酩酊大醉。她尽情地大声说着笑着，然后又回到田地里。埃里克叔叔拿出他的音乐棍①，敲打着。亲戚们又唱又跳，绿色的树木在夜空中噼啪作响，火花闪闪，大地被"焊接"在一起。星期天她睡了一整天，除了外婆，没有人上楼来打扰她。埃尔西中午端来早餐，半夜端来晚餐，她像她母亲以前那样吻了吻奥古斯特的脑门儿，告诉她，她爱她，让她好好休息。

　　星期天晚上，外婆很晚才上床睡觉，奥古斯特躺在那儿难以成眠。她挣扎着站起来，冲了个澡，然后一丝不挂回到床上。奥古斯特的手在毯子下面动了起来。她闭上眼睛，把乳房托起来，在两腿之间找到了让她身心解脱的地方。她翘起屁股，努力让自己感觉好一点，完整一点，轻松一点，毫无羞耻之心。小时候，当她的乳房终于长得像个小桃的时候，她想起了埃迪。拜托了，她在黑暗中悄

---

① 音乐棍（clapping sticks）：澳大利亚原住民传统上为迪吉里杜管伴奏的古老乐器，有时被称为"拍板"。在澳大利亚东北部阿纳姆地的 Yolngu 土著人的语言中，"拍板"被称为 bimli。

声说。但没用，那不是她需要的。相反，她像吉达过去经常做的那样，躺在毯子下面，双臂抱在胸前，哭喊着找妈妈。

　　奥古斯特周一早上起床时，发现她的衣服已经叠好了，桌上的文件也整整齐齐地放在一起。她又在外公的桌子上翻了一遍，仍然找不到几句他亲手写下的话。她打开阁楼的衣柜。衣柜颤动着，吉达曾经用过的铁丝和木制衣架叮当作响，下面是三个大盒子。奥古斯特把盒子拿出来，把里面的东西倒在床上。盒子里装满吉达和她儿时用过的东西。有磁带，"给公主的信"就在那儿。她找到她们当年从收音机录下的别的磁带，但没有找到录音机。一个美国国旗图案的相框里镶着吉达、她和妈妈一张黑白照片。这张照片对折了一下，好让框子里放下两张照片。那时候，她们一定是在幼儿园，五岁。她找到了自己的椰菜娃娃①，提起她的裙子，想看看她的记忆是否正确，她们是否给娃娃做过"手术"。洋娃娃的肚子上缝了一条棉线。奥古斯特笑了。她从第二个盒子里拿出毛茸茸的白色鹅妈妈②。不知怎的，妈妈有一次给她们买了这个玩具。她伸出两只手，一手一个托着小姐儿俩的下巴，说："给我的小天鹅。"妈妈离开房间时，吉达低声说："小天鹅。""小天鹅是什么意思？"奥古斯特问。"就是天鹅刚生出来的小宝宝呗！"吉达说着从书包里掏出一本书，给奥古斯特看书里面的一张单子。那张单子的题目是"动物群体及其幼崽"。她指着天鹅宝宝的照片给奥古斯特看。吉达让她一边玩玩具，一边大声念出所有动物和它们幼崽的名字。这本书在

---

① 椰菜娃娃（Cabbage Patch doll）：是由美国艺术学生泽维尔·罗伯茨在 1978 年创造的一系列娃娃。这个玩偶品牌成为二十世纪八十年代最流行的玩具时尚之一，也是美国历史最悠久的玩偶品牌之一。

② 鹅妈妈（Mother Goose）：鹅妈妈是英国童谣中的一个角色。英国经常上演圣诞哑剧《鹅妈妈》。在文学作品和书籍插图中，鹅妈妈通常被描绘成一位年长的乡村妇女，戴着高高的帽子，披着披肩，穿着二十世纪早期威尔士农妇的服装，但有时也被描绘成一只戴帽子的鹅。

奥古斯特的手里感觉很神奇，她想知道怎么能从这本翻开的书中两个页面就知道所有这些事情。鹅妈妈的眼睛一动不动，戴着一顶桃红色和蓝色图案的帽子，脖子上挂着一个绿色图案的蝴蝶结。女孩子们发现，把磁带放在她翅膀下面的播放器里，玩具鹅就会跟着读故事了。她那橙色嘴巴一开一合，念出书上的话。

　　她发现两个灰色的、破旧的阿格罗娃娃和漫画书。每个星期六早晨，她都会在脑海里过电影似的过一遍那本漫画书。早晨，她们穿着棉布睡衣，披着从双层床拽下来的毯子，跑到客厅。毛茸茸的毯子擦去热乎乎的、柔软的脸上的睡意。脸圆圆的，还像婴儿时候的"娃娃脸"。这两个娃娃是她们赢得的奖品。她和吉达曾经做了一些小手工，寄给阿格罗卡通连线①。这是由一位女士和一个名叫阿格罗的"木偶"主持的一档早间电视节目。每周六，那位女士都会打开孩子们寄来的包裹，而阿格罗则会拿自己那两条派不上用场的布胳膊开玩笑。包裹里常常是孩子们绣的"十字绣"、Spirograph②模板和图画。她和吉达曾经求外婆把她们的作品寄到栏目组。外婆寄了两次。第二次，她们制作的"老鼠迷宫"赢得两个阿格罗娃娃。那个小手工是用卫生纸粘在一起，然后涂上彩色颜料。吉达比较细心，负责涂颜料。奥古斯特写了这封信，因为就剩下那点活儿。

　　　　亲爱的阿格罗，姐姐和我为你做了这个老鼠迷宫。
　　　　　　　　　　　　　　　　　　爱你的吉达和奥古斯特

---

① 阿格罗卡通连线（Agro's Cartoon Connection）：是一个澳大利亚的儿童电视节目，从 1989 年到 1997 年在 Seven Network 播出。它在工作日的早晨播出，主要由喜剧演员杰米·邓恩（Jamie Dunn）扮演的木偶阿格罗（Agro）主持。
② Spirograph 是一种几何绘图玩具，是由英国工程师丹尼斯·费舍尔（Denys Fisher）开发的，并于 1965 年首次销售。

主持人说："今天的获奖者是来自大屠杀平原的一对姐弟。"起初，吉达和奥古斯特大叫起来："哇！"奥古斯特使劲跺了跺脚，吉达来了个"空手道"，砍了一下自己的腿。她们非常生气，因为是一对姐弟获奖，而不是她们。但主持人随即说出这"一对姐弟"的真实姓名。原来是她们！小姐儿俩高兴得尖叫着，跳了起来。睡衣都飞到了肚子上。接下去便是广告。她们跑到田野，穿过菜地，穿过齐脚踝高的麦苗，像牛仔一样边跑边喊。耶——哈！她们尖叫着。奥古斯特全然不在意自己原来取了个男孩的名字。她笑得好开心，连内裤也弄湿了。

盒子里还有一堆学校日志。她把日志拿出来，看到盒子里面还有几管"爱润唇膏"。唇膏盖子都不见了，里面空空如也。一看到这些空瓶子，她就想起以前是怎么·"吃"这些玩意儿的。满嘴都是西瓜、草莓、柠檬味儿。日志封面上写着奥古斯特的名字。她用歪歪扭扭的印刷体在日记本的右上角写下：星期一，某年、某月、某日。下面写着："周末，爸爸妈妈带我们在一辆崭新的大篷车里露营，我们在森林里发现了狼。狼很友好，我们在野营的时候和它们一起玩。"老师用红笔纠正了拼写错误，并在这个令人难以置信的故事旁边的图画下写了评语：非常有趣。这本书里写满她想讲的故事。在另一篇日记中，吉达写道："这是一个虚构的故事。爱丽丝掉进了兔子洞，在澳大利亚着陆了。"故事还没写完，老师只在下面画了一个红色的问号。剩下的几页都是空白。

奥古斯特把所有的东西都放回盒子里，没有特别的顺序，每件东西都很珍贵。

她穿好衣服，走下楼梯，把水壶放在炉子上，发现咖啡罐上粘着一张小纸片：我出去了，爱你的外婆。租来的汽车钥匙放在餐具柜上，那一刻，奥古斯特把钥匙拿在手里，想象着开车六个小时去女子监狱的情景。在她的脑海里，母亲就在那里，等着她。她穿着旧牛仔裤，准备跟吉达和奥古斯特一起玩，准备回到姐妹们身边，仿佛时间并未流逝。实际上早已成为过去。她把钥匙扔到桌子上。

奥古斯特在厨房里转来转去，觉得又习惯了这个家。她记得家里的东西都放在哪里，记得什么东西放在什么地方最合适。她知道哪个咖啡杯能盛尽可能多的咖啡。她知道厨房的桌子在摇晃，拿一个折叠起来的杯垫塞到桌腿下面就能让它保持稳定。地板一踩就吱吱嘎嘎响，没法偷偷溜进去。房子没有保温层。她想，这个"可拆卸的房屋"不算太坏。情况可能更糟。如果她在过去十年的记忆中仔细搜寻，就会知道情况更糟，糟得很。

她看了看旁边那几幢房子，所有的房间都空着。奥古斯特在剪羊毛的棚子里发现不少自行车零件，乱哄哄地堆放在一起，还有一辆锈迹斑斑的彩色低档车、一辆缺了轮子和车把的红蓝相间的赛车。在一块用麻袋缝成的单子下面，她找到一辆轮胎瘪了的黑色新山地车。车子大梁上夹着手动打气筒。奥古斯特拿下来打气，直到轮胎变硬。天气热的时候，气不要打得太多，否则轮胎会爆，仿佛外公在她耳边说。奥古斯特骑着自行车经过薄荷树，看到埃迪和邮递员在前面不远的地方聊天。邮递员开车扬长而去，埃迪笑着向奥古斯特走来。他把两条胳膊搭在山地车的把手上，跨坐在大梁上。他赞赏奥古斯特·冈迪温蒂。两个人骑着自行车向旺德农场驶去。

"你今天早上看见外婆了吗？"她问。

"没有。你好点了吗，小舞女？"

"你这样说是什么意思？"

"那天晚上你还真有招数！"

她什么都不记得了："你是开玩笑吗？"

"没事儿，"他轻轻地捏了一下车闸，"大伙儿都在跳舞。我陪了你一会儿，然后你姨妈把你哄上床。"他看着她的眼睛，"现在好了吗？"

她其实没觉得有什么好，但嘴上说她没事儿。"我挺好。只是这次回家心情有点沉重。"

"你现在要上哪儿去？"

"上网。到图书馆。"奥古斯特不知道她是要确认还是取消航班。

"我本该让你用我们家的网，可惜断了。"

"没关系。"

奥古斯特向田野望去，看到远处有不少卡车。

比以前还要多。

"他们干什么呢？"

埃迪松开自行车把，直起身子，望着辽阔的田野。"做准备呢！"

"做什么准备？"

"采矿。"

奥古斯特坐在自行车座位上。

"那天，我在肯加尔和那些嬉皮士聊过。"

"他们怎么说？打算怎么干？"

"我想，他们会把自己锁在机器上。"

他们俩抬起头看着肯加尔。

"你应该留下来。"他一本正经地说。

"我们不是都要离开这里吗？"她不无伤感地说。

他回头看着她，笑了："可不是嘛。"

笑得多开心啊。

"你也去图书馆吗？"

"我去图书馆？"他笑了，"我可没空。我还有一百年的机器要从棚屋里往外搬呢！"

"外公到过棚子里吗？我是说，过去几个月里。"

"没有。你还在找他写的东西吗？"

"是啊，可是已经没地方好找了。"

"到棚子里来帮我干点活儿好吗？"埃迪笑着问。

"干不了了。看看这双手。"她向他伸出手掌，好像在说，这双细皮嫩肉的手已经干不了体力活了。

他看着她的手，咧嘴一笑，跟她打了个"低五"①："待会儿见？"

"好吧。"她戴上太阳镜，"再见！"她猛地蹬了一下脚踏板，骑了起来。从花椒树下，她能辨认出站在帐篷外的抗议者。

"把你的名字写在这儿就行了，"问讯处的图书管理员琳达指着一张表格说。奥古斯特写下名字时，她问道："你和艾伯特是亲戚吗？艾伯特·冈迪温蒂。"

奥古斯特点了点头："我的外祖父。"

"好极了。"她说，双手交叉放在高高的桌子上，脸上带着微笑，抿了抿涂着口红的嘴唇。她胸前的名牌"琳达"歪了。

琳达递给她两页书名清单："你能不能让他明天归还那些书？最迟周末，大部分书都是从市图书馆预约的，过期不还会被罚款的。"

她们互相微笑着点点头。她不愿意告诉琳达，外公已经不在人世——难以启齿。

图书馆的入口外面挂着黑白两色的楼层索引。奥古斯特的目光落在第三层上，议员会议室。她想上去跟尼基姨妈打个招呼。

她乘电梯上楼。办公室是开放式的，没有人特别管理那些办公桌。在右边的玻璃墙外，全体员工似乎都围坐在一张长长的会议桌旁。投影仪播放图表。尼基姨妈一定看见奥古斯特进来了，她立刻从玻璃门里走出来，然后慢跑着穿过房间走到奥古斯特身边。

"奥古斯特！"

---

① 低五（Low Five）：手势，两个人一起拍手。

"姨妈，你好。"

"你怎么跑到这儿来了？"

"我只是想看看别人是怎么生活的。"她环顾办公室，不无嘲讽地点点头。

尼基不耐烦地笑了笑："你知道，我正在开会。你能在城里多待一会儿吗？想去吃午饭吗？"

"我可以等。"

"哦，我有一张咖啡厅的免费咖啡券，拿着它，然后——"她快步走到旁边的办公桌前，打开钱包，拿出一张小卡片，"去喝杯咖啡，如果你中午还在城里，就来找我，好吗？"

"好吧。"

她拥抱着奥古斯特，拍了拍她的胳膊。"十二点见，我请客。"尼基姨妈说，然后朝玻璃墙快步走去。奥古斯特转身走回电梯，电梯门开着，什么东西吸引了她的注意力。她回头看了看尼基姨妈的桌子，发誓看见她童年时玩的那台卡式录音机就放在她的桌子上——一台老式录音机，长方形，黑色，有一个红色按钮，用来记录写给戴安娜王妃的信件。

然后她提醒自己，厂家当年一定制造了五百亿台同样款式的录音机。她走进电梯，下到一楼。

外面，乌鸦看着她，洒水器在人行道和大楼之间的草坪上喷水。她蹲在自行车旁边，浏览爷爷过期没还的图书清单：

《一百万亩荒野》[1]埃里克·罗尔斯著

《金合欢上的血》布鲁斯·爱尔德著

《库珀的河》艾伦·穆尔黑德著

---

[1] 《一百万亩荒野：人类与澳大利亚森林的二百年》是埃里克·查尔斯·罗尔斯（1923—2007）所著的一部纪实小说。

《致命的影响》艾伦·穆尔黑德著

《澳大利亚历史》C.M.H.克拉克著

《澳大利亚教会的故事》爱德华·西蒙兹著

书单上至少有四十本关于澳大利亚主题的书。她在外公的办公室里看到过这些书。她想再看一遍那些书，翻着书页，试着找到外公的话。她没有等尼基姨妈，而是直接骑自行车回家。尼基姨妈不会介意的。

奥古斯特回来的时候外婆还没有回来。她把书和文件都拿到客厅，在桌子上摊开，一一对照书和那张单子上的书名，然后按书的内容分类堆在地板上。她喝了杯咖啡休息了一会儿。穿着破旧的T恤、短裤和运动鞋四处走动，把便利贴放在桌面上。她找到那台只能接收短波的园艺广播收音机，听着那些她不熟悉、没法跟着唱的歌。她翻遍了外公从图书馆借来的书，分门别类，小山似的堆放在一起：基督教、植物学、动物学、宇宙学、战争、艺术史，还有农业。她觉得自己终于明白外公读这些书的目的——他在做一件大事，解释各类词汇的意思。

有几次她走到游廊，向田野望去，寻找埃迪。看见他踩踏着庄稼，把大型机械设备运到农田那边。天空辽阔，热气蒸腾。

奥古斯特正在读外公从图书馆借来的那本《论万物有灵论》，埃迪过来讨一杯水喝。

"他们已经把你家的水管子关掉了？"奥古斯特问道，一边往杯子里倒水，一边打量着埃迪。

"想见见你。"

他一口气喝完杯子里的水，递回去让奥古斯特再斟一杯。埃迪舔了舔嘴唇，斜眼瞅着奥古斯特。

他一边大口喝水，一边低头看着那些书和文件："都是什么书呀？"

"外公看过没按期还的图书。"

他放下杯子，在T恤衫上擦了擦手，然后从桌子上拿起那本书，翻来翻去。"什么叫'万物有灵论'？"

"相信大地——以及所有的生物——都有祖先，有灵魂。"

"你相信吗？"

她看了看书："我信。"

"你能想出为什么你外公读这样的书吗？"

她开心地笑着说："我想他是想挽救这个农场。"

"你觉得他会怎么做呢？"

"不知道，我猜他是想解释这片土地的特殊之处吧？"

埃迪扬了扬眉毛，让奥古斯特继续说下去。

"我只记得他是多么爱、多么真心地爱着这块土地和这块土地上的财产。你还记得吗？"

"是的，我记得。"他说着把杯子放在水槽里。

"嘿，"奥古斯特说，"你有收录机吗——放盒式磁带的？"

"好像没有。"

"得了吧，你应该有——你们总是什么都有呀！"

"我再干几个小时活儿，干完了再找找，好吗？"

"谢谢。"她说。

她在推拉门旁边，与他擦肩而过。

"别着急，伙计。"他说。

过了这么多年，他们又成了好朋友。

下午晚些时候，奥古斯特带着那条名叫斯皮克的狗绕着菜地走了一圈，摘了些从细铁丝网围栏里长出来的干扁的豆子。她把手放在草莓旁边。日落前，草莓吸收了最后几个小时的阳光。红红的果实甜且热。她想象着微笑、安详的外公，戴着一顶软塌塌的遮阳帽，穿着一件蓝色背心，俯身在菜地里，弄掉甜菜根上的土。他提着一个塑料桶，在菜地里来来回回地走着，给一棵棵蔬菜浇宝贵的水。面对土地的时候，她从来没有看见过他难过伤心。她想念他。那一刻，奥古斯特特别后悔离开外公这么久。

她继续往前走，让那声音钻进她的耳朵——那是无数蝗虫振翅的声音，是仿佛同时从一百个方向飞来的鸟儿鸣叫的声音，是缓慢形成的气流穿过成千上万长芒的茎秆发出的声音。斯皮克想跑，它仰面朝天躺着，把爪子伸向奥古斯特，然后拍在地上，张开嘴盯着她，汪汪叫着，吐着舌头，想让她和它一起玩。她看了一会儿，它又伸出爪子，伸了个懒腰。奥古斯特带着狗跑到水坝边，让斯皮克喝水，然后又跑回来，看起来形单影只，实际上并不孤单。在她的脑海里，有那么多人在身边奔跑。不只是吉达。奥古斯特在这片土地上找到了真实的自己。这是她的人民的土地。她的人民和她一起在这片土地上繁衍生息。狗跑进丛林，奥古斯特走到能装一吨重粮食的筒仓旁，打开仓口，没有粮食流出来。她从仓口望进去，里面的稻谷只有个"底儿"，不到一英尺，有的地方湿漉漉的，坑坑洼洼，锈迹斑斑的铁皮仓壁上粘着稻谷。她和吉达过去常常假装自己是泡泡糖机，是硝酸盐黏合剂，而羽扁豆是她们做出来的糖果。

吉达刚失踪的时候，奥古斯特常常幻想她自己会以怎样的方式死在大屠杀平原上，脑海里浮现出一幕幕自杀的场景：上吊，被柴油烟雾呛死，在化粪池里淹死，在干草垛里闷死，被小麦种子掩埋，卷到脱粒机里，一头栽到废弃的井里，掉到矿井里，马蹄子踢到头上，被牛踩死，被一辆没有滚棒的拖拉机轧死，被一桶没系安全带的谷物打死，被天上掉下来的空中喷雾机砸死，被水疾病杀死，被病毒性疾病杀死，因干渴而死，因感染而死，心脏中枪，脑袋中枪，在大坝里溺水而死，被野火烧死，被毒蛇毒死，吃了有毒

163

的浆果，被毒蜘蛛咬死，被一群黄蜂蜇死，被乌鸦啄死，被埋在筒仓里憋死。

吉达失踪几年后，奥古斯特在报纸上读到有关巨头鲸的故事。故事说，如果一头鲸鱼生病，搁浅，其他鲸鱼也会这么做。如果它们当中有一个死了，那一小群鲸鱼就无法生存，结果都随它而去。这似乎是自然而然的事情。奥古斯特想了很久，觉得这也很正常。面对损失，只有同时失去自己才是正确的选择。奥古斯特正要打开第二个筒仓的大门，埃迪骑着一辆50毫升级①的越野摩托车来到她身边。他的到来使她又回到现实生活之中。

"女式摩托车吗？"

"是的，"他说，轻轻地踩了一下油门，"你坐在后座，我带你去好吗？"

"远吗？"

"拐弯就到。"

奥古斯特爬上摩托车。两个人一直开到那块五百英亩大的麦田旁边。小树林里原先一片泥泞，现在拖拉机轮胎留下的印迹已经变干变硬。他们在那儿拐了个弯。经过大坝时，她看着他们的影子。那影子是分开的，两个人的身影。他们绕了一圈，绕过最远的围栏，又绕过羊棚。成群的凤头鹦鹉在河边尖叫，拍打着翅膀，飞到桉树林中寻找藏身之地。埃迪把摩托车停在马厩旁。"艾德先生在哪儿呢？"奥古斯特问，不过不用回答，她也知道答案。自从她回来，就没人提起过这匹马。"它老了。"埃迪只说了这么一句话。当年，女孩子们央求埃迪的妈妈给这匹白马起名叫"艾德先生"，这是以前电视节目里那匹会说话的马的名字。面对那两个打着赤脚的姑娘，埃迪妈妈心软了。她们看见它被一辆拖车运来，就跑到马厩

---

① 50毫升级（50cc）是国际摩托车大奖赛（Grand Prix）的超轻级。

去看。那匹马身上落满尘土，散发着干草和翻起来的泥土的气味。

回来的路上，奥古斯特开那辆越野摩托车，埃迪坐在后面。她为自己还记得怎么开越野摩托车而感到自豪。埃迪双臂环抱着她，斜靠在她的背上。那一刻，她心旷神怡，充满活力，在阳光下穿行。她又向旁边看了看他们的影子——两个身影叠加在一起，就像一个狮身人面像。

她把车停在车道上，双手被汗水浸湿。她下了摩托车，握住一个车把，直到埃迪把车接过去。

奥古斯特双手叉腰站在那儿。"还记得夏天曾经是万物的开始吗？世界每年都在同一时间变得更大，没有结束也没有开始。我们甚至忘了要回学校？"

"记着呢。"他说，翻了翻眼睛。

奥古斯特听到羊圈里的羊咩咩地叫着。

"你们准备怎么处理这些羊？"

"农牧业务代理人明天就会过来，把它们赶走拍卖。"

奥古斯特皱起了眉头："但愿它们不要走得太远。"

埃迪还没来得及回答，就听见汽车道上传来一阵响声。两个人回转头，看见一辆汽车驶入旺德。

"你自己处理吧。"埃迪说，向汽车挥了挥手，把摩托车推到一边。

奥古斯特走到车道上，在一棵小桉树下停了下来，双手伸向头顶的树枝，来了个"引体向上"。她在树枝上轻轻地荡来荡去，看见奶奶拿着一个扁平的纸板箱下了车。奥古斯特吊在树枝上，从薄荷树顶向肯加尔望去，看到那里人影绰绰。她闭上眼睛，想象着那个素无交往的曼迪俯下身，亲吻她的眼帘。她认为她的眼睛非常美丽。

"你看上去活像个小女孩。"外婆乐呵呵地说。

"我觉得我就是个小女孩。"奥古斯特笑着从树枝上跳下来，走到汽车跟前去帮忙，"你上哪儿去了？"

"去看了看老年之家的老太太们。"

"我以为你跟姨妈们待在一起呢！"奥古斯特看了一眼从驾驶座上爬出来的玛丽姑奶奶，目光又落到外婆身上。

"我会在日光浴室里放张小床，没有隐私。我爱你，"她转过身来，碰了碰姑奶奶的胳膊。"不用了，谢谢你。"

"他们付钱吗？"奥古斯特朝停在田野里的那辆莱茵帕尔姆公司的卡车点点头。

"不付，我一分钱也拿不到。这些年来我们几乎什么都没存下。说受够了，烦死了，奥古斯特。再吊到树上玩吧。"她咯咯咯地笑着，然后把箱子抬了进去。奥古斯特跟在后面。她特别想听吉达和她给戴安娜王妃录的那盘录音带。"你知道那个旧录音机在哪儿吗，外婆？"

"艾伯特写书时用那玩意儿。我不知道在哪儿放着，亲爱的。"

"好吧。我怎么觉得这本书好像从地球上消失了似的。"她前后甩着两条胳膊。确切地说，她并不是觉得无聊，但像那样挥动手臂，她觉得自己像个十几岁的孩子，仿佛又成了家里的一分子，和家人站在一起，什么都不做。外婆和玛丽姑奶奶都没有理睬她，而是开始从冰箱里挑选食物。奥古斯特透过玻璃拉门向大坝望去。

澳洲鹤又回来了。Burral-gang，她低声说，然后走了出去。斯皮克跟着她，夕阳西下，他们一起蹲在山龙眼树下。奥古斯特仿佛又看见吉达跳舞。她回头看了看她们那幢房子。外婆站在门口，靠在门框上，面带微笑，睁大了眼睛看着奥古斯特。

二十七

费迪南德·格林利夫牧师 1915 年 8 月 2 日

给乔治·克罗斯博士的信（续）

7

沃维利的家人把他的鱼叉遗赠给了我。真是个好玩意儿！鱼叉有一个圆形凹口，十分光滑，杆用刺槐树的木头做成，末端有六个突出的镖，工艺非常讲究，比桃花心木家具还要气派。事实上用来制作杆的树枝还没有从树上砍下来之前，就开始打磨了。我害怕这个宝物被盗，或者白人再在我熟睡的时候偷袭，把小屋夷为平地，把鱼叉烧成灰烬——他们轻而易举就能做到——我把它交给鲍曼。让他下次进城时，送到博物馆。我知道他一定会尽职尽责地完成这个任务。

在过去的几十年里，子弹和长矛在土著人和白人之间穿梭。老古尼亚被夷为平地。其他黑人的营地也被摧毁殆尽。有消息说，在广袤的西部地区，血色更浓！这些年，发生了许多悲惨的事件。而在每一次事件中，那些让我们如此痛苦的人从未被绳之以法。可以想象的是，我在被他们报复，这极大地损害了我的神经。

167

我很久以前就不再天真。我目睹了一个头脑清醒的人可以对他的同胞犯下最残忍的罪行。似乎每个白人都是一个模子刻出来的，一出生就对土著人心怀不满。在我去做礼拜仪式和调查了解的旅途中，继续面对残酷。有时，我在路边看到同胞们的遗骸，像在河边看到的贻贝壳一样，已经裂开，被丢弃。1891 年，我看到两个土著男孩在离我们家二十英里远的小路上奔跑。两个男孩因为害怕，汗流浃背、闪闪发光。我拦住他们，问他们怎么回事。两个男孩用英语解释说，他们受雇于当地的牧场主。两个孩子最大的十四岁，被鞭打之后逃了出来。年纪大的男孩转过身来让我看他的脊背。背上的伤口足有一英寸深，血液凝固了，皮肤里面白色的筋腱渗出滴滴组织液仿佛在哭泣。我翻身下马，和两个男孩谈话的时候，我们正说的那个牧场主骑着马跑了过来。他根本不理会我。我要和他理论一番的时候，他更是嗤之以鼻，挥舞着鞭子，一路鞭打，把两个孩子赶回二十英里远的牧场。我很后悔没能追上他。后来听说，那个年纪大一点儿的男孩像被钉在十字架上的耶稣一样，被绑在篱笆上，一直鞭打到昏迷不醒。第二个男孩也受到了同样的惩罚。一根鞭子打折后，那个"殖民者"换了一根鞭子，继续抽打男孩。男孩痛得死去活来，号叫着："哦，主人，如果你想杀我，割断我的喉咙就好了，不要把我切成碎片。"那畜生无动于衷，继续鞭打，直到第二根鞭子也被打折为止。这令人发指的消息传到我们镇上之后，那个没人性的混蛋也被带来了。他承认鞭打第一个孩子和鞭打第二个孩子的次数一样多。还说因为"他们可以忍受"，又为自己开脱，说他"发脾气了"。治安法官因为他鞭打那个年纪小一点的男孩处以五英镑的罚款，鞭打那个所谓"可以忍受"的男孩处以一英镑的罚款。

　　那一年的同一时间，在我们营地北边七十英里的空旷之地，我亲眼看到一个土著妇女被一个"殖民者"野蛮奸污。一个在旁边看守的畜生拿枪指着我，命令我离开。毫无疑问，轮到他奸污那个可怜的女人了。我不想再说了。都是极其恐怖的场面。我向总督阁下报告了这一事件，但没有向法庭报告。

只有为数极少的案件被送到地方法官面前，我尽可能到法院旁听。所有这种性质的案件，法官都置之不理，最多对当事人罚款了事，而且数额微不足道。在澳大利亚，关于土著居民受到人道主义待遇的报道，在海外连篇累牍，但"殖民者"和地方官员恶劣的行为却没有被调查。然而他们的恶劣行为需要严格的调查。他们的罪行已经存在了许多年。我过去是，现在依然是处于无休止的困惑、愤怒和恐惧之中。我真心希望，像你这样有影响力的人，亲爱的克罗斯博士，能读到这些文字，并愿意做点什么。毫无疑问，你肯定比我更有能力。

我将继续……

到了1892年，我们传教站的活动再次引起土著保护委员会的极大兴趣。他们再次派出观察员，我们再次做了欢迎的准备。我们把希望寄托在获得固定收入上。令我们吃惊的是，董事会对我们这儿土著人精湛的工艺品很感兴趣。还有一份来自美国的合同，要在第二年举行的世界博览会上展示一些物品。原来他们要庆祝哥伦布和他为人类做出的伟大贡献。世界上所有的殖民地都参与其中，他们对展示土著人产生了浓厚的兴趣。殖民地大臣不准土著人去芝加哥，但他们想为达尔文进化论取得证据，并想要有人来展示土著人的进化过程。这个故事你很熟悉，克罗斯博士。

他们会支付我的旅费，传教站活动期间和我参与活动期间，我每年的薪金为九十英镑。毫无疑问，我没有理由不接受对我们的事业如此坚定的承诺。因此，我们以极大的热情，开始指导土著居民制作展览品。艾弗里尔上尉收集介绍土著儿童的插图、殖民地土著人的自画像以及保护委员会采集的统计数字、收藏的各种武器。克罗斯博士，你希望我们提供殖民地主要地区土著人身体发育的资料。信中说，需要"三个土著人的石膏头骨模型"。我回信问你，为什么需要这些模型，你回答说，"为了人种学而收集这些资料"，还进一步阐明这些模型是用来"证明野蛮人的认知发展"。你一定还记得，我在回复中说得很清楚，我只能让我的居民提供手工艺品和武器，而不是你想要的所谓科学细节。你最后大发慈悲，同意了我的意见。

不出两个月，我们就制作出三十块漂亮的十字绣、花边和精美的刺绣，每一块都有一平方英尺，上面绣着赞美诗和家人的祈祷文。玛丽奉献了一件最精美的刺绣，上面绣着漂亮的黄玫瑰花蕾，还写了一句话：清洁是一种美德。他们给我们提供了上等的漆木、玻璃和小钉子，让我们把这些艺术品裱好，装到镜框里。

在这段时间里，我们继续教导孩子们祈求上帝保佑他们，维护帝国的统一。我们教他们爱、尊敬和尊重他们所生活的国家，以及在他们头顶飘扬的国旗。那时，1893 年，传教站还有一百五十名居民。我们这个小小的传教站 1890 年经历了大萧条，许多年来，我们经历的艰难困苦无法想象。有的居民还给学校增加了一些课程。我不在家的时候还可以辅导剩下的十七个孩子。

在我远行期间，凯勒和其他居民承担了管理职责。我离开传教站总共一百四十三天。"玛戈特号"为我提供了一个二等舱。船上有精致的铁栏杆和设备齐全的沙龙。一到纽约市，我就乘坐运机车沿"大北方铁路"去芝加哥。博览会为我安排了三天的工作，其间住在一间干净的旅馆里。在那里，我向你和别的一些人介绍了我们传教站居民和新南威尔士州取得的卓越进展，但没有谈到他们承受的痛苦。博览会，我承认，相当了不起。几个月后，我高兴地获悉，数以十万计的观众已经观看了澳大利亚馆的展览。我与许多感兴趣的人交谈，向热心的慈善家请求支持我们的事业，并立即写信给凯勒，表达我对"慈善堂"再次繁荣的强烈愿望。回首往事，那时候，我盲目乐观，对已经看到的黑暗视而不见，而对没有看到的光明抱有希望。也许，就像成千上万的游客在"人类动物园"，往地上扔硬币一样，我也被"白城"①的繁荣进步、金柱、铜柱以及耀眼的灯光所欺骗。

回到大屠杀平原，回到我们的家园，我终于松了一口气。在那里，我尽心竭力地为我们的居民修缮房屋，储存口粮。这些口粮都是用他们承诺的工资购买的。

在新世纪开始的时候，很明显，挑战仍然困扰着我们。1908年，一场可怕的消费大战随着莫伦比河洪水泛滥而更加严重。旺德传教站居民的数量几乎减半，只剩下九十五个人。从前，那些经常到传教站待上一两个晚上，和亲戚们聊聊天的土著居民几乎都不见了。

孩子们也长大了。小默茜，我们传教站生下的第一批孩子中的一个，谈恋爱了。我怀着极大的喜悦和荣幸，主持了她与传教站另一位居民的结合。小伙子叫所罗门，可爱而聪明。多年前，探险家曾经授予他父亲一块铜牌。上面刻着："恶土之王比利"。所罗门总是把它放在一个网袋里。

1909年，可爱的默茜生下了一个健康的女儿，并给她起了一个好听的路德教名字——奥古斯丁。就在同月，保护委员会试图对传教站实施更严格的限制，下令除纯血统土著人之外，所有人都应被移交给政府部门，让他们就业。分散到各地，就像一些抽象的数字。

哦，我们把大门锁上。母亲们哭喊着。我不允许住在传教站的人骨肉分离。纯血统和有二分之一黑人血统的人看不出有什么区别。我向前来执法的警察长篇大论地抱怨了一番，他帮我递交了一份申请书。"不管怎么说，我为董事会做了那么多事。"我说，对这个苛刻的决定感到震惊。他只是耸了耸肩。我觉得自己说这番话毫无用处。

_____

① 指芝加哥。

二十八

　　Bimbal, ganya 的意思是：房屋，居住的地方。在旋风刮到这个地方，并且久久停留不肯离去之前，我们再次回旺德建设家园，祖先和我沿着河岸走了几个小时。我一边听，一边仔细观看。我在田里干活儿的时候，他们总是试图教给我一些东西。他们手扶跳桩犁①，指出应该注意的问题，而我大部分时间都很忙。有一次，他们带我去看大屠杀平原老人们留下的房子。那些房子呈圆形，是用红桉树搭建而成的——ganya。他们告诉我，如何轻而易举地使用木材建造墙壁，如何用黏土和桉树枝加固屋顶。我们有家，他们想告诉我。真正的 bimbal。

　　Galgan 的意思是：壳，种子。一切生命都来源于种子——yurbay。收获的时候，要确保谷物的外壳不会脱掉。有些公司，比如莱茵帕尔姆，想要垄断这些种子。这对我来说是件可怕的事情，他们试图给农民的种子定价。在墨西哥，在印度，在所有种植农作物的地方，即使是在这个国家，也有坏人试图垄断种子。你能想象吗？一家公司想把我们的命脉掌握在他们手中！

---

① 跳桩犁（stump-jump plough）：十九世纪末由理查德·鲍耶·史密斯在南澳大利亚发明的一种犁，目的是解决小桉树丛生的土地的耕种问题。

172

Barra-winya 的意思是：打猎。早上，女人采集浆果，男人去猎杀袋鼠。他们把捕获的袋鼠处理好之后，就会从猎物身上取些脂肪，再去寻找"糖袋"[①]。首先，他们会在紫色花朵上找到一只蜜蜂，把那个小家伙轻轻抓在手里，从自己脑袋上拔下一根头发，穿过袋鼠脂肪，然后把头发缠绕在蜜蜂的肚子上，再放飞它。小蜜蜂——ngarru 身体变得沉重，十分紧张的时候，最想去的地方自然是它们的家。这样一来，猎人就会跟着它们，一直找到藏在树上的"糖袋"。

Ngunba-ngidyala 的意思是：监狱，关起来的地方。当女儿和外孙都进了监狱，毫无疑问，我们这个家会陷入麻烦，笼罩着悲伤。但事情并非如此简单。乔琳和乔伊是犯了错误，但惩罚过重。尽管政府想要以此教育民众，但这是一种老办法——把人关起来似乎就可以解决问题。我认为在这个国家，除了"歌之路"之外还有很多分歧。"监狱""关起来的地方"——ngunba-ngidyala——首先要在心灵中建立起来，然后再在现实生活中推而广之。

Bumbadula 的意思是：山龙眼树。这是一种神奇的树。幼树的树干被刨成极薄的木片，与母乳混合，制作成洗眼剂，治疗婴儿的结膜炎。未成熟的果实被用来治疗烧伤、抓伤和皮疹。核周围成熟的果肉可以直接食用。祖先们甚至用 bumbadula 制作染料，为篮子染色。较老、较硬的果实烘烤后碎裂，里面的果仁吃起来很香。你不觉得这听起来很神奇吗？

Garingun 的意思是：孙女，外孙女。我可怜的、亲爱的 garingun，

---

① 糖袋（sugarbag）：澳大利亚土著人说的英语，意思是蜂房，从空心树木上当地蜜蜂的蜂巢里采集蜂蜜。

没有比我们爷孙之间更强烈的爱了。这爱永存于世。我真为她难过。真难过！我这一生最大的遗憾就是让她失望了。这将是这辈子我最感歉疚的事情了。

Yurung 的意思是：灰色伯劳鸟，画眉。Yurung 是一种警戒鸟。它鸣叫的时候，坏消息就来了。这种鸟个头不大，灰颜色。它得到什么消息的时候，就会高昂着头，嗉囊耷拉着，尖嘴指向需要传递消息的地方。它的叫声，你可能听过，先是 coo，coo，coo，接着是颤音，最后向上飙个高音：cooee！听到这声音，那就赶快管好自己的事吧。Yurung，再可爱，再温柔，再精巧，也只能带来黑暗。而它经常来看我。

Guya 的意思是：鱼。老牧师在他的笔记中，写的是 cooyah。他记得不对。这个词的发音靠后，应该是 guya。

Ngalamarra 的意思是：捕鱼。如果莫伦比河又流淌着清澈的河水，鱼儿又在河水里游弋，那么抓鱼的最好办法就是耐心。关于 Ngalamarra——有两种方式。水有咸水和淡水之分，有流动的水，也有静止的水。我们这里现在还有咸水——在海滩上的河口。但我只知道淡水。现在只有静止的淡水，没有流淌的河水！我们祖先的“歌之路”就像高速公路上的标记一样，沿着水往前走。现在很多鱼类都濒临灭绝，不要捕捞鲈鱼，不要捕捞茴鱼，不要捕捞来自北方的淡水鳕鱼，不要捕捞金枪鱼，不要捕捞南乳鱼。永远不要在食品市场、餐馆或镇上的“尼莫炸鱼和薯条店”买鱼。你想吃吗？那就自己去抓！每个人都应该学会四件事——如何去 ngalamarra，如何去爱一个人，如何自己种菜，如何读书。Ngalamarra 需要耐心，爱需要尊重，种菜要土壤，阅读需要字典。

Buwu-nung, dargin 的意思是：用谷子磨成的面粉。谷子开花，谷穗变得金黄，然后你就可以把谷穗切下来，保存好成熟的种子以便来年再种。当作种子的谷粒都很饱满，很容易脱落下来。剩下的谷穗要在太阳下晾晒几天，谷粒就很容易脱落了。然后按照你自己的喜好，把谷子去壳加工成小米熬粥，或者磨成 buwu-nung，做面包。这是我们的收成，从古到今。

Bagabin, narranarrandyirang 的意思是：花儿，一种花儿。班克西木花①是我最喜欢的，不仅因为它花朵大，看起来像美丽的芙蓉花，而是因为它让我产生更多的联想。你看，班克西木花表面上看很坚强，不畏风雨，但它仍然用锋利的锯齿状叶子、坚固的树干和根来保护自己。它的花蜜喂养了蜜蜂、鸟和我们人类。等到花的周期结束，它的荚裂开，种子成熟，球果从树枝上落下。这玩意儿有两个用途，一是可以生火，像煤一样燃烧。另一个用途是过滤水。水可以穿过球果，流淌出来。

Walan-buwu-ya-rra 的意思是：不能说出去的事。这个词的字面意思是"说话的定律"。祖先告诉我，这"定律"和《圣经》一样重要。他们给我看了一些东西，还对我说不能告诉不该告诉的人。有些事情只能烂在肚子里，到死也不能说，这就是 walan-buwu-ya-rra。

Gulambula 的意思是：土灶。祖先们教给我如何用 gulambula 烹

---

① 班克西木（Banksia）：澳大利亚大量生产花蜜的树，是澳大利亚丛林食物链的重要组成部分。它们是各种食蜜动物的重要食物来源，包括鸟类、蝙蝠、老鼠、负鼠、无刺蜜蜂和许多无脊椎动物。此外，它们对澳大利亚的苗圃和切花产业具有重要的经济意义。

煮食物。他们先挖一个大约一米长、半米深的坑，把里面的土都挖出来。然后，在坑里填满柴火，再把黏土做成一块块土坯，放到木柴上。木柴燃烧时，土坯不但变干，还变得非常热。几个小时后，用两根棍子像钳子一样把土坯从坑里拿出来，放在一边。他们把坑扫干净，铺上绿叶，有的人会铺上青草或者还泛绿的树枝。然后手脚麻利地把一只裹着千层树树皮的负鼠放上去，再在上面覆盖更多的绿叶。最后，把烧热的土坯放回到坑里，用泥土覆盖、密封。当菜做好后，挖开 gulambula，就可以吃上热气腾腾的晚餐。边吃边聊些看起来是小事，实际上是很大很大的事情。

Murnong，bading 的意思是：可食用的山药。过去，如果你打猎时没有捕捉到任何东西，或者现在，你是一个素食者，这是一个很好的肉类替代品。murnong 开黄颜色的、烟花状花朵，块茎长在地下，就像胡萝卜，可以生吃，也可以煮熟了吃。有点甜，味道像椰子。murnong 是一种非常好的食物。

Nguruwinydyinang-garang 的意思是：鸸鹋的脚。Biyaami 或 Baiame[①]，就有这样的脚。有时候，在梦里，我的手脚漂浮着，全无用处。睡觉的时候，手不听使唤，脚跑得不够快，无法从坏人的手心里逃走。就像沙滩上的橡胶蹼。想想看，巨蜥怎么会长成那个样子？然后看看你的爱人，你也会奇怪，他们怎么会长成这样？你再想象蜥蜴发怒，然后想象你的爱人生气的样子。我认为人与动物的融合不难想象。我们都来自同一块土地。嗯，Biyaami 长着鸸鹋脚。我不知道为什么会这样，为什么他们会长一双鸸鹋的脚，就问我的祖先。他们说："小家伙，这有什么关系？有些事情就是这样。"

---

① 在澳大利亚原住民神话中，Baiame、Biyaami 是澳大利亚东南部原住民几个语言群体（如 Kamilaroi，Eora，Darkinjung 和 Wiradjuri）的创造者上帝和天空之父。

二十九

　　奥古斯特整个上午都忙着把旺德家里装剃须刀和洗漱用品的柜子、药柜以及衣物柜里的东西都拿出来放到包装箱里，又到阁楼上搜寻艾伯特的手稿，但一无所获。

　　午饭前，她去看埃迪。奥古斯特感到既轻松又兴奋，想到外公看过的那些书，一盏希望的小灯照亮她的内心。她在想前一天和埃迪的对话——关于夏天，关于世界变得更大了。她想对埃迪说，一切都没有结束。她爬上小山，一边朝南庄走去，一边想，倘若她留下来，该做些什么？他们该怎样拯救旺德和农场？这时候，她听到了一阵隆隆声。田野里，莱茵帕尔姆公司的卡车驶上南边平常牲口走的那条路。一辆起重机的长臂在驾驶室上颤悠，另一辆车上高高地堆放着一些看起来像栅栏和脚手架的东西。一望而知，这些东西是为一个更加复杂的设施准备的。

　　门开着，但防蝇的纱门关着。

　　"喂！"她喊了一声，自己走了进去。木头墙壁已经有一段时间没有被打磨过了，墙壁上的山水画早已变得斑斑驳驳，高高的天花板上结着蜘蛛网。

　　她穿过那幢房子，在后面的屋子里看见埃迪。他穿着牛仔裤，跪在一个硬纸板箱子旁边。

"喂。"他说，瞥了奥古斯特一眼，举起啤酒瓶，喝了一大口。

"这个点儿，你就开始喝酒了？"

"是呀，很爽。你不来一杯吗？"

"为什么不。"奥古斯特脱下鞋，走到门厅，走到前门。回来之后，埃迪递给她一瓶打开了的啤酒，然后把手机放在一个挺高的扬声器上面。珍珠果酱乐队①正在演唱《十点》。

"还记得这个歌儿吗？"埃迪说，举起啤酒瓶和她手里的瓶子碰了一下。

她又觉得自己仿佛是十五岁的花季少女了。"又觉得你父母一会儿就会回来，我就得赶快从后门溜出去了。"

"过去的日子真好，"他说着，站起来，展了展腰，"你可以穿着鞋子，很快这里就会变成一片废墟。"

她把啤酒举在胸前，微笑着吸了口气，环顾四周。

"需要我帮什么忙吗？"

"先吃午饭好吗？"

"用不着。"

他三下两下折叠好一个硬纸箱，把箱底粘好之后，扔给奥古斯特。

"给我多少报酬？"

"永远的感激。"

"我想要的一切。"她说，坐在书架下面，对着酒瓶大口地喝着。

埃迪一声不响地收拾了几分钟东西之后，问道："你对你正在读的那本关于一切事物都有灵魂的书很有研究吗？"

"万物有灵论。"她说，双手伸到盒子底部。

"你认为你外公是上了天堂，还是去了乡下？"

---

① 珍珠果酱乐队（Pearl Jam）：一支美国摇滚乐队，于1990年在华盛顿州西雅图成立。

"你的意思是，我相信有来世吗？"

"是。"埃迪说，喝了最后一口啤酒。

"我想他会去什么地方，但我不认为有天堂。"奥古斯特又喝了一大口，接着说，"一边听珍珠果酱乐队，一边谈来世——我真觉得又回到少年时代了。"

他站起来，继续到房间后面收拾东西，把书从裱着壁纸的书架上挪开，摇了摇头："这话真蠢。无论我们相信什么，都改变不了这个世界。"

"相信什么？"

"相信什么也改变不了最终死去的事实，对吗？我讨厌宗教。"

奥古斯特朝他这边转了转眼睛。她不认为埃迪愚蠢，但觉得他永远不会停止说他们小时候说过的蠢话。"你讨厌宗教——你生来就这样。那些教堂、绘画和诗歌呢？"

"那么战争呢？"

"老生常谈。我想我们已经讨论过一百次了，我仍然认为战争不会停止，人类还会互相残杀，不管有没有宗教信仰。"

"在陆地上？"他转过身，满脸严肃，不无疑问地看她。过了一会儿，又回到书架旁。"或者种族战争？"

"是的，即使我们都有相同的肤色，即使我们都说同样的语言，同样形状的眼睛，同样长度的鼻子，同样浓密的头发……"

她把空瓶子放在茶几上，从沙发上站起身，走到他身边，拿起几本书捆扎起来。"你妈妈怎么样？"

他又往箱子里放了一包书。"她还好，不过我想她已经对生活不抱什么希望了。她一直憎恨这个国家。"

"澳大利亚？"

"农场生活。"

她又看了看那间空荡荡的大房子。小时候，她就觉得埃迪家的房子很大，现在长大了，可是在她的眼睛里，依然很大。

"不可能那么糟糕。"奥古斯特说，但心里想，一定那么糟糕。

埃迪十三岁、奥古斯特十一岁的时候，布罗肯一个按摩师的一本黑名单被偷了，名单上的人名流传到这个地区。在那之后，很多父母都离婚了。他们看到埃迪的爸爸离家的时候，他妈妈用一根柳条抽打他。而且那不是最后一次。

"你知道，妈妈生病之后，他们以某种方式复合了。我想那是在……"他想宣泄一下自己的感情，可是脑袋耷拉在纸箱子上面，显得很疲倦，"我知道，我喜欢你外公胜过喜欢我老爸。"

"我外公？"

"是的。我觉得他很可爱，这一点毫无疑问。我知道我更喜欢他。"他停顿了一下，然后又说——声音越来越小，"你真的认为你妈妈会回来吗？"

奥古斯特筋疲力尽地坐在沙发上。她知道与母亲的同理心①并没有因为脐带剪断而消失。长大成人后，足够的经历让她明白了这一点，但她不明白这趟旅行意味着什么，外公的死意味着什么，吉达失踪意味着什么。他们一直在等她的死亡证明，而和奥古斯特家一样，别的人家也同样等待这样的证明。或者在监狱里等死。就这样，那么多人失踪了、死了。她认为一家人，损失越大，心贴得越近，又成了一个整体。

"我回来了。"

他又取下一些书，坐在奥古斯特旁边，看着几乎已经空无一物的书架。"我正希望你回来呢。你知道她在哪儿吗？你妈妈。"

"外婆最后听到的消息是，她希望监狱能白天放她出来一会儿，

---

① 同理心（Empathy）：亦译为"设身处地地理解""感情移入""神入""共感""共情"。泛指心理换位、将心比心。同理心是分享或识别其他有知觉的或虚构的人经历的情绪的能力。

到外面走走。但我觉得她出不来了。"

"为什么？"

"不知道。我觉得有些人总能找到回家的路。而监狱变得就像他们的家一样。估计古利人①只知道怎么被人家关起来。"

埃迪扯了一下牛仔裤一块磨破了的地方。

"但是，"奥古斯特接着说，"我想我们应该张开翅膀，四处飞翔，感觉旅行是一件很自然的事。我觉得妈妈就是无法想象逃出牢笼。也许她不会一觉醒来，睁着眼睛再想到别的地方了。"

埃迪搂住她的脖子，抓住她的肩膀，把她拉到怀里。奥古斯特把头靠在他胸前，意识到渴望被触摸。

"家里的事很麻烦，奥吉。爸爸似乎永远消失了，直到妈妈要离世时，才照了个面儿。"

他一只手在大腿上使劲搓着，好像在三十多摄氏度的高温下还有点冷。

"对不起。"

她戏谑地望着他，真想忘掉那浑浊的水、柴油、污垢和她又开始闻到的肌肤的味道。她想把它们从嘴里冲洗掉。"再喝一杯吧！"

"啊，你一点也没变！"

没有变，她心里想。她仍然需要麻醉。她喜欢的饮料总是"遗忘"。她承受不了这么猛烈的感情的冲击，两个人又匆匆喝了一瓶啤酒，都想满足不愿承认的欲望。

奥古斯特走到音响前，跳过手机里那首歌，开始播放《好男人》②。太阳高高升起，阳光从天窗照射进来，一道白光落在她面前的空地。埃迪的身影落在她身后。他伸手搂住她的腰，把音量调

---

① 古利人（Kooris）：澳大利亚原住民，于四千多年前定居澳大利亚大陆。他们过着与世隔绝的生活。

② 《好男人》（*Better Man*）：是 2000 年英国流行歌曲。

高。奥古斯特摇晃着啤酒瓶，埃迪离她很近，但没有碰她。奥古斯特把酒瓶放在扬声器上，转身看着他。

她避开他的目光，看着他的嘴唇，他哼唱着那首抒情歌曲《等待》。

奥古斯特扬起脸，在他的嘴唇上使劲儿吻了一下。他把她拉过来，两个人紧紧贴在一起。他的嘴唇很软，短短的胡楂擦过她的嘴唇，一点也不疼。

他抱起她，两个人的牙齿碰了一下。她的脚趾刚离开地板，他就不管不顾地抱着她穿过走廊，一起倒在床上。

他们面对面躺着，他搂着她的腰，虽然搂得很紧，但温柔体贴。每一个动作都跟着她做，而她又跟着他做。他把手放在她的腰上，她也把手放在他的腰上。她的手抚摸着他的背，他的手也抚摸她的背。他吻她的脖子、耳垂，她也吻他的脖子、耳垂。咸咸的，好像有一层盐。他的喘息变成了呻吟。他的手放在她的后腰上，她的手也放在他的腰上。他用一只手解开她的胸罩，然后解开她的衬衫。

他们迫不及待地亲吻着，一切感觉都是同步的，就像游泳一样配合默契。

她拉了拉他的腰带。他站起来，脱下靴子扔到墙根儿。然后迅速脱掉牛仔裤和内裤，踢到地板那边，一丝不挂地站着，一点儿也不害羞，乳头周围长着细细的绒毛，汗毛从阴茎向上延伸，几乎连到肚脐。他笑了笑，好像提出一个问题。她以微笑回答。

他从床尾慢慢地爬到奥古斯特身上。奥古斯特把头枕到枕头上，双眼紧闭。他从她的肚子一直向下亲吻。"这个。"他说，舔着娇嫩的肌肤。

她向下看着。

他背部的肌肉随着手臂的运动而滑动。脖子后面的皮肤晒得黝黑。他解开她牛仔裤的扣子，手指放在斜纹粗棉布和她的肌肤之间，就像试探洗澡水的温度一样，担心水太热了。他吻着她。她扭动着屁股，不想让他的手再往下伸。他的手指一碰到她的阴蒂，就好像一万支钢针从她的脚底和掌心射出来，传遍全身。就像凝脂软玉被浸在星河里，就像冰冻果汁和流行摇滚在她皮肤里绽开。她的腿和胳膊变得沉重起来，仿佛悲伤突然袭来。一时间，怀疑自己此刻感受到的是悲伤，而不是高兴。

他一直用一只手抵住她，另一只手抓住她的肩膀头，嘴贴着她的嘴，湿漉漉的，似乎更热了。然后把脸靠在她肩膀上休息了一会儿。舌头继续往下舔着她的两个乳房，再往下舔到她的手臂，直到她的手。他转过头，张开嘴，轻轻咬着她手臂内侧的皮肤。然后看着她的一双眼睛，似乎在问她是否可以，等待她许可。奥古斯特点了点头。他咬得越来越紧，然后停下来，吮了吮她细嫩的皮肤。越发热烈地吻了起来。他离开床垫，弯着膝盖直挺挺地坐在床尾，手指拉开她牛仔裤的拉链。

他看着她的脸："我要你，奥古斯特·冈迪温蒂。"

"等等。"她低声说。

他从床垫上站起来，抱着她的膝盖，把她拉到床边，脸埋在她牛仔裤的裤裆，不停地扭动着，亲吻她美丽的曲线——亲吻他能找到的曲线。

"等等。"她想喝醉。她不想感受这一切，不想变成别的什么东西，听之任之，改变自己。她不想做那样的事情——融入其他人的记忆、欲望和气味。而埃迪的身体也只是"另外一个"。

"等什么？"他从她赤裸的身体上抬起头来，"再等一个十年？我想要的，就是和你这样。"他嘟囔了一声，回头看了看她的脸，她点点头，不再说什么。

她哼哼了一声，抬起手臂看了看被埃迪咬过的皮肉。只有几个浅浅的牙印，没有咬破皮肤。她的脑海里仿佛出现一片空地，在那空地之上，吉达和她那次打架的记忆如在眼前。

奥古斯特朝外婆尖叫了一声。她感觉到那叫声就在嗓子眼儿里。"吉达咬我！"埃尔西出现在她的脑海之中，她在房间里一边骂吉达怎么那么野蛮，一边拿起奥古斯特的手腕，查看她手臂上的咬痕。她看到皮肤上留下的牙印有一个缺口，可是吉达没有缺门牙，真正缺门牙的是奥古斯特。埃尔西叫两个小女孩去浴室。她把一整管牙膏挤在水槽的碗里。埃尔西让吉达帮奥古斯特把牙膏再放回到牙膏皮里。她告诉她们俩，这是对奥古斯特的惩罚，对吉达也是一个教训："不要说假话，说出来的话就不可能再收回。"

奥古斯特想继续蜷缩在床单下面，但脑子一直在想那些往事。她把埃迪的头轻轻地推开，在床上挪了挪身子，给他讲那个故事。

"嘘。"他说，紧贴她的后背，吻着她的脖子，"引诱"她。

"我不想。"她说，这句话就像沉重的石头掉到平静的水中。

他立刻翻身下床，站了起来。棕色的细毛中，坚挺的阴茎在大腿上方微微颤动。"你想要什么？"他看起来和奥古斯特一样困惑不解。

她不知道想要什么。但内心深处的某个角落，她知道她不想盲目地做爱。她不想体会那种盲目的感觉。也许，她想，她已经习惯了永远得不到满足的痛苦。

"昨天，你说要留下来。可是锡矿呢？"

"留在澳大利亚，是的！和我一起搬到城里去吧。"

"倘若那样，吉达回来怎么办？倘若她回来，发现家里没人怎么办？"

"你是开玩笑吗？"

"然后就把旺德彻底忘掉？要知道，没有这个地方，我连自己是谁都不知道。"奥古斯特脱口而出，其实说这话的时候，她还没意识到确实如此，"有些人没有一个可以让他们回到从前的地方。而我，背井离乡的时候，旺德是心灵的安慰，是一个我可以随时回来的地方。尽管所有那些童年的东西，那些你父母为你保留的东西，那些你小时候玩过的东西——都已经荡然无存。"

他喊了起来："可你一直也没回来过。"

"如果我想，就可以回来。"她也大叫起来，"现在我就回来了！"

"这是成年人生活的一部分，奥古斯特。你是为自己创造一个可以回归的地方。你以为我愿意永远待在儿时的家吗？"他用胳膊拍打着床，"见鬼去吧，奥古斯特！你想听实话吗？"

"实话。"她鹦鹉学舌似的重复着这个词，把床单拉到胸前，压根儿就不知道他是否知道答案，然后低声说："你为什么生气？"

"实话！实话是我也想离开这里。为什么你可以离开？为什么除了我，谁都可以远走高飞？"他在空中挥舞着双臂，拍打着床垫，在床边走来走去，用拳头猛击墙壁。石膏板的碎片窸窸窣窣跌落在一片温暖之中。

他看着她，从牙缝里说："你想知道真相吗？我想卖掉这块地。我想最终得到报偿。可是辛勤劳动，却一无所获。我以前每天都在地里干活儿，看着旺德，等你回来。你想听实话？旺德只是一个居住的地方！他们他妈的查看了那座房了。那儿根本就算不上人住的地方！简直就是个奴隶的院子，奥古斯特！真不知道你外婆和外公从哪儿学会当仆人、当修篱笆的人！如果我爷爷没有让冈迪温蒂一家住在那座房子里，你们就会像维吉米特黑酱谷那些无家可归的酒鬼。我们救了你们！你想知道真相吗？那我就让你看看该死的真相。"

他跑出房间，奥古斯特掀开被单，找到她的胸罩，也想跑出去。

可是没等她离开那儿，他已经怒气冲冲地冲了进来。但他动作慢了一些，而且更加沉着自信。他光着身子把一箱书倒在地上，拿

185

起一沓没写地址的信封。"我一直在收拾这幢房子里的东西，是不是？可靠的埃迪！你想知道我发现了什么吗？我在你外公去世之前发现了这些东西！我甚至都没有勇气给他看！听着，我读给你听！"

他跳到床上，站在她的脚边。两个人的腿碰在一起，身体分开。他激动得满脸通红。她蜷缩在两个枕头之间。他从信封里抽出第一张小卡片。"感谢您对福斯塔夫收藏馆的贡献。澳大利亚博物馆。所赠物品：消息棒，上面精心雕刻着袋鼠、鸸鹋、蛇等。数量：一个。时间：五百年。斧头，大约十个。充当铁砧的石头，五个。时间：四百年。"

他的腿在颤抖，手和声音也在颤抖。

他又抽出一张卡片，上面写着："所赠物品：木棒，雕刻着部落的标识，十分精美。数量：两件。时间：大约五千年。盾，刻有图案。数量：一件。七十厘米乘十一厘米。时间：三千年。"

他又抽出一张。两个人现在都在发抖。卡片散发的气味让人恶心。

"你想揍我吗？"他尖叫道，"这就是你崇尚的文化的去处！在他妈的玻璃橱柜里！久远的年代！最后一件是我那混蛋父亲捐的！1980年，就在我们出生之前！所赠物品：木铲，上面刻着澳洲鹤，十分精致，用来挖土。数量：一件。时间：七千年。铣磨石，大约三十五块。充当铁砧的石头，七块。打火石，三十块。农业活动的证据，可以追溯到大约一万年前。"

读完最后一张卡片，他从床垫上扯下被子，把那一沓信封啪的一声扔在床上，悲痛欲绝地走出房间。奥古斯特掀开床单，抓起衣服，匆匆忙忙穿好就跑了。他们俩都知道，这些话对他们意味着什么。

她匆匆穿过南庄的英式花园，来到低矮的篱笆那边。泥土很热，光着脚走受不了，但她想去感受它，感受那仿佛沸腾的大地。

碰到突出的桉树根，脚缩了缩。她想让公牛蚁蜇她。那些家伙反而逃到了树根上。

她从泥土车道上仔细看着旺德。那已然是个遗迹，不是一座房子。她仿佛看到几只猛禽在飞翔，但是炽热的苍穹之下，根本没有鸟在盘旋。只有一只孤独的伯劳鸟，披着阳光，昂着头，站在屋顶的排水槽上，眺望远方。

三十

Girr 的意思是：永恒，即将发生的事情。你还记得发"rr"这个音时要发颤音吗？人们说 girr 的时候，听你好像表达一种失望的情绪。也许会让你失望，但我无法告诉你未来会发生什么，明天会发生什么，就像没人能告诉我一样。

Nganha-gunhung-guwala 的意思是：后天。我生命的最后几周都是在旺德，坐在这里度过的。可以抬头看到这些年我所做的所有工作。修理屋顶，把密封的窗户装进新的框架，修排水沟，固定松动的地板，油漆外墙。过去几年我没怎么干这些活儿。埃迪把我需要的工具借给我，帮我扶梯子。其余的时间我都待在图书馆。当我不能再去图书馆的时候，我会想念那里。我很快就要走了，nganha-gunhung-guwala 就走了。我尽量不去想得太复杂，希望一息尚存的时候，能把这些词汇的意思解释清楚。也许我不能完成我想做的一切，但也许明天，明天，某一天，别人会完成。《马太福音》六章三十四节说，不要为明天忧虑，因为明天自有明天的忧虑。一天的难处一天当就够了。

Gudin 的意思是：死人。他们排放了大坝里的水，又来旺德搜查三次之后，我做好长矛，手持"证据"，坐了好长时间之后，趁着夜色，从屋子里走出去，把汽车推出汽车道，一直推到大街上。之后，才发动引擎，开车去了他住的寄宿公寓。爬上大楼的一侧，从窗户往里看。他正在看电视，跷着二郎腿喝啤酒，好像他在这个世界上没有任何烦恼。我把长矛立在门外，把靴子放在屏风之间敲了敲。"谁呀？"他说。"我。"我说。他拉开门，我把靴子塞进去，抓住他的喉咙，另一只手握着长矛抵住他的下巴。"丛林流浪①时间。"我说。我逼着他上了汽车，让他坐在驾驶座上，让他把车开到电视信号发射塔后面，把矛抵在他腰上。"老老实实开，要不然你会有麻烦的。"夜已经很深，公路上连一辆车也没有。我们一到，我就让他从容地走开，好好谈一谈。在发射塔的灯光下，我直截了当地问他："吉达在哪儿？你告诉我，我就不会伤害你。"他双手抱头，发誓说不知道。可我立刻就明白了事情的真相。唯有有罪的人才掩面不露。我后退两步，举起长矛。"我后退得越远，这东西就越能把你穿得透透的，吉米。"我警告道。他拔腿就跑，我扔出长矛，刺中他的大腿。他踉跄了一下，我去追赶，但那混蛋腿上插着长矛，跑进苍茫的夜色之中。于是我知道了。我知道一切都完蛋了。

---

① 丛林流浪（Walkabout）：澳大利亚原住民为回归传统生活而进行的短期丛林流浪。

三十一

费迪南德·格林利夫牧师 1915 年 8 月 2 日
给乔治·克罗斯博士的信（续）

8

多年来我一直为自己的生命担忧，仿佛这是最近发生的种种事件的大结局。两个月前，我奉命到大屠杀平原警察局报到。他们询问了我好几个小时，问我的祖先、《圣经》和我的忠诚。传教站遭到多次突袭，我们的口粮一次又一次地减半。镇上的人从来都不看好我为土著人做的工作。最近几年，特别是最近几个月来，他们没完没了地威胁我。为什么呢？每天我都在学习《圣经》，试图用我的心灵去理解它。

从新世纪开始，澳大利亚的民族主义似乎就在增长，每家报纸都花了很大的篇幅来探讨这个话题。有些人坚信澳大利亚应该在一个共同的身份下团结起来，这个身份建立在拓荒者、自然地理、动植物的基础之上，而不是以移民或原住民为基础。

土著保护委员会最终的决定迅速而坚定。七个男孩——约翰、迈克尔、鲍比、珀西瓦尔、撒母耳、格雷厄姆、理查德——和三个女孩——伊莎贝尔、莎莉、凯瑟琳——年龄在两岁到七岁之间——1908 年至 1914 年，被强行送到城里。我相信是送到全国各地的"育儿园"，训练他们干活儿，训练他们顺从。他们太小了，不应该被这样送走——起码应该再等十一年！我们没有这些孩子被送到哪儿的确切的信息。他们的父母每天都哭。许多父母逃跑了，他们宁愿带着孩子藏到丛林里，尽管大多数人还是被抓到，他们的孩子被抢走。

你可能会想，亲爱的克罗斯博士，这能说明什么？我可以负责任地说，这说明，在这块英王统治的土地上，确实存在着一种奴隶制。

在这些事件发生之后，传教站和我的心中都产生了巨大的痛苦。1914 年 8 月 26 日，当我第一次听到我的同胞遇到麻烦的消息时，我担心我们这里真的要分崩离析了。来自布罗肯的普鲁士人和德国人的后裔和移民正在遭受骚扰。他们的房子被夷为平地，德语书籍被烧毁。报纸上刊登着所有我们需要了解的新闻：

英国对德宣战

不到两个星期，那个趾高气扬的警官耸了耸肩，命令我到警察局去。我知道，我倒霉的日子终于来到了。凯勒也一样。

在警察局，他们让我们在一张黄色表格上登记姓名、出生日期和地点、现住址、行业或职业、婚姻状况、财产、在澳大利亚居住的时间、国籍和归化入籍的细节。

填好表格之后，警官笑了。"我们不喜欢你，格林利夫，"他说，"现在我们可以做点什么了。"他要求我每天都要去警察局报到。他们会根据我和土著保护委员会合作的情况，而决定是否把我送进监狱，或者更糟。但还有什么比这更糟的事情呢？没有什么比看到那些可怜的孩子，年纪那么小就从母亲怀中被人抢走更糟糕的事情了。

在我被拘留之前的近十二个月里，我每天都去警察局，在登记表上签字。我知道其他人已经被送到其他地方的拘留营了。我知道他们经历了可怕的劫难：家庭关系破裂，企业倒闭，生计被剥夺——但他们并没有成为两群人的敌人。

那些日子，每当听到马车和汽车来接被他们抢走的孩子时，我就回到自己的小屋。我只能向大家解释，说我被严格管制，不能做违犯法律的事。他们不再亲切地称呼我为 gudyi，而是转身离开我。他们这样做无可指责，是我咎由自取，我怀着深深的歉疚和对自己的轻蔑。

三十二

Muyalaang 的意思是：在坟墓的树上雕刻。书上说，一种文明必须满足四个标准：必须展示建造房屋的水平、驯养动物的能力、农业活动和对死者的尊敬。对死者表示崇敬之情，就要在树上雕刻，这是仪式，也是关怀。冈迪温蒂人并没有把死者扔进土里然后走开。我们举行仪式，悼念死者，用舞蹈表达哀思，为他们留一块永久安息的地方。最近我发现，从前人们也曾建立过墓地，但我找不到。问祖先们的时候，他们指给我看了很多地方——这个国家有太多没有标记的墓地。他们哭了，说对此没有责任。然而当祖先掌管生者和死者的时候，就能找到埋葬他们的地方。我们手捧鲜花到那些神圣的地方祭奠先人。我们一直在创造文明。我们。

Dha-l-girri-dhu-nyal 的意思是：抓住你，碾碎你，杀了你，吃了你。有一个圣诞节的晚上，我们在家里烧烤。那是一个又热又难熬的日子。有亲戚过来，有几个人在喝酒。他们没开车，知道可以在剪羊毛工人的宿舍里过夜。那几间屋子我们总是收拾得非常干净。到了晚上十点，大家都睡着了。突然有什么东西把我吵醒。不是祖先，因为旋风还在外面刮。那是地板的吱嘎声。我走到厨房，抬头望着通往阁楼的楼梯。肚子仿佛被打了一拳。因为吉米·科尔

193

维特正在爬楼梯。一看见我，他就转身往楼下走，嘴里一股酒气。他假装喝醉了酒，一副傻乎乎的样子，咯咯咯地笑着说："我想去逗逗那两个女孩。""滚出去。"我说。我告诉他，他是个没有酒量，更没有酒德的傻瓜。我在后门抓住他的衬衫。"不要到宿舍里去，步行回家。"我对着他的脸咆哮道。当我说 dha-l-girri-dhu-nyal 的时候，他知道我是认真的。

Girra-warra 的意思是：抓住，出其不意。吉米腿上插着那根矛逃走了。后来感染，去了医院。他不会说出是我刺伤了他，即使在他弥留之际。我在访客登记簿上签了字，走进病房问他吉达在哪儿。我花了很长时间才从他嘴里套出这句话。"我不是故意的，是个意外。"他说。"她在哪里呢？"我问道。我不会忘记他说的那四个字："水里，叔叔。"我撕开他的腿上的绷带，往伤口里吐了口唾沫，告诉他，他出院之后，如果不带我去找吉达，我就把他折磨死。我说话算话。探视时间在晚上八点结束。他当晚死于败血症。我再也没有找到我可爱的外孙女吉达。

Baludhaay 的意思是：冷，改变，特别需要盖点东西。当我们所爱的人离我们而去，躺在永恒的土地之家——坟墓里的时候，他们需要温暖，所以我们给他们盖上被子。从前老人们给他们的人——他们所爱的人盖上东西，为他们保暖，帮助他们在接下来的旅程中，变成另外一种形式的存在。我一直想把吉达裹得又安全又暖和。

三十三

奥古斯特从伯劳鸟下面走过，没有哭。她在游廊看见米茜姨妈和埃尔西正在屋里收拾东西。她从后门转过身来，面对着田野，抚平头发，一只手拿着盒子，另一只手摸着纽扣，确定它们都扣好了。

米茜姨妈用一把切黄油的刀的钝头，撬外公因为捕鱼和园艺获得的奖杯底座上的长方形金银小牌子。桌上有一块软木板，上面涂着白色胶水，她准备把那些小牌子粘到木板上。地板上放着一个盒子，里面装着几十个小杯子和酒杯的塑料模具。外公退休后，把时间都花在栽花种草、到布罗肯湖和莫伦比河钓鱼上了。莫伦比河在大坝的另一边，向南走两个小时就到了。他从来没有展示过这些奖杯。米茜姨妈是从储物箱里拿出来的。

"你怎么样？吃没吃午饭？"米茜姨妈吻了吻她的脸颊，然后眯起眼睛，朝她身上嗅了嗅，"嘿——"她摇头晃脑地说，"你上哪儿去了，外甥女？"

奥古斯特双手叉腰，对着奖杯点点头，没理睬她的问话，努力镇定下来，不让自己颤抖。"要我帮忙吗？"

米茜姨妈咯咯咯地笑了起来。

埃尔西从大房间的门口向外望去："什么事这么好笑？"

"没什么，外婆，只是姨妈放了个屁。"奥古斯特看着米茜姨妈，好像在说闭嘴。姨妈对她笑了笑，好像在说我才不闭呢！

米茜姨妈对着埃尔西抬起下巴说："奥古斯特以为镇里来了一种新香水。"

埃尔西摇了摇头，又回到大房间，嘴里嘟囔着什么。

奥古斯特轻轻地扯了一下米茜姨妈的胳膊肘子，神情严肃地说："埃迪家有些手工艺品，是从这儿拿走的。他们把那些东西都捐给博物馆了。"

"你的意思是……"

"文件，他发现了一些捐赠的文件、证书之类的东西。"她停了一下，朝客厅的尽头望去，"这些事不能对外婆说。她的烦心事已经够多的了。"

米茜姨妈回头瞥了一眼，又转过脸看着奥古斯特："你确定是从这儿拿走的吗？"

奥古斯特点点头，耸了耸肩："是很奇怪。"

米茜姨妈捏着下唇，陷入沉思，然后松开手指，皱着眉头看着奥古斯特。"让人难过。"她从身后的推拉门往外看，看到田野里停着一辆辆卡车，"埃迪在哪儿？"

"在家里。"

"跟他家里人在一起？"

"就他自己。"

"他到底给你看了什么？"

"一些文件，比如捐赠物品清单，长矛和别的东西。"

米茜姨妈又用手指捏住下嘴唇。

"这是我拿回来的。"奥古斯特补充道，指着她手里的盒子。

"把它拿到车上，我们在车上看。"米茜姨妈把箱子和奥古斯特推到后门，拿起一个奖杯，向大房间走去。奥古斯特走到车道上时，听见米茜姨妈对埃尔西喊道："喝早茶吗，妈妈？"

南庄，埃迪的车也不见了。奥古斯特用手指翻了翻盒子里面的东西，把信封放在一边，翻了翻口袋大小的皮革面本子。本子里面夹着比较大的信封和厚厚的发黄的羊皮纸，那是用工整的书写体写的信件。她一个字也看不懂。小信封里装着埃迪读过的那些卡片。那些卡片上的字是常用的印刷体写的，上面中间印着"澳大利亚历史博物馆"的字样。每张卡片的右侧，都有一个像图书馆藏书一样的图书编号。

米茜姨妈从游廊台阶上跳下来，向汽车跑过来的时候，把手提包挎到肩膀上，一屁股坐在驾驶座上。"我对你外婆说，我们要去买鱼和薯条。到时候，你提醒我一下。"

她发动了引擎。"里面是什么？"她朝盒子努了努嘴。

"所有那些东西。"

"我们需要开得远一点，才能接收到手机信号。"

她们把车停在城郊靠近电视信号塔的地方，午后的阳光照射在前风挡玻璃上。奥古斯特可以看到姨妈的头，灰白色的头发日渐稀疏，圆圆的头顶依稀可见。仿佛时间在奥古斯特脸上扇了一巴掌，把她从长睡中唤醒。米茜姨妈打开手机，奥古斯特把头靠在她的肩膀上，看着屏幕，输入"澳大利亚历史博物馆"，点击"考古收藏"，然后是"土著居民"。屏幕上出现了半页文字，她大声读道：

大约有一万七千件藏品，有的只有一件，没有复本。大部分是澳大利亚考古学先驱者发掘的成果。这些人通常未经训练，充满好奇心，但很专注。他们热衷于了解土著人的史前历史，抢救古老的文物。人类学注册系统第一件登记在册的文物是来自莫伦比河地区的鱼叉，1896年捐赠给博物馆，目前存放在福斯塔夫收藏馆永久收藏。这些收藏品中的一些……

屏幕变黑了。"你没给手机充电吗？"奥古斯特问。

"没有，"米茜说，把手机扔到膝盖上，"爸爸一定会喜欢
的……这对他来说意义重大。"她看着后视镜，叹了口气，"天哪！"

"对不起，姨妈。"

"如果我们能找到福斯塔夫收藏馆的那些文物，奥吉，也许就
能阻止他们开矿。我们必须找到。"她用手指擦掉流在脸颊上的一
丝黑色睫毛膏。

"可以在网上图书馆找？"奥古斯特问。

"好主意，"她说，把车开回到沥青路面上，"你知道我在找东
西，找冈迪温蒂的东西，我们家的东西！为旺德，我们的家园。可
是你瞧，这些东西一直在福斯塔夫，不是吗？"米茜姨妈边开车边
瞥了奥古斯特一眼，"你什么时候飞回伦敦？"

"再过几天吧。"

"你真的要回英国吗，外甥女？"

奥古斯特看了看自己的手，摸了摸因为洗碗变得粗糙的皮肤，
抬头望着风挡玻璃外的公路。"不。"

"好。你回家了。很好，亲爱的。"

这天，图书馆里值班的是另外一个女人。

她胸前的名牌上写着：朱莉。她让米茜姨妈用电脑终端旁边
的插座给手机充电。米茜又进入博物馆网站，查找她们刚才看的页
面，大声朗读最后面那一段："这些收藏品中的一些没有详细的文
字记载。但是从总体上看，都反映了原住民过去的生活以及开拓者
为抢救和理解这些文物而做的努力。"在一个新窗口，她键入福斯
塔夫＋手工艺品＋莫伦比河。奥古斯特则向前台走去。

"我只是想告诉你，我很快就会把外公借的书送来。另一位女士昨天告诉我，再晚就要罚款。"

"没问题，"朱莉说，"我记下来。你外公叫什么名字？"朱莉准备敲键盘。

"艾伯特·冈迪温蒂。"

她没有打字，而是垂下双手，歪着头："冈迪温蒂先生，哦，很抱歉，听说他去世了。"

奥古斯特点点头，敲了敲桌子，好像把什么都说清楚了。

"你在这儿的时候我能帮你什么忙吗？"她瞥了一眼正在忙着看手机的米茜姨妈，"你也在做研究吗？"

"是的，也许你还真能帮上忙。"她考虑她们需要什么，"你有任何关于上世纪初莫伦比河土著传教站的信息吗？"

"有呀，还真有。你想看看你外公和我看过的档案吗？"

奥古斯特的心跳了一下。"好的，谢谢。"她说，觉得自己脸上绽出了笑容。

"说实话，我们收藏的资料也没有多少。"她示意奥古斯特和她一起走到两个放历史书的书架跟前。在奥古斯特看来，朱莉似乎很清楚该去哪儿找她需要的资料。"这本书，"她伸手从书架上拿下一本破旧的、非常薄的蓝色精装书，书脊上什么也没有，"这是你外公最感兴趣的书，我敢说……他正在进行研究。"

"他到底和你一起研究什么？"奥古斯特把书拿在手里。那本精装书封面是布的，书名凸起，是华丽的棕色字母：《第一部澳大利亚字典》。

"我想他是在整理殖民前当地居民的历史，家族历史。这一本，"她伸出食指指着奥古斯特手里拿着的那本书，同时浏览着同一个书架，"……还有一本对他也很有帮助，但我一下子找不到了。"

她把书拿过来，轻轻地打开，给奥古斯特看了扉页。"这本书是作者死后别人编撰的，但我相信最初的作者在十九世纪晚期建立了一个传教站。那个传教站可能很小……"她仔细地翻着每一页，里面有一段很长的介绍，然后是不超过二十页的单词，排列得像一本字典，"但这可能是那个传教站唯一的一份出版物。"她合上书，递给奥古斯特，"看看这个。不过不能拿出图书馆。"

"谢谢你。"奥古斯特看了看书，又回转身看着朱莉，"关于这个作者，你有什么线索吗？"她用手指抚摸着"费迪南德·格林利夫"这个名字。

"实际上，你外公只想借这本书。是一个 PDF 文件。因为这本书不能影印或打印。"她回头看了看，没有人，"我可以通过邮件发给你，你愿意吗？"

"当然愿意，发吧。"奥古斯特补充道，看到朱莉拿出一张小纸片，"这是什么？"

"这是封连载的信，我想只有几页。"她从上衣口袋里掏出纸和笔递给奥古斯特，"写下你的邮件地址。"她快言快语，急着回到岗位上去。

"谢谢。可是什么是连载的信？"

"意思是这封信曾经被印在报纸之类的什么地方。我对你外祖父的去世深表遗憾。"她瞥了一眼屋子中间那张桌子和站在桌子旁边等她服务的人，"如果还有别的事，请告诉我。"她满脸同情，笑了笑，又回到前台。奥古斯特拿着那本书走到电脑桌旁边，拉了一把软椅在米茜姨妈身边坐下。

"瞧，一本关于语言的书。"她把书轻轻地放在电脑桌子的一角，慢慢打开，"费迪南德·格林利夫牧师。"奥古斯特大声念道。

"我们也被提到了吗？"

她匆匆看了一遍序言。字体不大，很难辨认，"提到了传教站，还说到了旺德。"书的最后一页有一个简短的说明。

我希望这些文字能平平安安到你们眼前。我被送到这个充满惩罚、贫困和痛苦的岛上，相信我将不久于人世。所以我热切地希望你们能好好想一想，作为澳大利亚人，作为生活在这个天高地阔的年轻国家的公民，意味着什么？好好想一想，我的伙伴们，无论你们来自哪个国家，无论你们的祖先是谁，你们的部落在哪里。

　　　　　　　　　　　　　　　真诚的，F. 格林利夫

　　"'谷歌'一下这个家伙，姨妈。"

　　米茜输入那个名字，但一无所获，于是她又回到澳大利亚历史博物馆的网站。

　　奥古斯特转身看着她，叹了口气："我得把租来的车还给机场。"

　　"很好，"她心不在焉地说，看了看网站最下面的网址，调出一张地图，"我想，我们应该明天把车开到机场。可以先去博物馆，把租的车还回去，然后坐火车回来。"她咧嘴一笑。图书室里非常安静。她们俩忍住没有大声叫喊，只能莞尔一笑。那样子看起来一定像是发疯了似的。"Abso-bloody-lutely！"奥古斯特小声说，两人忍住没有咯咯咯地笑出声来。米茜姨妈从插座上拔下电话，奥占斯特把书放在图书馆的书桌上，朱莉站在桌子后面。她正在打电话，但再次向奥古斯特致意，点头微笑。

　　奥古斯特抓住姨妈的胳膊："一起去吃晚饭？"

　　"谢谢你，小东西。"她一边说，一边挽起奥古斯特的胳膊，两个人搂抱着走上大街。奥古斯特看着路旁的店面，看见尼莫炸鱼薯条店的广告牌上皮克斯动画工作室①的人物在微笑。

---

① 皮克斯动画工作室（Pixar）：是乔布斯的另一大成功之作，该公司位于马萨诸塞州的伯灵顿，创作过许多深受大众喜欢的动画人物。

米茜姨妈手里拿着钱包指着尼莫炸鱼薯条店，对奥古斯特说："澳大利亚最好的澳洲肺鱼！"

"孩子们难道不明白吗？他们在吃'尼莫'，却没有一个玩伴？"

米茜姨妈转过身来，在奥古斯特耳边小声说："闭嘴！"顾客们在门口排着长队。她们俩加入到那队伍里的时候，她咯咯咯地笑了起来。

"哎哟！"她抓着奥古斯特的胳膊，把她推到长队里，"排好队，他们只收现金，我马上回来。"

油烟缭绕，奥古斯特排队的时候，米茜姨妈向自动取款机跑去。奥古斯特前面，站着一个晒得黝黑的男人。那人和她年龄相仿，穿着一件T恤衫。不过那T恤衫本来是一件长袖衬衫，袖子被他剪掉之后，松松垮垮地套在散发着草莓牛奶味的肩膀上。他的整个肩膀都文了身。那是一个很大的南十字星座。他在下单买鱼之前瞥了奥古斯特一眼。奥古斯特盯着他肩膀上的花纹：那些让他们夜晚误入歧途的星星。埃迪、乔伊和她在青少年时期遇到的所有麻烦都出现在脑海之中。那是他们无聊到极点，寂静变得震耳欲聋以至于鼓膜破裂的时候。望着那人墨迹斑斑的皮肤，奥古斯特做起白日梦。

那人又转过身来。"你喜欢吗？"他指着肩膀上的图案问她，不等她回答，就说，"那是南十字星，女士。看来，你不是这儿的人。"她呆呆地站在那儿，面无表情。过了一会儿，她想知道他以为她是谁，或者他以为自己是谁。

米茜姨妈又出现了。奥古斯特决定不告诉她那个文身男人的事——她们在一起玩得太开心了。

"请给我三块澳洲肺鱼，一大份热薯条，一大份塔博勒色拉①。"

---

① 塔博勒色拉（tabouli salad）：一种地中海素食，传统上由西红柿、切碎的欧芹、薄荷和洋葱制成，用橄榄油、柠檬汁和盐调味。

姨妈说，然后看着奥古斯特，"你吃什么？想吃鸡肉卷①吗？"

她想了想，嘴里淌着口水，点了点头。很长一段时间以来，她第一次感到饿极了。

埃尔西、米茜和奥古斯特在后面的阳台上吃晚饭。她们听到有人在敲从未用过的前门。米茜站起来，绕到房子那边喊道："从后门进来！"

"你一定要大喊大叫吗？"埃尔西问，嘴里塞满了食物。

"如果我拿着叉子跑过去开门，鱼会冷掉的。"

一个穿着骑警制服的女人出现在房子旁边，手里拿着一个剪贴板，脸上挂着假笑。米茜用胳膊肘子碰了碰奥古斯特。

"晚上好，女士们！"陌生人热情地说，"我没有打扰你们吃饭吧？"

外婆站起身来，用餐巾擦了擦嘴和手指。"不，不，没打扰。"她用肯定的口气说。

"我叫凯伦，从莱茵帕尔姆矿业总部来，看看下周搬迁的事进展如何。"她一只脚踩在游廊台阶上，一只手搁在膝盖上，好像要开始讲故事似的。

"差不多收拾好了。"外婆说。

"好吧，如果你需要帮助就告诉我们，什么事都行。"

她盯着外婆头顶上面的牌子。那牌子从奥古斯特记事的时候就挂在那儿了。上面写着：最好的朋友走后门。

"哦，我喜欢你这个牌子，"那位女士说，"下次我会记得的。"

"可你不是我们最好的朋友，凯伦。"米茜脱口而出。

---

① 鸡肉卷（Chiko Roll）：是一种澳大利亚风味的开胃小吃，最初被称为鸡肉卷，灵感来自中国的蛋卷和春卷。它被设计成不需要盘子或刀叉就能很容易地在走路时吃掉。

埃尔西连忙转过身，用手背拍了一下米茜的肩膀："米茜！"

那位女士一笑置之。"不管怎么说，我喜欢那个标志……"她自信满满地说，然后拂袖而去。米茜姨妈冲着她的背影说出一大串儿不恭敬的话来。

米茜跳起来，从钉子上扯下那个牌子，递给她。"你为什么不把它拿走呢？"她故意拿腔作调、嗲声嗲气地说，"拿着呀。"她坚持说，把它举过阳台栏杆。

奥古斯特睁大了眼睛，把一块热薯片像爆米花一样塞进嘴里。

那个女人犹豫了。"不了。"她说，挥了挥手，回到车道口停着的那辆越野车旁，"晚安，女士们。"凯伦又说，朝几个女人挥了挥手。

米茜抬起胳膊，把牌子朝那个女人扔过去，牌子落在泥土里，她大声喊叫起来："你他妈的到底要让我们把它挂在哪儿？！"

汽车开走了，埃尔西摇摇头，朝米茜叫喊着："我喜欢那块牌子，不要把它送人，也他妈的不要扔掉！"

她又用餐巾抽了一下女儿。

"妈妈，不管怎么说，反正也有点脏了。人家都嘲笑它呢，后门？"

"别傻了。"

"这是垃圾。"

"不，它是无价的。"

"妈妈，我是母亲节那天在学校买的，花了二十美分。"米茜走过去，拿起那块牌子，假装掸去上面的灰尘，"你要把它挂在哪儿呢？公寓没有后门。"

"嘘。"埃尔西说着从她手里抢过去那块牌子，嘴角露出微笑，看着牌子说，"艾伯特也讨厌它。"她咯咯地笑着，把那东西扔到游廊外面。牌子掉在泥土上。

三个人先是咯咯咯地笑，然后变成捧腹大笑。奥古斯特感觉到在家里的轻松，感觉到三代女性之间发自内心的共鸣。在经历了一切之后，在经历了死亡、偷窃、秘密、谎言、浑水、柴油和鲜血之后——经历了所有这一切之后——她觉得在旺德，才真正回到了家：她的归属之地。

　　她们笑得目光闪闪。奥古斯特把手放在外婆的手上，说："我不走了。"

　　外婆屏住呼吸，依旧面带微笑："不走了？"

　　"是的，不走了，"奥古斯特说，"一言为定。"

　　外婆把另一只手搁在奥古斯特的手上，紧紧地握了握，望着外面的田野。"很好，"她说，然后回头看了看她，"那租的车怎么还呢？"

　　"明天还得用车出去一趟。"米茜说。

　　"去哪儿？"埃尔西问。

　　"只是把奥吉租的车送回机场。然后坐火车回来，妈妈。"

　　埃尔西笑了。"那么好吧，注意安全。"然后满脸严肃地对奥古斯特说，"让他们把回程机票的钱退回来。"

　　奥古斯特点了点头，但怀疑自己是否能做到。

　　"你想和我们一起去吗，妈妈？"米茜问。

　　"到镇子里？"

　　"是呀，到镇子里！你可以去拜访一些老朋友。"

　　"我所有的老朋友都死了，姑娘们。你们走之前先帮我干点活儿吧。"

　　她们清理了盘子，开始洗餐具。前门又传来敲门声。

　　埃尔西狠狠地瞪了米茜一眼："警察！看看你都干了些什么！肯定是莱茵帕尔姆的人打电话叫来了那些恶霸！"

　　奥古斯特走到插着门闩的前门，喊道："谁呀？"

"阿莱娜。"

"绕到后面，从后门进。"

"是我的朋友，"奥古斯特一边解释一边从厨房长凳上抓起连帽衫，"马上回来。给我留点甜点？"

"没有甜点。"米茜姨妈喊道，奥古斯特从游廊跳了下去。

埃迪的车还不见踪影，太阳落山时，南庄的窗户依然暗淡无光。

阿莱娜手里拿着一个托盘，上面覆盖着锡纸，看到奥古斯特，脸上露出微笑，朝回去的路扬了扬下巴："嘿，这就得走——老公在车里等着呢。"

"着什么急呀，这是什么？"奥古斯特问道，陪阿莱娜走到路边。

"拉明顿蛋糕①。澳洲美食！"她推了推奥古斯特，把盘子递给她。阿莱娜的车停在信箱旁，围栏那边。走到薄荷树下时，她好像有点紧张不安，挽着奥古斯特的胳膊，伸长脖子，透过那一株株树向路那边望去。

她放低了声音："听着，他不让我把学校的东西拿给你。"

"为什么？"奥古斯特小声问，注意到阿莱娜从上学到现在几乎没有什么变化。只是不再傻笑，变得小心翼翼，尽管怀孕了，脸上还有淡淡的皱纹，但看起来还是以前的模样。

"不知道，他只是生怕被莱茵帕尔姆的人找麻烦。"

"别担心，阿莱娜——你该知道，这点小事不会给他带来什么不好的影响。"

"我知道，只是向你显摆显摆。不管怎么说，送块蛋糕总是好

---

① 拉明顿蛋糕（Lamingtons）：是一种起源于澳大利亚的甜点。制作时，先在海绵蛋糕上涂一层传统的巧克力酱，然后是椰子酱。拉明顿有时会分成两半，中间夹一层奶油或草莓酱。这种点心在南非和澳大利亚的咖啡店、午餐吧、面包店、家庭作坊和超市等地方都很常见。

事吧？"

"当然，非常感谢。"奥古斯特说，两个人一起走近那辆奔驰面包车。透过后排座的窗户，看到一个系着安全带的小孩，正把一个火柴盒汽车玩具①放在光溜溜的膝盖上滑来滑去地玩。奥古斯特认出詹姆斯·加登，他把脑袋从驾驶座一侧的车窗探出来。"怎么样？"他问。

"很好。"

"要待很久吗？"

"可以久，"奥古斯特说，"也可以很短。"

"托盘就留着吧。"阿莱娜说，吻了吻她的脸颊，然后走到副驾驶那边，打开车门。

詹姆斯一脸不屑，看着奥古斯特："要是我，就选择后者。你是这个镇上的大人物，所以别去不该去的地方多管闲事。"

奥古斯特看到阿莱娜钻进车里，打了一下詹姆斯的胳膊。

"是的。"奥古斯特一边说，一边故意给他敬了个礼。詹姆斯发动汽车，开车时奥古斯特向他竖起中指。

她抬头向肯加尔巨岩望去，看不见人，但那里似乎搭建了更多的帐篷：尖顶小帐篷，方方正正的大帐篷。她端着拉明顿蛋糕回到家里。

"我有甜点了！"奥古斯特对在水槽边洗碗的外婆和米茜姨妈喊道。

托盘用胶带包裹着，她扯下包在摇摇晃晃的拉明顿蛋糕上的锡箔。巧克力酱和椰子酱到处都是。

"还能吃。"她说，拿起一块蛋糕，把剩下的放在厨房的长

---

① 火柴盒汽车玩具（Matchbox car）：火柴盒汽车玩具是一个受欢迎的玩具品牌，由 Lesney 产品在 1953 年推出，现在由美泰公司所有。该品牌被称为最初的压铸火柴盒玩具，在风格和大小上与出售火柴的盒子相似。

凳上。在她拿走蛋糕后留下的那一角空白，她看到一个紫颜色的"司"字。"这个总是偷偷摸摸的阿莱娜！"奥古斯特叫了一声，把整盘的蛋糕都倒在锡箔上，然后拿掉那层玻璃纸。

"莱茵帕尔姆矿业公司。"她读着，从玻璃纸下抽出那个字条，挥舞着。

"什么玩意儿？"米茜姨妈皱起眉头。

奥古斯特看了看，意识到这张纸并没有传递特别的信息。"我猜阿莱娜想当一天'走私者'，给我们偷偷拿出一块蛋糕。"她把纸拿在手里，夹拉在身边，要擦盘子。

"奥古斯特，如果你想做点调查研究，就去卧室看看我放在柜子里的那些关于采矿的文件。你可以躺在床上看。"埃尔西朝奥古斯特眨了眨眼睛，"你是个机灵鬼。一直都是，奥吉。"

米茜看着妈妈："那我呢，妈妈？"

"你可没让我那么操心，米茜。"埃尔西笑着说，一边把擦干净的盘子往包装盒里放。

奥古斯特脱掉鞋子去外婆的房间。

"别，奥古斯特，明天在车里读。你就待在这儿，帮外婆收拾东西。"

米茜姨妈和奥古斯特忙得不可开交，把盒子装好，贴上胶带，然后在纸箱子边上和顶上潦潦草草写下里面装的是什么东西，好让埃尔西有个印象。她把莱茵帕尔姆的文件包递给奥古斯特，好像那是零用钱。

"你看了吗？"

"没有，"她说，"一直在那儿扔着呢，从马屁股里蹦出来的玩意儿。"后来，在阁楼上的房间里，奥古斯特把那些材料读了一遍。那些宣传册介绍了莱茵帕尔姆的计划，还刊登了许多穿着相同衬衫的雇员的照片。文件夹里有外婆和外公收到的关于开矿的信件。奥古斯特觉得，那些文件长篇大论说了好多，承诺了很多，但没有什么深度。她坐在单人床上，仔细看了看那一堆材料。

这些东西怪怪的。比那些供成年人阅读的莱茵帕尔姆印发的资料更怪。但是怎么个怪法儿，她也说不出个所以然，只是一种感觉。那些图表就像"快乐儿童餐"随赠的小玩意儿一样杂乱无章。填字游戏的关键词五花八门：翡翠、钻石、红宝石、铁、矿石、银、蛋白石。戴安全帽的鼹鼠是吉祥物，穿着一件小小的橙色马甲。上面画着工业用的凿岩机向地下钻孔，这是一张横截面图。设计师在其中一层画了剑龙的骨架。她用手指数着能记住的其他恐龙的名字：雷龙、翼手龙、三角恐龙、雷克斯霸王龙，等等。她觉得她或许应该回学校去。

塑料封套里有几张光滑的硬纸板，上面打了孔。她把那些打了孔的硬纸板按照编号一张张拿出来，然后按说明一步步做成一个钻机模型。她把它放在床头柜上。阿莱娜说得对，这纯粹是宣传——用这些色彩鲜艳、令人愉快的东西一点一点地、"从娃娃做起"，给你洗脑。

那扇窗户彩色玻璃上路德教的玫瑰标志缺了一块，她从那个缺口向南庄望去。还是漆黑一片。埃迪小时候把他的一个对讲机借给吉达和她。他们轮流讲孩子们爱听的笑话。奥古斯特想起埃迪讲过的一个笑话：一只袋鼠和一只兔子正在灌木丛中拉屎，袋鼠问兔子是否有粪便粘在皮毛上的问题。兔子说没有，于是袋鼠就用兔子擦屁股。奥古斯特笑了，回忆像退潮时露出的海岸一样浮出水面，她仿佛听到吉达银铃般的笑声。通话完毕，他说。通话完毕，她们说。

埃尔西上床睡觉后，米茜拿着从南庄带回来的那个盒子来到房间。她们睡眼惺忪地看了几样东西。"我们可以用这些东西，作为证据争取'原住民土地权'。"米茜说，脑海里又浮现出这个念头。

"你是这样想的？乔伊说——不，是尼基姨妈，或者是他们俩——根本不可能。"

"这就是丢失的那件东西，奥古斯特。这些都是手工艺品。我们未曾因此而灭绝。现在至少能阻止他们在这里采矿。我给你念念'说明书'。"

奥古斯特背靠墙壁，在床上跷着二郎腿。米茜慢慢地大声朗读着对那几件文物的详细描述。每句话结束时，她的声音都稍稍提高了一点，就像她在努力让自己镇定下来，强忍着不让眼泪流下来。米茜姨妈朗读的时候，奥古斯特把腿放进被子里，头枕在枕头上。她抬头看了看姨妈。就像睡前听故事一样。有她坐在这么近的地方读书给她听，她感到很高兴。

米茜看到奥古斯特要睡着了，站起身，给她盖好毯子，又盖上盒子的盖子。她说她会把房门锁好，让奥古斯特第二天早上去山谷她的住处接她。她会带睡袋之类的东西。奥古斯特迷迷糊糊，和姨妈要一个拥抱。米茜紧紧地抱着她，在奥古斯特的额头上吻了一下。

姨妈关上卧室的门时，奥古斯特翻了个身，离开墙壁。她想起埃迪说过的话：奴隶的院子。这不可能是真的。紫色、绿色、橙色的硬纸板钻台模型在床头灯旁投下一个小小的影子。奥古斯特伸手关了灯。

开阔的道路，通往某个地方，通往别的什么地方——她喜欢这种感觉。她对此心知肚明。她知道，和酒、性爱、饥饿相比，自己更喜欢云游四方，还有那些书。这条路不会让你产生塌陷的感觉，也没有宿醉的感觉，它可以让你看到世界上的任何奇迹。但她此刻的感觉不同，没有漫游的欲望。她觉得旺德就像磁铁一样吸引着她。这条路，即使和米茜姨妈在一起，也让她感到陌生，还有一种不祥的预兆——刚刚离开，她就想回家。

她渴望得到那东西。那是一种渴望得到某种东西的感觉——觉得自己有目标，是某个东西的一部分。在英国的时候，有几个夏天，她独自旅行，把业余时间都花在寻找便宜的火车票上。无法按计划出游的时候，找客服。她去过普利茅茨的港口，站在蓝色的港湾，极目远眺。那里是舰队离开的地方，是一切的起因①。她在巴斯、牛津和伦敦的街道上游荡。每个地方对一个来自大屠杀平原的女孩来说都很有趣。虽然她看到的风景真的很少。她看到的大多是人行道、教堂、超市通道、面包房、书店和酒吧。

她在一个地方出了点意外，原计划搭便车去爱丁堡，结果只走到米德尔斯堡②北面的平原。她在那里待了几天，发现了哈德良长城③。这长城是罗马人在他们是野蛮的征服者或文明的创造者时建造的。沿着跨越三条河的城墙一路前行，她在切斯特罗马要塞发现了一座很小的博物馆。那天没有其他游客，馆长就带她参观了一下。她给奥古斯特看了一块文多兰达碑④。这是一千件中的一件，是两块被流逝的时光"挤压"在一起的微型木片，几十年前才在一次考古挖掘中发现。考古学家打开木片，发现里面有象形文字。然而，就在木片被打开的那一刻，那些文字就在空气中消失。后来，经过一次次试验，终于可以在特殊的灯光下拍摄这些文字。那是草书拉丁文，馆长告诉她，将近两千年后的今天，人们仍然在破译那些文字。馆长拿起一块陶瓷片，上面刻着铭文。那是在它烧得像石

---

① 1768 年 8 月 25 日，库克船长率领考察队，驾驶"奋进"号，从普利茅茨港出发，开始他的"三下太平洋"的首次航行，发现澳洲大陆。所以作者说："是一切的起因"。

② 米德尔斯堡（Middlesbrough）：英格兰东北部港市。

③ 哈德良长城（Hadrian's Wall）：一座由石头和泥土构成的横跨大不列颠岛的防御工事，由罗马帝国君主哈德良兴建。

④ 文多兰达碑（Vindolanda）：英格兰北部哈德良长城以南的一个罗马城堡。以文多兰达碑而闻名，文多兰达碑是罗马帝国发现的最重要的军事和私人信件。这些信件写在木制碑上。

头鱼一样坚硬之前，写在黏土坯上的。她为奥古斯特翻译了那些文字。那个满脸悲伤的年轻女人独自一人站在博物馆墙壁前面。"读吧，祝你好运。""可是，这是谁给谁写的呢？"奥古斯特问。女人解释说，那时候，笔和剑一样重要，而词汇更至高无上。这些信息是瓷片还是黏土毛坯时写上去的，不得而知。一定是一个陶瓷工人教给另一个陶瓷工人阅读的办法。奥古斯特笑了，但她没有拍照。她从来没有拍过照片。回首往事，她不知道为什么这样。就好像她周围的每个人都在以某种方式，以她的名义拍照。她只是他们度假时的观察员。她虽然没有拍照，但会写一首诗。此外，她不喜欢别人给她拍照。

这些陶瓷片像北非红土陶、意大利青铜平底锅、印度象牙雕刻、德国或者埃及装水的陶罐、形状像一个西非人人头的玻璃瓶子一样，都是一幅幅图片、一尊尊雕塑——时光流逝的记录——放在靠墙的架子上。一排瓷片，不知道是否按时间顺序排列，何时开始，何时结束。那是另一种文化的证据，曾经是遥远世界繁华城市的一部分。不同的文化汇聚在一起。有叙利亚人、北非人、匈牙利人、保加利亚人、法国人、西班牙人、德国人创造的文化，都在为帝国"服务"。一群说着不同语言的人。

她走到一个比较高的地方，俯瞰绵延起伏的绿色山峦。一排排整齐的围栏已经松动。她曾想过，罗马人如何把一个国家的人从历史中抹去的。她试图弄清楚人们如何评价一件事情。是什么使得一个历史事件被人们尊敬，而其他事情却被忽视了。是谁决定了什么是过时的，什么是需要替换的？哪些传统保留下来了，哪些工具、家居用品、艺术、某人存在的证据、语言却消失了。但是，当她试图画一条与旺德的文物相连接的线时，既模糊不清，也被难住了——为什么米德尔斯堡的文物重要，而家里的文物却不重要。

在加油站停下来从保温杯里倒咖啡的时候，奥古斯特没有告诉米茜姨妈她曾经看到哈德良长城的事儿。奥古斯特喝完之后，把塑料瓶扔进垃圾箱。

她从回收站溜溜达达走回到姨妈身边。姨妈用脚踢了一下敞开着的副驾驶车门。"别磨蹭了——时间紧迫，必须赶快让莱茵帕尔姆停下来！"

"这就是我们正在做的事情吗？"奥古斯特一边问，一边跳上驾驶座，拉紧安全带。

"我想是的。"

她们从被汽车撞死的动物旁边飞驰而过，没有野生动物从她们租来的那辆车旁边跑过。奥古斯特问外公临终时是什么样子，他觉得自己要去哪里。

"他在花园里干活儿，一直干到最后。他活着的时候认为退休是傻瓜才做的事。他总是说，你得让自己忙起来。"

"我是说，他认为自己来世会到哪里？"

"他说，他不会成为天上的星，所以你不必费力去伸长脖子探寻。"

"是吗？"

米茜笑了："是的。"

"他还说了什么？"

"他说，人们笃信宗教就是因为害怕死亡，宗教可以让哲学家平静下来，等等等等。啊！他说的话我都爱听。他说我们都不该害怕睡觉。"米茜沉默了一会儿，然后说，"很好，不是吗？"

"是的。"奥古斯特说，"你信仰什么？"

"跟爸爸一样。我们回到泥土之中，成为大自然的另外一种东西。"

"临终前，他有没有说过死后会发生什么事？"

213

米茜深吸了一口气，似乎想把那些让人伤心的画面从脑海中抹掉。

"最后几天，弥留之际，他的灵魂和思想还在，但肉体却不能做任何与思想呼应的事情。他就像分裂了一样。自然的分裂。那一刻，我怕他生命就此结束。只希望他能再熬一天，再多活一小时，哪怕一分钟。生命的终点，一切都弥足珍贵！往事历历在目，却永远没有足够的细节去填补留在终点的那一片空白。我想要回一切。指纹，照片，每个故事，更长的夜晚。人这一生，会有一个合适的死亡时间吗？亲人分别会有一个合适的时间吗？没有，奥古斯特。失去一个人，让你一直心痛欲绝，一直！不是吗？"

奥古斯特哭了起来。"是的。"她说。

"后来，在医院里，护士对我说了些中听的话，她说她要给我送白光。"

"白光？"

"想想看，奥古斯特。白光，太美了——就像穿过桉树的阳光，就像波涛汹涌的海面反射出明媚的阳光。那一刻，太阳光所有的能量都在那里。那个护士，她想送给我电光，你知道吗？"

"神圣的光。"奥古斯特说。

"是的，来自大自然的神圣之光，太美了。"

"你认为你能上天堂吗，姨妈？"

"不！我会变成一棵树或者什么不动的东西。我只想放松一下，用不着为了找吃的东西东奔西跑。"

过了一会儿，奥古斯特停下车，让米茜开最后三百公里。她又开始大声读那些卡片："木铲，用来挖土堆。"

"你能相信吗？"米茜说，"我们的祖先！拿我的手机，查看一下图书馆那位女士给我们看的那些东西里有没有这样的木铲。"

奥古斯特打开米茜的手机，邮箱里有一封地址为市议会的电子邮件的附件。朱莉在邮件正文中写道：

希望一切都好。我又看了一遍，是格林利夫牧师写给芝加哥世界博览会组织者的信。如果你还需要什么，我很乐意帮忙。

"你想让我大声读这封信吗？"

"读吧。"

"太古老了，姨妈。我这口音，可能会完全念错。"

"我赌五十块钱，你不会的。"

奥古斯特读完这封信的时候，米茜把车停在路边。她捂着肚子走出休息区，好像要呕吐似的。她深吸一口气，绕圈走着。"我们的人民！"她说，但语气有所不同。这句话从她的胸腔爆发出来，就像一把挥舞着的斧头卡在他们"家族树"的木节上。

奥古斯特想象牧师在他们的田地里，在他们的家里。她不敢相信他曾经生活在那里，他创造了旺德。她想象，他在保护祖先的同时也在惩罚他们。奥古斯特记得在英国读过约翰·弥尔顿[1]的诗歌。弥尔顿在他的作品里试图证明上帝对人的所作所为都是正确的。她不记得他的全部思想，可是此刻，坐在车里，她觉得他们被那些为上帝正名而不是为他们正名的人错怪了。牧师也错了。她心里想，他们曾经不信神，他们的思想自由驰骋，他们品行端正，有自己的道德观念，难道不是这样吗？

"你知道后来发生什么事情了吗？政府接管传教站之后。"

"你问，它是什么时候变成一座牧场的？"

---

[1] 约翰·弥尔顿（John Milton，1608—1674）：英国文艺复兴末期的诗坛巨匠，其著作在英国乃至世界的文学、文化和自由思想的历史中占有重要的一页。

"是的。"奥古斯特说，又害怕听到这个问题的答案。

米茜发动汽车，"真的很糟糕，非常糟糕。"

"你认为他是好人吗？"

"不。他一直都很坏。我想他只是觉得自己在做好事儿。"

"他后悔了。"

"是的，不过，只有在他身上也发生了这种事的时候，他才感到后悔。不过，你知道吗？那封信里有些东西，可以为我们冈迪温蒂人做证，原住民土地权的证据。"

奥古斯特凝视着前方的道路。"是的。"她说。

在剩下的路程中，奥古斯特问米茜姨妈，外公作为一个父亲是什么样子，乔琳作为姐姐是什么样子，外婆作为妈妈是什么样子。她给奥古斯特讲了一些有趣的小故事。读完那封信之后，她们心情都很郁闷，现在尽量想让自己开心一点。她们聊起埃尔西和奥古斯特妈小时候的故事，聊起艾伯特的故事，说着说着就流下眼泪。她们尽量不谈吉达。两个人在路边停下来买糖果和口香糖，听收音机里的流行歌曲。天气越来越闷热，直到翻过小山，习习海风才送来一丝凉意。

米茜看到粼粼水波时，精神为之一振，她点击了 GPS 导航屏幕："只剩下一百公里了！"

"我们应该把乔伊也带来。"奥古斯特说。

"是的，你说得对。"

"他在哪儿？"

"'丛林流浪'，我不知道。布罗肯的夜总会开张了。'丛林流浪'？"

"这名字听起来……很好玩。"

"我的手提包，奥古斯特，"她示意奥古斯特打开它，"忘了我带了自己的音乐！"

她们听米茜随身带着的特蕾西·查普曼①的 CD，当《谈论革命》②播放时，她摇下车窗，唱出自己的心声。呼啸的风吹进窗户，刺痛了奥古斯特的耳朵。她们反复听着她的"精选集"，直到歌词不再有意义。

从大屠杀平原出发八个小时后，她们把车停在离市区很近的海滩上。米茜买了一个包在热皮塔饼③里的羊肉串，奥古斯特点了沙拉三明治，酸奶顺着她们俩的下巴流下来，滴在傍晚的沙滩上。海洋对奥古斯特来说是陌生的，她想了解大海，但不是像水面上漂浮的尸体那样去了解。她想象自己沉入了没有光线进入的海洋深处。那里的鱼看起来像外星人，在黑暗中发光，露着锋利的牙。

吃完饭，停车场里一片漆黑，空无一人。她们刷了刷牙，把漱口水从敞开的车门吐到沥青地上。她们把座位向后翻，把腿塞进睡袋里，寻找找不到的星星。

---

① 特蕾西·查普曼（Tracy Chapman，1964— ）：美国创作型歌手，因其热门单曲 *Fast Car*、*Give Me One Reason* 以及其他单曲 *Talkin' about a Revolution*、*Baby Can I Hold You*、*Crossroads*、*New Beginning* 和 *Telling Stories* 而闻名。
② 《谈论革命》（*Talkin' about a Revolution*）：是特蕾西·查普曼的第二支单曲。这首具有政治意识的歌曲未能复制其前身《快车》（*Fast Car*）的成功，在美国的排名达到了第七十五位。
③ 皮塔饼（pita）：是一种由小麦粉微微发酵而成的松软大饼。它被用于地中海、巴尔干半岛和中东地区的许多菜肴中，类似于其他微微发酵的面饼，如伊朗馕、南亚面饼、中亚烤饼和比萨饼。

三 十 四

Biyaami，Baiame 的意思是：主宰冈迪温蒂的神灵。世界还年轻的时候，祖先告诉我，Biyaami 来到大地，决定让它成为一个美丽的地方。他创造了高原和山脉，创造了沙漠、绵延的沙滩和海岸。他在不同的地方种植灌木、花卉、树木和蕨类植物。他需要建造水道来浇灌他创造的植物和树木，便创造了海洋、海滩、湖泊和河流。他朝他创造的这一切吹了一口气，一阵让人心清气爽的微风拂过大地。他非常喜欢自己创造的这些东西，决定和大地母亲一起待在肯加尔巨石上的一个岩洞里。这当儿，邪恶的精灵 Marmoo 一直在观察 Biyaami 创造的一切。他嫉妒得要命，决定毁掉 Biyaami 创造的这一切，于是回到自己的洞穴，造了一些稀奇古怪的小生物。这些动物有时飞，有时爬，有时扭动。有腿的跑来跑去，有翅膀的飞来飞去。Marmoo 创造了几百万个这样的生物，然后把它们放到 Biyaami 创造的山山水水中。那些动物像瘟疫一样离开 Marmoo 的洞穴，攻击、吃掉所有美丽的植物，所到之处变成棕黄色的荒地。Biyaami 和大地母亲站在高高的肯加尔巨石上，看到那一块块土地上被昆虫啃食过的面积变得越来越大。Biyaami 坐卧不安，大地母亲想了一会儿，跑回岩洞。她要做一个长着两条强壮的长腿、瘦削的身体、锋利的喙和白色羽毛的生物。"这是什么？"Biyaami

问。"鸟。"大地母亲说。她又做了许多不同颜色、不同的喙和不同形状的鸟。"它们派什么用场？"Biyaami问。"你看！"大地母亲说，然后把这些鸟从洞里放了出去——它们展翅高飞，吃了所有的昆虫。就这样，昆虫很快就被控制，瘟疫也不再发生了。

Bunba-y-marra-nha的意思是：着急，盼望。我整天都在钓鱼，不是为了钓到好鱼而在水边流连忘返。我是在寻找吉达。我们从来没有告诉过对方自己在做什么。埃尔西扩建花园时我没有问过她。她整天在丛林里走来走去，我也没有刨根问底。我们心里充满了bunba-y-marra-nha，只是为了把对她的思念包裹起来，在自己的ngurambang（家园）求得一份安宁。

Gurra-gala-gali的意思是：Biyaami的儿子。我曾经问过祖先，世界上是否只有一种信仰。我问Gurra-gala-gali怎么回事儿，我想知道他为Biyaami而死的故事。在我听来，有点像耶稣。我的曾曾曾祖父说过，"这不是玩笑，这是我们的信念。"他说，"你感觉到我在和你说话吗？"我说："感觉到了。"他告诉我："Biyaami是创造者，但我们不崇拜他或他的儿子。我们崇拜他创造的东西——大地。"当然，祖先最终向我证明了他们是多么地正确。Gurra-gala-gali只是个儿子，纯属巧合。

Guwany，guwan，guwaan的意思是：血。我身上流淌着两种血液：我从哪里来，我在哪里。有些事情无法理解，我为一个家庭成员做过的事感到羞愧。它切断了血脉。那是一件可怕的事情。我的外甥，他已然不再是我和我们家族的一部分了。他已经离开我们，就像guwany离开身体。在这个意义讲，水浓于血。

Buugang 的意思是：伯公蛾①。当这个国家还有季节的时候，冈迪温蒂人过去常常到南方去吃山上的伯公蛾。祖先们曾经带我去那里散步。当时是夏天，buugang 从北方来到凉爽的山区避暑。到达那里时，我们就捕捉伯公蛾。大家都坐在火旁。那里到处都是来自我们 ngurambang（家园）的人。我见过大约五百个火堆！每个人都在那里烹饪和享用 buugang——它吃起来有点像猪排，但更有营养。吃完之后，回"男孩之家"的路上，我觉得浑身是劲儿。

Garrandarang 的意思是：书，纸。我的女儿尼基将负责保管这本字典，她会把 garrandarang 带到议会去。她说她会用它做点好事，用它来保护农场里先人的长眠之地。

Dhudhu 的意思是：乳房，胸部。这是对女人胸部的称呼。记忆中，这是妈妈对我说的第一句话。说起来很可笑，三岁之前，我把她当作小男孩。再长大一点之后，我把她当作小伙子。我之所以说，dhudhu 是我第一次听到的词，因为那是对婴儿说的："来，来，宝贝儿。""过来，过来，小家伙，来吃奶，靠着我的心口窝躺下。"

Burral-gang 的意思是：澳洲鹤。旋风走了之后，祖先很快就回来了。他们回来跟我说了最后一次话。然后，澳洲鹤就出现了。他们告诉我那个 burral-gang 是吉达，说她很安全。她永远都将是一只澳洲鹤。他们说，再也不用回来看我了。他们说，我就像一个已经被启蒙的人，掌握了所有需要知道的事情。我的曾曾曾祖父又笑了，搂着我说，希望他们能在我还是个小男孩的时候就教会我这些东西。"没关系，"他说，"你复活了，一个从灭绝中复活的人！吉

① 伯公蛾（bogong）：是一种温带夜飞蛾，在澳大利亚首都堪培拉的主要公共建筑周围大量出现，在春天（9月下旬至11月）迁移到伯公高原，因此得名。

达也复活了——burral-gang。"他说，我将面临巨大的挑战，但我学到的东西将告诉我该怎么做。

Bimbayi 的意思是：燃烧的草。祖先带我出去，向我展示他们如何使用火。在离河岸几百码远的地方，妇女们拿着燃烧的树枝排成一行，把一丛又一丛的草点着，然后用铲子把火扑灭。最后，他们建了一道长长的防火墙，静静地等待着，直到最柔和的微风带着火种，点着河里漂来的野草。火很快就蔓延开来，我能感觉到田野散发出来的热量。火烧到防波堤，停了下来。他们四处走动，击退那些"迷路"的火焰，然后加快速度，好让我看到大地的变化。灰烬渐渐渗入土壤，滋养着大地。雨从天而降，云开日出，幼苗破土，长出嫩芽，越长越高，直到花苞绽开，黄色的花朵覆盖了野火烧过的土地。它们长出很长的块茎，很适合烤着吃，或者磨成面粉，或者煮着加水熬成稀粥。每样东西都要煮两次，多余的面粉存放在家里，或者装在用负鼠皮做的袋子里存放在土丘上。袋鼠也来了，其中一只被矛刺死，成了美食。现在，就在这些地方，福斯塔夫家的小麦和牲畜还没有"安家落户"的地方，金合欢树大量生长。一些地方，一英亩会长出一万棵树，而那里曾经是可食用花草生长的地方。

三十五

奥古斯特和姨妈一直睡到日上三竿。太阳在海面上闪烁着橙色的、红色的、粉红色的光。汽车里弥漫着盐的味道。海鸥俯冲下来，身穿短腿潜水服的冲浪者从汽车旁边匆匆走过，奔向清澈的海水。浪涛拍岸，海水从海岬退回到黄色的沙滩。她们收起睡袋，锁上租来的汽车，沿着自行车道向南走。所有的房子都很安静。大房子、豪宅外面停着有钱人的豪车。奥古斯特看到那些豪宅的后院里有一个个玻璃围起来的游泳池。这些游泳池距离海边只有五米远。大约一公里开外，她们看见几个牵狗的人，十几岁的孩子们在咖啡店外打开一模一样的椅子，男人和女人有节奏地呼吸着，从她们身边跑过。在一个小海湾，她们把运动裤卷到膝盖以上，静静地走进海水中。海水比米茜姨妈想象的要冷，她连忙跑到岸上。两个人哈哈大笑着，在自行车道旁的水龙头下洗了洗脚。回到车上，眺望着无边无际的大海。

"这里的人一定吃了很多鱼。"米茜说，朝平静的水面和岩石水池边的斜坡点了点头。这个地方非常适合用网捕鱼。

奥古斯特"嗯，嗯，嗯"地点点头。她们回到车里，在离海滩几个街区远的地方，看到一家越南面包店，下车买了蔬菜香肠卷。然后按照米茜手机上导航系统的提示走了二十分钟，找到离澳大利亚历史博物馆最近的停车场。奥古斯特把那几张文物捐赠卡装进外套口袋里。

一阵强劲的南风吹过这座灰暗的、看似"棱角分明"的城市。"他们不会轻而易举还给我们，对吗？"穿过红绿灯时，奥古斯特问道。

"先看看这里有什么东西。也许会让我们填表什么的。我相信这种事经常发生。"

"回归？"奥古斯特在报纸上看到过这种消息。干枯的头颅骨两百年后归还给了土著居民。或者是土著居民要求归还。她不记得了。

"他们把你家的文物还给你？"她问。

"是呀。"

"是啊，根据我们掌握的证据，我敢肯定——他们不能再把这些东西留下。"

开门前十五分钟，她们在外面等着，仰望大楼。它不像白金汉宫那么宏伟，但也相当大。六根高大的方形砂岩柱子慢慢变细，形成精密的角度，撑起一块巨大的三角形砂岩。在三角形砂岩下面有一块光滑的岩石，岩石上镌刻着"博物馆"三个字。奥古斯特认为，当它建成的时候，人们并不知道它最终会成为哪种类型的博物馆。这座建筑和澳大利亚其他建筑物相比，给人一种"鹤立鸡群"之感，就像南庄和旺德相比较一样。确实宏伟壮观。

"盯着看，它也不会变小。"米茜说，一只手扯了扯羊毛衫和挎在肩上的背包，另一只手朝博物馆大大咧咧挥了一下，好像说走吧。

奥古斯特把手伸进口袋，一起穿过公园。她们是第一批排队的人。博物馆里面很舒服，既不太热也不太凉，散发着一股纸的味道。米茜抚平了她那一头"桀骜不驯"的灰色头发，奥古斯特也拢了拢浓密的黑发。她们买了两张成人票，米茜翻了翻她的背包，把电话塞进奥古斯特的皮大衣口袋里，拍了拍她的开襟羊毛衫，这件衣服没有口袋。米茜抓住她的手，使劲捏了捏，激动而紧张地看着她。她们俩一前一后，跟在队伍后面走过装了金属探测器的门框。

入口刷成白色，和加油站一样宽，箭头为她们指路。走进第一个展厅，她们伸长脖子，看见天花板上挂满桉树枝，扩音器隐藏在浓密的枝叶里，传出迪吉里杜管①的声音。她们看到高大的雕刻和绘画的图腾柱、悬挂在陈列架上的树皮独木舟、用贝壳缝制而成的头饰和彩色圆点画。她们走到每一件展品前面，仔细寻找"福斯塔夫系列"的标题。奥古斯特看到一块光滑的树皮，树皮上画着一条很大的鱼，看起来像莫伦比鳕鱼。那条鱼是用松软的木炭画的，白色和赭色两种颜色。鱼肚子画着交叉的影线，鳍上只画了几条比较显眼的棘，这幅画似乎解释了鱼儿游动的方式。外公教给她们，可以吃的部分都被涂成白色，骨骼结构画得非常准确，宛如一张鱼的X光片。奥古斯特不由得想起吉达失踪的时候，以及她开始以同样的方式看待人和事的年月。对面玻璃柜里，挂着十几个排成一行的网袋。上面的墙上挂着一幅巨大的卷轴，一幅画在白色羊皮纸上的画。那是一条血红色的鳄鱼，蛇形的身体垂直于天空之下，人们似乎从它的肚子里滚落下来。有几个人正朝它的血盆大口游去，见状掉头就跑。鳄鱼旁边站着六个人，双手掩面，好像在告诉被困在里面的人该做什么。奥古斯特看了泪流满面。

一个展厅入口处写着：请注意，原住民和托雷斯海峡的游客，这个房间里有死者的照片。

一群学生从她们身边匆匆走过。他们对那个"安民告示"视而不见，径直走进展厅。

"你想进去吗？"奥古斯特小声问姨妈。

---

① 迪吉里杜管（didgeridoo）：大约一千五百年前由澳大利亚北部的澳大利亚原住民发明的管乐器，至今仍在澳大利亚和世界各地广泛使用。

她们俩都伸长脖子，朝展厅里瞥了一眼。奥古斯特看到一张巨大的黑白照片，照片上是一个土著男子，脖子上系着铁链，盯着看不见的镜头。她们缩回脑袋，挺直了身子。

"不。"米茜回答道，让自己镇定下来，不再颤抖。奥古斯特又一次想起那个牧师，想象着他从他们的土地上走过，宛如留在一张黑白里的影像。他是好人吗？她在心里问自己。

她们继续沿着箭头往前走。那里有触摸屏，还有洞穴的石膏模型，可以在里面坐坐。奥古斯特观看了一段拍摄于二十世纪六十年代的视频。视频中一群妇女盘腿坐着画一幅树皮画。她们都是真正的土著人——不像姨妈和她，她想。

她们慢慢地走着，周围是成群结队的学生，在各个展厅挤来挤去，每走几步就大声嚷嚷"真酷""真怪"。"今天是工作日。"奥古斯特对姨妈小声说，但她没在意。墙上挂着一件缝得很漂亮的负鼠皮斗篷，大约两米长，两米宽。皮革那面，画着跳舞的人，引颈长鸣的鸟，袋鼠蜷缩着，好像还在子宫里。

"来，在这儿拍张照片。"米茜站在那张画旁，低声说，"把我的手拍上就行，等四下无人，我告诉你……拍吧。"

奥古斯特看着屏幕，点了点相机图标。米茜高举的拳头出现在画面里。

"可以吗？"奥古斯特问，把刚拍的照片送到她面前。

"可以。"她连忙推开奥古斯特的手，把手机藏了起来。

玻璃橱柜里有文件，大部头的书，某种东西的第一个名称。但那是用书法写的，龙飞凤舞，奥古斯特看不懂。

还有一张描绘河流发源地的地图。米茜让奥古斯特站在它的正前方，她又站到旁边。奥古斯特举起手机。

"小姐，这里不能拍照。"保安伸出手，怒气冲冲地指着奥古斯特手里拿着的姨妈的手机。

"这是一幅描绘我们的家园的画，我是她的长辈。我让她拍照，传承我们的文化——难道不可以吗，先生?"看来米茜的无礼并非有意为之，但奥古斯特一直以为她懂得城市博物馆的规矩。

"这是对你的警告，不许拍照。"他重复了一遍，扭了扭脖子，好像这个动作比脸上的怒气更具威慑力。

"对不起。"奥古斯特一边说一边把手机装进口袋里。那个人继续和米茜愤怒地对视着。

米茜拖着脚，拂袖而去，有点步履蹒跚。奥古斯特看见她跳过展示"音乐棍"的环节，趾高气扬地从其他表演场地走过，好像没有什么东西能打动她。奥古斯特走到她身边，两人都向一个低矮的玻璃柜望去。磨盘中心有一块纳尔都石。奥古斯特猜测，大多数人看到说明之前，一定认为那是石头。米茜用手指戳着玻璃柜。"你能看清楚吗?"她满脸严肃地问奥古斯特。

"能呀，"奥古斯特小心翼翼地说，"这是玻璃。"

"不是这个。"她向后退了一步，手指向下，"这个。"

"木头。"奥古斯特轻声笑着说，在博物馆，这样"谈笑风生"已经有点过分了。

"只是做做样子，装装门面。自由党还觉得他们不错。"

"这是艺术鉴赏，姨妈。"奥古斯特看得出她开始认真起来了。

"他们应该算出杀了我们多少人! 这个血泪斑斑的博物馆应该挂一个牌子，上面写着: 从1788年到昨天的流血与杀戮，敬请关注! 那才是'澳大利亚原住民博物馆'应有的样子——白人可以去参观。然后，好吧，我们建立自己的博物馆……"姨妈仿佛失去争论的激情。不是因为她不够坦诚，而是因为耳畔响起外公的低语:告诉他们，我的女儿! 告诉他们，当那些趾高气扬的探险家穿着外套和厚斜纹布裤子，骑着已经疲惫不堪的高头大马，身背亮光闪闪的樱桃木手柄的火枪，足蹬鼹鼠皮皮鞋，神气十足地踏上我们的土地时，他们已经发明了轮子、鞭子和细菌战。

女儿，你听到了吗？

女儿，你能告诉他们吗？

米茜不想听父亲唠叨，只想去找她们要找的东西，但艾伯特一直在她耳边喋喋不休。一个个展厅像一座座迷宫，她试图找到通往她要找的展品的去路。

在悉尼，海岸上挤满了来自海外的人。他们需要更多的土地来种植粮食，因为他们也是饥饿的人。

米茜走过展示武器的展厅，父亲强迫她停下脚步。

看看回旋镖和标枪，米茜！他们开枪打碎了我们的回旋镖和我们的标枪！他们不仅用枪炮子弹占领我们的土地，还有其他致命的武器……听着，米茜。仔细听着！

父亲艾伯特纠缠她。因为她站在所有证据面前，他不肯放过这个教化她的好机会。

他们发给我们毯子，米茜——他们以这样的方式占领了我们的土地——那是被天花感染过的毯子！他们在面粉里放了砒霜，米茜！他们分裂我们，统治我们！他们认为无论如何，我们这些"石器时代"的人都应该被消灭。

艾伯特还没说完，米茜就把他打发走了——她站在那儿，觉得头晕目眩，肚子里翻江倒海。

"我们的手工艺品在哪儿呢？我得吸一口新鲜空气！"她急匆匆地说，跑过剩下的那段走廊，消失在一个出口标志下面。

奥古斯特想追她，但没有。米茜姨妈需要休息一下，喘口气。

奥古斯特喜欢博物馆，现在可以独自一人待在这里，不由得松了一口气。在音乐会、艺术画廊或博物馆里一个人静静地观看，会获得一种满足感。这样一来，她就没有必要每隔两分钟就回答同伴提出的问题。而"神奇，美丽"这样的字眼儿绝非此刻她面对博物馆里的展品发出的感慨。她认为，什么词汇都无法形容她所看到的这些东西。

她继续慢慢地、神情严肃地看着展览。奥古斯特站在一幅黄颜色的画前。她看到的只是黄褐色，宛若有规律地跳动的图案，就像一张《魔眼》①的立体海报。如果她的视线模糊，隐藏着的什么东西可能会突然显现出来。她想哭，觉得就像在学校时那样，对任何事情都没有发言权，用三倍的努力解决问题，用三倍的努力交朋友。但有些事情她不知道，因为从来没有人教过她。一切的一切都让她头疼。她仿佛走在一座墓地里，一块块墓碑高低不齐。她意识到历史课的目的，就像博物馆的目的一样，只不过是对于人类历史的一个注脚。那种感觉就像对已经过去的时代点点头——礼貌，虔诚，沉浸在内疚与惊奇中。过去或者已经过去的，她边想边跟着箭头去考古收藏馆。

奥古斯特仔细查看了福斯塔夫系列的每一个展台，但一无所获。她又转过身来，盯着橱柜里的木头工具、石器和燧石碎片。没有从他们家那一段河里发现的东西。她走出展厅，来到大厅的问讯处。透过博物馆玻璃门，看到米茜姨妈妈坐在入口处台阶上发愣。

"你好。"奥古斯特对问讯处的职员说。她不知道该从何说起，好像找错了地方。她问了问工艺品放在什么地方，然后从外套口袋里掏出那几张文物捐赠卡，放在柜台上。职员看了看卡片，拿起电话，对着听筒念了一遍那几样东西的名称，然后领着她穿过走廊，穿过密码门，进入后面的办公室。他们把奥古斯特介绍给馆长助理，助理又把她介绍给一位研究员。博物馆的工作人员很容易就

---

① 《魔眼》（Magic Eye）：Magic Eye Inc 出版的系列图书。这些书由自动立体图组成，人们可以通过关注 2D 图案看到 3D 图像。观察者必须发散他的视线，以便看到图案中隐藏的三维图像。现在"魔眼"已经成为一个通用的商标，经常用来指任何来源的自动立体图像。

在数据库里找到这些文物。对她说，目前都在馆藏中。他们乐于助人，甚至很友好，给了奥古斯特几张看馆藏文物需要填写的表格。

奥古斯特想把那几张表格还给他们，告诉他们正在发生的一切。她想凑到他们身边，低声诉说。告诉他们，原住民的生活出现了问题。她和她的家族本应该是强大的，而不是支离破碎的。告诉他们，他们家所有人出生之前，就发生了不好的事情。告诉他们，许多东西从内陆被偷走，从她家五百英亩的土地上被偷走。告诉他们，这些文物可以证明，世界被扭曲。她认为，他们应该明白，现在情况紧急，他们都知道真相。告诉他们，她不会灭绝。说到底，他们不需要展览。她想说的是，所有隐藏的碎片都要重新拼在一起。

但她什么都没说。她向他们道过谢，握了握伸到面前的手，房门为她打开时点了点头。走进又走出那个恒温的空间。

奥古斯特从灯光照耀着的博物馆里走出来，和米茜姨妈在外面会合。她真想马上回到大屠杀平原——瞬息之间，那块土地又和她息息相关。

"现在可以回家了吗？"她问。

"博物馆的人怎么说？"米茜咬着指甲说。

"得先填这些表格。我都拿卜了。"奥古斯特把她手里的表格弄得沙沙响，"我们可以回家填，不是吗？"

"现在能进去吗？我真的很想看看那些手工艺品。"米茜姨妈十分诚恳，又不无懊恼地说，脸像孩子一样显得十分温柔。

"那些东西都被打包起来放好了，姨妈——我们必须先填写这些表格申请才能看到……不过他们说，通常一直展览这几件文物！"奥古斯特不知道为什么要对米茜姨妈撒谎。或许想到更多双眼睛观看祖先留下的手工艺品，想到学生们看了以后，连声说"酷"，对姨妈也是一种安慰。那几件东西是贴上标签，放在玻璃展柜里，还是贴上标签和序列号摆在架子上的盒子里？不得而知。

"但这需要时间！我们没时间了！"米茜沮丧地说。

奥古斯特哽咽着，强忍着，不让自己哭出声来。"他们说这是唯一的办法。"

"你确定东西都带齐了？"她指了指那几张表格。

"带齐了，我保证。去机场？"奥古斯特伸出胳膊搂住姨妈。

"那好吧。"米茜姨妈说，像泄了气的皮球。

她们放下租来的车，在二号航站楼吃麦当劳薯条。

"沿着这条路走下去就是植物湾，奥古斯特。"

"从这里吗？"

"是，就在机场后面。"

"第一舰队就是从那儿登陆的？"

"是的。"姨妈没再说什么，她太伤心，也太累了，什么都不想说。

她们坐火车从机场到城里，然后去布罗肯。她们看上去一定是世界上最沮丧的土著妇女。已经没有什么希望了，只有一个目的地，但从座位 18C 和 18D 看，目的地看起来很凄凉。

过了一会儿，米茜转向奥古斯特，悲叹道："那些文物改变不了什么。人们不关心这些事。"

"是的，姨妈，"奥古斯特温和地说，"否则不会放在博物馆里。"

"不。人们需要锡。人们害怕失去一切……"她长出了一口气，"我们的人民将一无所有。"她闭上眼睛，好像这就解决了问题。

过了一会儿，听起来她好像睡着了。奥古斯特摸了摸还装在口袋里的米茜姨妈的手机，拿了出来。她在搜索引擎中输入"锡矿"，然后点击图片。手机告诉她，弹出了一千四百万个条目，屏幕上显示了六个。奥古斯特点击第一张，把它放大。这是一张彩色照片：

湛蓝的天空，碧绿的草原，蓝天与绿草之间是一个又宽又深的洞。从洞的顶部开始有一层层石头平台，就像古代圆形剧场里的座位。她按下手机顶部的按钮，锁定手机，然后装到口袋里。

奥古斯特一直认为，除了澳大利亚，其他国家都在发生重要的事件。他们小小的生命的颤动毫无意义。但就在那一刻，在一列开往遥远过去和她最熟悉的地方的火车上，她觉得好像突然间从沉睡中醒来，站在一个她从未见过的巨大的东西的边缘。在消化了那些教科书上的谎言之后，在阅读了牧师的信之后，在博物馆的过道里漫步之后，她知道生活和以前不一样了。她的身后是一片广阔的天地，他们的生命充满意义，他们生命的力量巨大无比。几千年了，她心想。时光从粗心大意的人手指间溜走。这就是"同质化①大屠杀"的想法——他们是"粗心大意"的民族，可以被历史淹没。那个星期看电视的人一定认为，吉达只是一个棕色皮肤的小女孩，在一个混乱的棕色皮肤大家庭里失踪而已。别人不会年复一年仿佛喉咙里卡着什么东西，总想那个失踪了的土著女孩。他们不知道被撕裂是什么感觉。

火车在午夜过了一分钟的时候到达车站，奥古斯特和米茜下车后，沿着铁路线比较安全的一侧走，经过空荡荡的长椅。奥古斯特背着帆布背包，两个尼龙睡袋搭在肩膀上——她想象它们就像她在博物馆看到的负鼠皮斗篷。有一会儿，觉得自己就像来参加加冕典礼的女王，但却辜负了大家的期望。乔伊站在月台上等她们。

"你们俩看起来都累坏了。"

"筋疲力尽，没错儿。"奥古斯特说，又回到当下。

---

① 同质化（homogenised）：同质性和异质性是与物质的均匀性有关的概念。同质的材料在组成或特性上是一致的；异质的人在这些性质中则明显不一致。从原子到动物或人类的种群，再到星系概莫能外。因此，一个元素在更大的范围内可能是同质的，而在较小的范围内可能是异质的。

米茜点了点头，很高兴见到儿子，又回家了。

乔伊有点紧张，不停地搓着手掌。"哦……我今天一整天都和外婆在一起……外面有点乱。"

"乱？怎么个乱法儿？"米茜姨妈厉声问。

"嗯，就是乱哄哄地来了一群人。我送你们回家，提前给你打个招呼，奥吉。"

"说呀！到底怎么回事？"姨妈喊了起来。

"他们昨天开始清理树木，推倒一个棚屋。现在抗议者遍布旺德。人们把自己绑到旺德随便什么东西上面。"他先是微笑，然后拍手打掌，咧着大嘴，哈哈大笑起来。

"哦，天哪！"米茜说了一遍又一遍。汽车沿着高速公路风驰电掣般行驶，一直行驶到通往大屠杀平原的岔路口。沿着那条道路继续向前的时候，他们看到橙色的薄雾从旺德升起，模糊了地平线上平常闪亮的星星。"哦，天哪！"

汽车疾驰，但感觉就像电影里的慢镜头，过了许久，才终于驶过薄荷树的拱门。从那儿望过去，他们看到田野里火光冲天，奔跑的人们在夜幕留下一个个剪影。南庄旁停着几辆警车，黑暗中闪烁着颤巍巍的灯光。米茜姨妈仿佛看到什么不祥之兆，又喊了一声："哦，天哪！"汽车右转，开向旺德。在田野里燃烧的火焰照耀下，他们看见埃尔西和玛丽姑奶奶站在游廊。两个老人挥手让车停下，仿佛乔伊的马自达是一艘救援船，她们是被困在波涛汹涌的大海里的幸存者。

三十六

费迪南德·格林利夫牧师 1915 年 8 月 2 日

给乔治·克罗斯博士的信（续）

9

更多的德国人和普鲁士人的家庭和店铺被大火夷为平地，更多的海报挂在大屠杀平原的镇子里：

"拘留那些家伙！"

"反德联盟会议！"

在我离开前，传教站门口贴了一张告示，上面写着："尽你的一份力，杀死一个德国人。"

我肯定我会死在这里。请愿有什么用呢？我担心，我的真实情况将被忽视，我的生命将沦为遥远国度的纹章。在一面旗帜的颜色之下决定我们的价值和道德有什么用呢？和你一样，克罗斯博士。我相信你是爱尔兰血统。然而在爱尔兰国旗，还是英国国旗、德国国旗或者澳大利亚国旗之下，有什么区别呢？在地球上无关紧要的某个坐标被迫害，在微不足道的土地出生，有什么用呢？

我是一名路德教的牧师，一辈子都没想过要做别的事。然而，在我后来的神职工作中，我的朋友鲍曼谴责我们的创始人、神学家马丁·路德①是传播仇恨的人。鲍曼告诉我，路德居然写过一份请愿书，呼吁消灭犹太种族——"蟑螂"，路德是《圣经》的信徒，可他居然这样称呼一个民族。

"我们必须向前看。"我回应道。然而，我感到一种深深的耻辱。我的心里充满了痛苦和悲哀——当路德教的创始人持有如此让人误入歧途的理念时，我却高举路德教的旗帜，传播福音。我想验证这些说法，就去读鲍曼给我的那份文件，结果读了不到十页，就扔到打谷场上。太可怕了。我觉得自己在质疑以前顶礼膜拜过的一切。上帝高于一切？还有法律和教会。教会高于一切？白人高于黑人？人高于兽？我都做了些什么？我变成兽了吗？我被鄙视为野兽，我担心仇恨已经把所谓的文明人变成一群凶残的野蛮人。

传教士说的那些话！我们拿上帝的话都做了些什么？为了自己的目的，把上帝的话颠倒过来说。我就是其中之一。我都做了些什么，亲爱的克罗斯博士？我用上帝取代土著人信仰的 Baymee，我为此而内疚！我有什么权力去改变他们的信仰？我有什么权力说一种信仰会产生另一种信仰？谁又有这样的权力呢？人类对人类做了什么？

恐怕我将彻底失去对教会和人性的信仰。如果我早知道这些斑斑劣迹，就会怀疑自己是否想回到大海——冷酷的大海，要求它把我送回家。不过此刻，我依然存在于世。

---

① 马丁·路德（Martin Luther，1483—1546）：十六世纪欧洲宗教改革运动发起人、基督教新教的创立者、德国宗教改革家。曾在埃尔福特大学学习法律，1505年入奥古斯丁会学习神学，1507年任神父。1512年获神学博士学位后在维滕堡大学任神学教授。1517年撰写《九十五条论纲》，反对罗马教廷出售赎罪券，揭开了宗教改革的序幕。他在神学上强调因信称义，宣称人们能直接读《圣经》获得神启。提倡用民族语言举行宗教仪式，将《圣经》翻译成德文，以《圣经》的权威对抗教皇权威。

最后，我请求你给出理由，并把这封信——或它所表达的看法——放在一个合适的地方。虽然我对英国被迫向德国宣战深感遗憾——德国是我父亲的祖国——但我是一个英国国民，我愿意捍卫我们敬爱的澳大利亚国王乔治五世陛下的荣誉。作为一个没有财产的牧师，我只能奉献我的身体、生命和这个卑微的真理。

真诚的费迪南德·格林利夫

三十七

　　米茜姨妈跑上台阶，把埃尔西领进旺德家里。乔伊走到露台上，手扶栏杆，眺望远处的田野，好像在看小镇椭圆形舞台上点燃的迎接新年的焰火。

　　南庄，有两个警察站在警车外面，其他警察在那一片混乱中跑来跑去。埃迪在南庄外面。奥古斯特看见橙色的火光在他身上闪烁。她转过脸，看了一眼庄稼地里的火焰，跟着乔伊走上平台。从那里，辨认出拿着一根软管的消防队员从大坝上喷射出一股巨大的水流。在黑暗的原野上，水看起来是白色的。她看见一个警察把一个剪影扑倒在地。大概有三十个人跑来跑去。奥古斯特找曼迪，但看不清那些人的脸。这让她想起童年，小手抓着烟花，在夜空中奔跑，天真烂漫。往事在她的脑海中闪现。

　　她紧挨乔伊站着。他笑着，看上去神情恍惚。她俯身去看他的眼睛。那双眼睛瞪得像盘子一样大。

　　"夜总会怎么样？"奥古斯特问。

　　"很不景气。"他说。她摇了摇头。他们看见抗议者站在机械设备上面，下面的人四处奔跑，躲避警察。齐膝高的火焰在干旱的土地上迅速蔓延，向西一直烧到距离旺德和钻井平台大约半公里的饲料棚。奥古斯特认为，消防队会把大火控制在那里，不让它烧到

236

房子。

乔伊看着熊熊燃烧的火焰，就像他们小时候看着营火一样，兴高采烈。

"你在监狱里从来没闹过事吗？烧烧床垫，或者干点儿别的什么？"奥古斯特问。

"我从来没有参与那种事，毫无意义。可是这场火不是毫无意义。太棒了。你参加过暴乱吗？"

"我在伦敦参加过一场反战抗议活动。但从人群后面看过去，一切都很平静。"她想了想——他们似乎只是为了凑数，一行人排在队伍末尾，拖着脚慢慢走着，表示异议而已。回到屋子里，他们看见埃尔西正在哭泣。玛丽连忙向他们解释事情的来龙去脉，把具体细节告诉米茜姨妈。奥古斯特紧紧地抱着外婆，抚摸着她的后背。

"昨天下午大约四点，推土机开始工作。他们在前面绑了些木头，这样就能清理场地。我和你妈妈在一起。不一会儿，一群抗议者来到现场，站在机器前头！真他妈的疯了！"她又用同样急促的语速补充道，"你总不能让一辆该死的十吨卡车从我身上轧过去吧。"

"火是怎么烧起来的？"奥古斯特问。

"我们正要离开，那些孩子，还真是些孩子，锁上了大门，说：'谁也不能进，谁也不能出。'我报了警，还告诉了尼基。"

"你为什么打电话给尼基姨妈呢？"奥古斯特问。

"她是跟矿上打交道的人呀，不是吗？然后警察来了。大门外面的孩子们开始录像，大声叫喊着：'锁上大门！锁上大门！'我们锁上了门，待在里面等着警察，这时一个蓄骇人长发绺的家伙往田地里扔了一瓶什么东西……我们看到了……那个家伙点起了火！"

奥古斯特没有认真听。她在脑海里拼凑着一些片段。她站起来，打断了玛丽姑奶奶的话："打从我们收拾行李，有人看到外公写的那本书——那本字典吗？"

"没有。"

"你看到过吗？"奥古斯特嘟哝道。

"没有！"玛丽姑奶奶喊道，"我在讲故事！"

"外婆呢？"

"我不知道在哪儿。看在上帝的分儿上，奥古斯特！花园着火了你还在担心一本书？"

一个警察出现了，在后门犹豫了一会儿才开口说话："你们现在都得离开这里。带上你们的东西，风向一变，这地方就会变成火药桶。"

姨妈和姑奶奶把外婆已经装好的袋子集中到一起。从游廊台阶向汽车走去的时候，她们大声叫喊着，相互嘱咐小心脚下。奥古斯特向埃迪跑过去。埃迪正手持水管用水箱里的水朝花园洒水。

她听到姨妈和姑奶奶在她身后喊："奥古斯特！"她没有理会她们，径直朝埃迪跑去。"喂！"奥古斯特人还没到，远远地就朝他喊了起来。

埃迪看见她向他跑来，弯了一下水管，让水流停了下来。"啊，奥吉，请原谅。"他朝那一片混乱稍稍向前倾了倾身子，似乎感到身体上的疼痛，"我不是有意说那些话的，我向你保证。"

奥古斯特压根儿就不想听他解释，也不需要再重复他说过的话。她有个更紧迫的问题要问他："那天晚上——追悼会之后——是谁把我抱到床上，让我睡觉的？我的哪个姨妈上楼了？"

"什么？哪个姨妈？不知道她的名字。"

"是穿黑衣服的吗？"奥古斯特说，尽量不让附近站着的警察听到。

"红鞋。"他说。

"你和地方议会讲过文物的事吗？"

"我刚找到的。你外公去世的前一天，奥古斯特，我保证！"

奥古斯特跑回旺德。埃尔西和姨妈、姑奶奶还在把包往汽车后备厢和后排座塞。乔伊站在阳台上看着大火熊熊燃烧的田野。奥古斯特抓住他的胳膊："尼基姨妈现在在哪儿？"

"可能在家里吧。"

"开车送我去那儿，好吗？"

"现在是凌晨一点，傻瓜。"

"好了，该走了。所有贵重物品都在车里了。"玛丽姑奶奶吩咐道。

埃尔西指了指乔伊的车："奥古斯特，你坐乔伊的车。这个车没地方了。"

"好，我坐乔伊的车。"奥古斯特说，看了看乔伊，想确认一下。但他又回头看田野里正在燃烧的大火。"我们马上就走，是吗？"奥古斯特伸出手，拉了拉他的袖子，"我们一起走，好吗？"

"好的。"他有点含糊地说，然后转向两个女人。

"警察叫你们离开，就赶快离开，好吗？"米茜姨妈指着他们俩警告说，"乔伊！打起精神！"

他点了点头。

奥古斯特紧紧地拥抱了一下外婆，米茜姨妈和玛丽姑奶奶把埃尔西推上车。她们把袋了放在腿上，奥古斯特帮忙把门关上。车开走后，乔伊说他要带奥古斯特去米茜姨妈家，帮她拿她需要的东西。

"顺便去看尼基姨妈？"奥古斯特一边问，一边向那幢房子走去。

"好的，我们可以在那儿停一下——不过你要告诉我为什么。"

"上车告诉你……"奥古斯特爬上楼梯，从阁楼上拿下她的东西。她抓起护照，扔进行李袋，然后把盒子里的东西扔进另一个装满吉达和她童年时代的东西的袋子里。她举起箱子和行李袋，跌跌撞撞地走下楼梯。

乔伊站在厨房里，伸手去接她搬的那个盒子。

突然，一道白光闪过，就像照相机的闪光灯把房子里的陈设照得通亮，接着，田野里爆发一声巨响。

他们情不自禁弯了一下腰，盒子从奥古斯特手里掉到地上。

奥古斯特觉得一股热浪扑面而来，她的皮肤一下子变得干燥，仿佛毛孔里的每一滴水都被干燥的空气吸走。他们听到锡罐落在地上发出砰、砰、砰的声音，就像子弹反弹的响声。他们站在厨房铺着亚麻油地毡的地板上愣了一下。几秒钟后，从厨房窗户勇敢地爬了出去。棚屋上的铁皮飞到空中，在天幕留下一道道剪影。然后他们听到横梁咔嚓咔嚓地响着掉下来，被大火吞没。棚屋迅速消失，倒塌下来，喷出一股火焰。

奥古斯特抓起盒子和里面的东西，两个人一起逃到外面。

"我开车！"奥古斯特大声叫喊着，身后是锡罐和油燃烧的熊熊大火，"别吃摇头丸了，乔伊。"

"我他妈的吃个汉堡！"他喊道，好像被那冲天火光迷住了，跟跟跄跄向汽车走过来，车钥匙放在手心里向奥古斯特伸过去。奥古斯特接了过去。

乔伊带她去尼基姨妈家。奥古斯特稳稳地开着车。到达目的地之后，她把车停在路边。对于一个议会工作人员来说，这房子算不上多好。一栋简单的砖房，最多只有两个卧室。不过在小镇里位置很好，在明蒂区。奥古斯特使劲敲打着铝制纱门。纱门在门框里摇晃。等待尼基姨妈开门的时候，她回过头瞥了一眼车里的乔伊。他在已经关好的车窗后面摇了摇头，在座位上往后仰了仰躺好。房子里亮起了灯，有人从窗帘里探出头来，接着是门锁和链子的咔嗒声。

尼基姨妈睡眼惺忪，从门缝里探出头来。

"姨妈，您看到过外公正在编写的字典吗？"奥古斯特问。

"什么？"

"你用字典要挟他们了吗？你是不是说过，如果他们不给你钱，你就会让冈迪温蒂家要求政府按《原住民土地法》办事吗？还是你只是想把它留在身边？"

"奥吉，现在都半夜了！"

"我需要读外公写的东西，姨妈。求你了。"

尼基眯起眼睛，但她的身体已经承受了打击。"我留着它是为了保护我的家人，亲爱的。"

"我向你保证，姨妈，我们已经一无所有了——再也没有什么东西需要保护了。"奥古斯特搂着姨妈，贴着她的胸膛，十分真诚。

"在议会办公室里。明天就能拿到，好吗？晚安，外甥女。"

她关上门，铰链哗啦啦响着。奥古斯特还没来得及告诉她旺德正在燃烧，明天就晚了，尼基就关了灯。奥古斯特只得一头扎进马自达。

"她一直藏着。可我要看，乔伊。"奥古斯特说着开车出了街。

"什么？"

她不知道从何说起。

"外公写的书。它也许能拯救农场。我现在就得看。"

"在哪儿呢？"

"在议会办公室里。"

她在拐角处放慢速度。拐弯之后又猛踩油门。

"我现在就想看，等得不耐烦了！"奥古斯特喊道。那一刻，她觉得自己浪费了这么多年的时间，心里很难过。奥古斯特把车挂到四挡。乔伊系好安全带。

"我现在不能做任何违法的事——我还在缓刑，妹子。"

奥古斯特加快速度，汽车驶上通往市政办公室的主要街道。她得意洋洋地安慰他说："我们冈迪温蒂家的人生来就缓刑，乔伊。"

三十八

Giya-rra-ya-rra 的意思是：不敢说。我爱上我妻子的时候，她正在当地的游泳池里游泳，水深及腰。她那天是个勇士，之后的每一天都是。我们相遇的那天，她就在那清澈的池水中。那时候，我们都还年轻，她带着一车城里的大学生来到帐篷镇。她是大学老师，这次是带着学生到乡下和土著人谈论人权问题。哦，她很漂亮，而且我很快就看出她聪明伶俐。我是去帐篷镇找剪羊毛工人的，雇他们去旺德剪一个星期的羊毛。天气很热——如果剪羊毛的话，那一定是夏天了。那些大学生和我们大谈平等、权利之类的话题。我洗耳恭听。她和其他人问我们，在大屠杀平原，有哪些带有歧视性的东西？我们一股脑儿列出许多，五花八门，难以尽诉。"四处看看。"我对她说。我提到酒吧和学校，还有我们被迫与家人分开的事实，没有属于自己的土地，孩子们不能到当地的游泳池游泳——即使在这么热的天气里也不行，我说。她的眼睛睁大了，他们都变得如此兴奋。"那我们带孩子们去游泳吧！"他们说。

你瞧，大约有三十个孩子和所有的大学生以及他们的摄影师一起被带上公交车。我呢，我也在公交车上，但我只是"漂浮"在那里，"漂浮"在我已经决定爱的女人后面。我们到了镇上的游泳池，那些大学生拿出钱，递给每个孩子，让他们去买票。孩子们笑得那

242

么开心。我想我这辈子从没见过孩子们笑得那么甜美。氯气的味道在鼻翼间缭绕，通过旋转门，看到泳池碧水涟涟。我们到了售票处，可是到处挂着"原住民禁止入内"的牌子。游泳池服务员一边说，一边指着那些牌子给孩子们看。我记得孩子们盯着那些画出来的字母，就像肚子被打了一拳，就像赖以生存的空气和幸福生活都从他们的身体挤压出来。有些孩子哭了起来。我对那些大学生很生气：为什么他们要当着世人的面羞辱这些孩子？

学生们和游泳池服务员争吵。一群大屠杀平原的居民聚集在一起，叫喊着："滚回家，黑人，滚，滚出这个城市。"那些大学生，还有埃尔西，还在和游泳池服务员争论，我站在后面，对那些孩子们说："好了，好了。"我向他们保证，回到帐篷镇之后，我会亲自带他们到河里游泳。

争吵的人把游泳池服务员甩在身后，聚集在巴士周围。一场好戏正在上演，人们推推搡搡，仿佛在争夺舞台。就在我和孩子们旁边，一名大学生在摄影师镜头前询问当地一位戴手套的女士。这名大学生问："女士，为什么您不让本镇这些土著儿童在游泳池里游泳？""他们是坏人，"她说，"他们不是这儿的人，滚回到他们的茅屋里去吧！"她说。那个大学生又扯开嗓门儿，问了一次，几乎要大吵一架了。那个大学生指着我和孩子们，愤怒地说："在你看来，他们仅仅因为和那些享有特权的白人孩子一样，想去游游泳、凉快一下，就不是好人了吗？你就认为他们不是好孩子了？"那个女人甚至不敢看那些孩子，只是提高嗓门，盖过鼎沸的喧闹声，大声说："是的，好孩子都死绝了。"

我连忙把哭泣的孩子推到车上，不想让他们再听到难听的话。外面的争吵还在继续，有对话要拍的时候，摄像机就一直开着。最后，在埃尔西的劝说下，加之那些人又怕被摄像机曝光，迫于压力，孩子们终于被允许去游泳。埃尔西也跳了进去。我站在旁边看着，把手伸进游泳池，溅起朵朵水花。埃尔西在笑。她一点也不害怕。她从来都没有 giya-rra-ya-rra 的时候。她擦干身子，穿好衣服。我一直跟她说话，直到她和学生们离开游泳池。她说，到大屠杀平原之后，他们还要去别的地方。"去制造麻烦？"我问。"但愿如此。"她说，然后朝我眨眨眼睛，笑了起来。

她走了，那些大学生和公共汽车也都走了。我说，我会留下来陪孩子们，然后我们步行回家。公共汽车开出市政游泳池的停车场还不到一分钟，服务员和他的同伙就来了，把我和孩子们赶了出去！耻辱。不过他们很开心——那些孩子很开心。他们在清澈凉爽的水中嬉戏过了。对他们来说，玩了多久并不重要。关键是我们土著人的孩子也在游泳池里游过泳了。而我，心里多了几分忧郁和恐惧。我眼巴巴地看着孩子们，听到不该听到的谩骂时，意识到他们不仅鄙视我，而且鄙视我们的孩子。只有一点让我高兴——认识了埃尔西。我知道我很快就会设法再见到她。

几年后，即使政府立法，对公共游泳池和电影院座位的规定做了改变，还是可以看出，白人对我们心存芥蒂，不信任我们的孩子。自从那天在 galing（水边）见到埃尔西，我一直一次又一次提醒自己，白人对我们的态度不会因为法律改变而改变。在我生命的大部分时间里，我一直害怕说话，但现在我不再害怕了。我拒绝 giya-rra-ya-rra！

Widyali, girrigirri 的意思是：酒，葡萄酒，烈酒。有一天，一觉醒来，你看到家门口土地龟裂，草木枯黄，然后洪水泛滥，在你脑海里恶作剧。然后干旱再度袭来，夏季每年延长一个月，直到沦落到现在这般田地。没有比田野里的公牛或小母牛的骨架更让人伤心的东西了。牛皮"盖"在身上，就像一张床单。干旱对人们的影响十分残酷，许多农民发现解决问题的唯一办法就是用猎枪对准嘴巴，扣动扳机。离婚现在已经司空见惯，而五十年前人们想都不会想这种事情。好或坏、厚或薄都有一个限度——有时候，"薄"的东西完全看不见了。有时候，农庄里的小伙子背井离乡，迷失在城市里。甚至没有人可以和你打架，只有一个人在内心深处和自己"摔跤"。这就是当 widyali——本身是毒药，但放在中了"毒"的人嘴里，却变成甘露——把人们变得看起来像祈祷者一样虔诚的样子。但是被折磨的人和酒就像往火里浇汽油一样——只会使情况变得更糟。不会平息干旱，widyali 也不会修补你的心脏，甚至不会让你忘记它，不会太久。最好对这种毒药敬而远之——我一辈子都没见过它有什么好处。还有毒品更不是什么好东西。

Ngumbaay-dyil 的意思是：所有人都在一个地方。被隔绝就无所作为。这就是我们的现状。与我们的家族、语言、文化方式和土地隔绝。然后我们就 ngumbaay-dyil。但这并不意味着我们真的在一起，只是看起来有点人情味，宛如芸芸众生中的一张脸。我们变得残暴，互相攻击，在耻辱中被孤立，但也无法分开。就像汽车前灯下的老鼠。老一代的人，我的妈妈，我和我的姐妹们，甚至我的女儿们，在传教站悲伤的鬼魂周围长大，拼命挣扎。我们并非真正在一个地方，并非那些地方的居民。我们这些躺在小床上的孩子，生来就是罪犯，从会走路起就成了犯人。既在一起又被孤立。

Ngiyawaygunhanha 的意思是：永远，存在。一个人存在于生者和死者之外，存在于神出没的时空里。当他们同时看得见又看不见的时候。那就是 ngiyawaygunhanha。

三十九

奥古斯特把车停在镇议会对面。乔伊冲她大喊大叫，让她不要耽搁，尽快回来。她随手关上车门。乔伊把头探出副驾驶那边的车窗。"如果你五分钟内不回来，我就走，就像你和该死的埃迪把我丢在药店一样！"他奚落她。

奥古斯特听他这么一说，又反回身，钻到车里，关上车门。"那天晚上我没有离开你。"她用审视的目光看着他的脸说。

"哦，只是开个玩笑。去吧，继续犯罪去吧，冈迪温蒂。"他一边说一边朝议会大楼挥了挥手。

奥古斯特把头靠在座位上，意识到自己有多累，但她又试了一次。"那时候我们简直疯了，乔伊。很抱歉，埃迪让你望风。哦，我们当时还只是孩子。"

"我知道，但直到现在，我也不知道我们在那儿做了些什么。笨蛋。"他朝副驾驶那边的车窗张望着，不想继续这个话题。

沉默了一分钟之后，她清楚地、和善地问："那是什么感觉？"

"废话。"

"对不起。"

"不是你的错。我他妈的就是个惹是生非的家伙，真的。"

"是埃迪和我的错，是我们的错，不是你的错。"奥古斯特握住他的手，"对不起，老哥。"

"我原谅你。"

"你还记得外公挂在旺德门外那个牌子吗？"奥古斯特问。

"挂在后门的那个？"街灯的照耀下，她看见他咧开嘴笑了。

"不是，那是外婆挂的。另一个。"

"不记得了。"

"这里没有格罗格酒，没有现金，没有 Yarndi，没有好时光。"

乔伊笑着说："想起来了。"

"家人很生气，说他错怪了我们。"

"没有吧。大伙儿是那么想的吗？"他看着奥古斯特问。

"没错儿，"她说，"我亲耳听到他们这样说。我躺在前门附近玩。以前那个门是开着的，有一个菱形金属屏风。我躺在那儿用眼睛玩游戏。先看屏风上的菱形图案，然后调整视线，看窗外的金合欢树，眼球在屏风和金合欢树之间转来转去。"

"你一直是个小怪物。"乔伊笑着轻声说。

"记得我觉得我的眼睛很特别，可以让它们做这种近似于疯狂的动作。想怎么看就怎么看。"

"然后呢？"

"然后我听到他们在后面的平台上为这个牌子争吵。七嘴八舌，在自己家里保护自己的利益。"

"嗯？"乔伊说，等奥古斯特开门见山，把话说完。

"我只记得我寻思我们都应该躺在那儿，看看我们的眼睛有多酷。我希望他们能看到我看到的东西。"

"你在说什么呀？"

"同时看到两种东西。这儿的和那儿的，近的和远的，现在的和从前的。"

"是在吉达出事……之前吗？"

"以后，"奥古斯特说，"外公好像得了偏执狂症，是不是？"

"他只是在保护我。"

"他是个 didadida。"

"我还记得这个词！不过什么意思记不清了。"乔伊说。

"我想是千鸟吧。"

沉默一分钟后，乔伊问："尼基姨妈做了什么，让你这么着急？"

"外公编写的那本字典在她手里。她把它藏了起来，也许想用它从莱茵帕尔姆矿业公司捞一笔钱，当然也可能不是。外公写的书里有很重要的东西。我现在就得看看。"这时，奥古斯特已经平静下来，说这番话的时候语气很轻松。

"书在哪儿？"

她朝市政大楼指了指："三楼。"

乔伊下了车，随手关上车门。奥古斯特透过风挡玻璃看着他大步穿过大街。

等她回过神来，连忙下车，跟在他身后。她把连帽衫的帽子套在头上，压低嗓门对乔伊说："怎么上三楼？"

她跟着他走到图书馆后面。那里很黑，没有路灯。乔伊趴在地上，在杂乱的草丛里摸索着。

他站起身来的时候，手里拿着一团黑乎乎的东西。

"打碎它。"他说，奥古斯特在黑暗中看到他狂野的笑容。他从图书馆的窗口往后退了几步。

"往后退。"他说。

奥古斯特走到他身边，抓住那块石头。"我来。让我来，我又不是缓刑犯。"

她站在那里，把那块石头举在肩膀上，双手保持平衡。那一刻，她觉得自己就像阿特拉斯①，肩负着世界的重担。她把石头扔

––––––––––––––––

① 阿特拉斯（Atlas）：希腊神话中受罚以双肩捎天的巨人。

248

向窗户，打破了铁丝网加固的窗玻璃，但没有打碎。她去取回那块石头。乔伊朝大楼那一侧看了看，点点头说街上没有人。然后奥古斯特意识到她不是阿特拉斯，而是西西弗斯①。打碎一扇窗户有什么用处？突袭议会办公室？在一间满是纸的办公室里找一堆纸？她这是想什么呢？

但是奥古斯特不是在思考，而是在感觉。她觉得自己足够聪明，足够强壮，没有必要用那块石头砸窗户。她转过身来，把石头甩在身后。"外公喜欢这个图书馆。"她说。

乔伊大笑起来："哈！哈！哈！哈！"

"回旺德好吗？"奥古斯特问。

"让我来扔吧。"他捡起那块石头。

她从他手里抢过石头，就像很久以前从吉达手里抢过来一样。"不能干这傻事儿，乔伊！明天先和你妈妈聊聊，让她找姨妈谈。不能砸图书馆。"

"只是一扇窗户。"

"是的，我知道，但是外公喜欢这个地方。不管他现在在哪里，他都在对我们摇头。"

他安静下来，好像外公来了，告诉他不要再扰乱治安。

"回旺德。"奥古斯特建议。

他耸了耸肩："然后呢？"

"阻止他们开矿。"这话从她嘴里脱口而出，仿佛是她第一次坚定不移地说出自己心里的想法。

"好。走吧。"

他们向马自达走去。

---

① 西西弗斯（Sísyphos）：希腊神话中以弗拉（现在称为科林斯）的国王。他因为长期欺骗别人而受到惩罚，他被强迫把一块巨大的石头推到山上，看着它滚下来，永远重复这个动作。

"你是不是觉得我们长大了，不能再犯罪了？"奥古斯特问。

"不，我只是认为现在必须每战必胜。"他拍着手，张大嘴巴，为自己这番话的意境感到自豪。

奥古斯特转了个弯儿，把车停在车道外。他们从高处俯视田野，看到大部分火已被扑灭，但有些地方还在闷燃。一辆警车里塞着几个抗议者。

"我们可以待在旺德。"奥古斯特把车转向那所房子。

"是呀，没事了。"乔伊笑着说，"只是草地被迎面火①烧了一下。"

他们从顶楼的房间里拿了几床棉被和枕头，穿着白天穿的衣服，在露台上露宿，看着现在已经被控制住的大火。

"城里不知道怎么样了？"乔伊用胳膊肘支撑着身体，脸闪着微光。

奥古斯特也用胳膊肘支撑着，向外张望："你妈妈有没有告诉你，我和她今天到哪儿去了？"

"没有。外婆说你们去还车。你不走了？"

"是啊，"她说，看着南庄，那里一片漆黑，"还有……"

他们面对面，头靠在枕头上，但奥古斯特看不清乔伊的脸，只能听到他朝着她的方向缓慢而深沉地呼吸。

"博物馆里有冈迪温蒂家族的手工艺品。我们去看了。"

"是吗？"乔伊已经睡意蒙眬，含糊不清地说，"哈？"

他不再说话。

奥古斯特闭上眼睛，梦见被雨水湿透的英格兰。寂静无声的晨曦下，石头铺就的街道中心建起了一个市场。孩子们蹦蹦跳跳。想

---

① 迎面火（back-burn）：控制燃烧或规定燃烧，也被称为减少危害燃烧（HRB），逆火，是一种技术，有时用于森林管理、农业、草原恢复或温室气体减排。

象中的童年，每一段成熟的记忆都像一部色彩斑斓的电影在脑海中闪过。鲜美的蔬菜，香甜的水果。

"看我，看我，看我这儿。明白了吗？好的，一，二，三……小猫坐在垫子上，准备好了吗？"

奥古斯特转过头，看见一个新闻记者站在摄影师面前，站在乔伊的马自达旁边。太阳在烟雾弥漫的灰绿色天空上画出一个阴暗的圆圈。

"我现在在遭受旱灾的大屠杀平原乡村社区。整个晚上，这个曾经的农场发生了暴力事件。当地警察被迫平息由环境保护主义者煽动的暴乱。整个晚上，多名抗议者被逮捕。但是，正如你所看到的，大约有四十名抗议者仍然留在这里，这种行为被称为'占领'。谈判即将开始。莱茵帕尔姆矿业公司已获得联邦政府的批准，将在未来几天开工建设一座长两公里、深三百米的锡矿。这对当地经济发展十分有利。阿曼达·麦克默里在大屠杀平原报道。"

奥古斯特看到那女人突然耷拉下肩膀，摄影师放下摄像机。她连忙从露台上跳起来，从后面抓住乔伊的帽衫，把他拽回到屋子里。

她推开门，从里面反锁。把从来不用的薄纱窗帘拉上，把厨房水槽上面的百叶窗拉上。

"新闻记者来了。还有摄像机、相机。"

乔伊站起来，看上去很兴奋，用手指理了一下头发。"真的吗？"

"走，从楼上看。"她说着，奔向阁楼的窗户。

透过路德教堂彩色玻璃上的玫瑰花，他们看到几辆散乱的车辆，一辆警车。那一刻，一切似乎都很平静。奥古斯特向南庄望去，但看不见埃迪。

突然之间，座机响了起来。乔伊跟在奥古斯特身后，走下楼梯。奥古斯特拿起电话，没有说话。

"喂?"外婆问。

"外婆?"

"你在家?"她说,十分惊讶。

"你打电话有事吗,外婆?"

"我想看看我的房子是不是还在那儿。"

"一切都好,没有火了。乔伊和我在这儿。不过你别来,这里还有点乱。"

"你们俩都好吗?"

"很好。"

"爱德华在上面没事吧?"

"大家都很好,我保证。好好休息,我一会儿就去看你,是在玛丽姑奶奶家吧?"

"好的,亲爱的,收拾好了就赶快到这儿来。"

米茜姨妈接过电话。"奥古斯特吗?"她说,听起来好像她拿着电话到了另一个房间,"发生什么事情了?"她低声说。

"外面有新闻记者,有一辆警车。一些抗议的人还在那里。情况就是这样。"

"好呀,我要去,我也要抗议。"

奥古斯特拿着话筒,朝乔伊点了点头。"你妈妈要来抗议!"她笑着说。

乔伊点点头,跳起来,朝空中打了几拳。

"我们需要去抗议吗?"奥古斯特问米茜姨妈。

米茜姨妈低声说:"是的。我现在就去。嘘。"她挂断电话。

"我们现在怎么办?"她问乔伊。

"让我们上前线战斗吧!"

"别忘了你还在缓刑期间呢,你讨厌嬉皮士?"

"哼!在我看来他们只会敲鼓,叫喊,传染疾病。"

"我们该拿尼基姨妈怎么办？"她问乔伊，这时已经兴奋得浑身发抖了。

"等事情过后找她谈谈。"

奥古斯特把速溶咖啡倒进两个杯子里，打开百叶窗，眺望辽阔的田野。她想，长久以来，她仿佛一直生活在一个"待办事项"的盒子里，就像在一个永无止境的冬天里冬眠。她的生活充满了坎坎坷坷、绊索和地雷。她害怕，真是举步维艰。但是她想，在这里，有什么东西支撑着她，她有生以来第一次要为自己的家族做点什么。她觉得自己不会陷入镇子外面的危险之中。

乔伊在系鞋带。"他们还想拿走不属于他们的土地，他们已经抢走原本不属于他们的土地！到此为止了，这些混蛋。"

奥古斯特把咖啡杯递给他："别疯了。"

"哦，我简直要疯了。"

"不会伤害任何人吗？"

"从来没有，但我要去砸东西……"乔伊把咖啡倒到水池里，"他妈的，没时间了。"

电话又响了，奥古斯特拿起听筒。"喂？"

"你们这些土著黑鬼最好他妈的赶快滚出这个镇子！"

电话挂了。她不知道是谁打来的，不过听声音，打电话的人像个十几岁的女孩。

"谁？"

"骚扰电话。"她说，放下听筒时，那些侮辱的话还在耳边回响。没有什么能让她沮丧。也许这个女孩害怕这个她根本不了解的世界，也许从来没有人在电话里告诉她，这是一片伟大的土地，这里繁衍生息着有几万年历史的伟大的民族。

他们站在平台上，用帽衫遮住脸，全然不管那个记者不停地叫喊："对不起，对不起！"

奥古斯特抬头看了看肯加尔，嬉皮士营地帐篷之类的东西似乎都已经打包好了。南庄的门窗已经被封上。田地没有完全烧毁，还有数百英亩的庄稼有待收割。还是孩子的时候，她常常想象卡车把谷物从粮仓里运走后，小麦会经历什么样的变化呢？世界各地的面包房都会把小麦磨成面粉，加入酵母、盐、油、糖，再用火烘烤。在她眼里，世界各地的面包都是这里种植的小麦变成的。

"你想去吗？"乔伊问。

"要等你妈妈吗？"

"她会找到我们的。"乔伊说，眼睛闪闪发光，紧紧地抿着嘴，转向地平线，凝视着远方。

他拉着她的手，走下台阶，踩过土豆地，穿过旺德农场那片还在闷燃的黑色田野，向抗议者走去。抗议者用铁链锁住拖拉机，拖拉机上绑着清理土地时用的树干。

他们向前走的时候，奥古斯特觉得悲伤的日子就要结束了。她对吉达和外公小声说：我来了。

钻井台附近停着三辆拖拉机。朝拖拉机走去的时候，奥古斯特一直寻找曼迪。两辆拖拉机之间挂着一条横幅，上面写着"反对"两个大字。曼迪腰间缠着铁链，把自己绑在钻井台的栅栏上。她的头发还扎成长长的辫子，双手举着一个白色塑料桶，仰着脖子，大张着嘴，从桶里喝水。奥古斯特觉得她看起来那么勇敢，或者说什么都不在乎。曼迪扭动身体的样子让她想起小时候那些天不怕地不怕的小朋友。曼迪看到乔伊和奥古斯特，伸出胳膊把水桶递过去，就像米茜姨妈在博物馆时那样。

"水资源保护者！"他们走近时曼迪叫道。

乔伊大声叫喊着纠正她："不，我们是这片土地的守护者。"他自信满满地转向另外五个把自己绑在栅栏上的小伙子，"我们要阻止来这儿采矿的该死的家伙！"

听到乔伊的宣言，那几个人都欢呼起来。乔伊回过头瞥了一眼奥古斯特，她点点头，微笑着，伸出手从另一个抗议者那里接过铁链。

那个抗议者说："欢迎。"

"欢迎。"她对他说。

他们齐声欢呼，喝水休息。几个小时之后，埃迪来了。他气咻咻地走过被火烧成焦土的田野，困惑不解地喊道："喂！"

"你好！"他们异口同声地说。

"你们他妈的这是干什么？"

乔伊冲着他尖叫，也许他一直就喜欢这样大吵大闹："走开，福斯塔夫。这是我们的土地。"

"现在是他妈的莱茵帕尔姆的了，你们这些白痴。"

乔伊打断他："我们就是公司和政府。这是我们的部长，事实上是第二位女总理！"他指着奥古斯特说，"我是总统，我们共同管理这个国家，"他指着周围那几个有点难为情的人，"这几位是我们的参议院议员和董事会成员。"

米茜姨妈正穿过那片烧焦的田地向他们走来。"你们的地区议员来了。投票好了，儿子。"乔伊指着米茜姨妈，她穿着一件 T 恤衫，正面写着"条约"两个字。她笑了，笑得有点"野"。

"加入我们的队伍吗，埃迪？"

他俯过身，轻轻拥抱了一下米茜："我不会的，米茜。"

"你可以纠正所有的错误！"她说，好像这不是一件难事，她伸出手去拿一条铁链，"这玩意儿不太适合我！"姨妈一边笑一边绷紧有点紧张的身子。铁链哗啦啦地响着，她把自己绑在栅栏上。

从那两辆警车的扩音器里传出叫喊声："你们在政府的地盘上，是时候离开了，伙计们。如果现在离开，还不会被起诉。"

一名抗议者帮助米茜姨妈用挂锁把自己锁在栅栏上，还在她下巴上系上一块大手帕。"防止他们喷胡椒水。"那人说。

曼迪拿起扩音器，对准警察："我们会在莱茵帕尔姆离开的时候离开。"话筒上挂着一个盒子，她的声音可以自动调节。

"我不想被捕，伙计们。"埃迪挥了挥手，似乎不想再对一群不懂事的孩子讲道理，"我觉得待在这儿不是个好主意。绵羊都吓得屁滚尿流了！他们正在调兵，新闻上都说了。我得离开这儿！"埃迪转过身，摇了摇头，气冲冲地向南庄跑去。大伙儿什么也没说。

一个女警察从他身边走过，手里拿着什么东西。"运动相机，"曼迪说，"把脸盖上。"

"干什么用的？"奥古斯特把脸藏在连帽衫下面问道。

"他们只是想把我们的脸拍下来，让我们认为他们已经控制了事态，掌握了数据——国家控制，你知道吗？"

"你们为什么要放火？"

"引起关注、混乱。"

"你们这些家伙会把我外婆活活烧死的！"奥古斯特很严肃地说。

"我们头天晚上就来了，筑了一道防火墙，以防万一。就像变了个魔术。"

奥古斯特看不清她的脸，但听起来她很真诚。奥古斯特相信她。她看到三辆警车在旺德附近停了下来。

"警察比我们还多。"奥古斯特说。

曼迪朝大坝点了点头，"我们的人很快就会过来。"但是大坝旁边的田地里空无一人。女警察沿着那排绑在栅栏上的人往前走。走了大约一百米，开始拍摄那些将自己绑在拖拉机上的人。

抗议者虽然捂着嘴，但一遍又一遍高喊："反对，反对，反对！"乔伊加入。曼迪转向奥古斯特，她的脸仍然藏在帽兜后面。"遮住脸，他们就没办法。一旦知道你的身份，就可以对你做任何事。"

"你说的做任何事是什么意思？"

"别人监视你的时候，你不能轻举妄动。如果离开栅栏，遮住脸，不让人看到你是谁，他们就拿你没办法，就无法了解你的想法，以及真正惹你生气的原因。"

面对警察的时候，奥古斯特看着她。"不管怎么说，我是个无名小卒。"她说。

曼迪转过脸，看着奥古斯特："你不是无名小卒。可是，现在我们不能做所谓大人物做的事情。我们只能尽自己的一份力量，做好无名小卒能做的事。"

奥古斯特想了一会儿，说："我还是不明白。"

曼迪补充说："当某件事情重要得足以被每个人关注的时候，问题就好办了。"

"可我们的问题从来都不是别人的问题，从来都没有被人关注，看起来就是这样。"

曼迪拉下盖在嘴上的大手帕，继续说："你说得没错儿。这样说吧——人们出国旅游时，要做的第一件事就是学会一些单词，学习当地的语言——请、谢谢、你好、再见，甚至超市在哪里。人们之所以这样做，是因为生活可以因此而更方便，但也是出于对当地人的尊重，你不觉得吗？"

奥古斯特点了点头。

"我们都是这里的移民，甚至是'第一舰队'的后代，我们忘了我们是在别人的国家。而且我们经常没有远见，没有尊重，没有精力去学习当地人的语言！更没有学会尊重这块土地上的文化。"

"因为它不会使生活更轻松吗？"奥古斯特问。

"因为我们不得不首先弄明白，这是个人的事——通过照看这块土地明白了这一点。所有的人都将继续面对这样一个事实：我们没有真正的、集体的身份，除非费尽洪荒之力回顾、接受过去，并且拯救我们生活的这块土地……这是我的想法。"曼迪又用布把嘴挡上。

对奥古斯特来说，这的确是个人的事。放眼望去，她看见玛丽姑奶奶和外婆正向这边走来。"我外婆。"她说。

乔伊喊道："外婆，跟我们一起战斗！"

埃尔西走过来，两手叉腰，满脸严厉。"你们这些人在这儿干什么？"她问。

"外婆——我们必须做点什么。你不觉得吗？"乔伊说。

埃尔西摇了摇头："有点晚了，亲爱的。"

"你们打算在外面待多久？"玛丽姑奶奶环顾四周，问道。"米茜！"看到绑在栅栏上的米茜，她生气地大声叫喊，"你也干这种事儿，太老了！"

"我还没那么老！"米茜喊道。

乔伊说："照你说，我们什么也不能做！"

埃尔西双臂交叉抱在胸前。"我们只是被这个世界选择的猎物，我不知道有什么办法。但如果没有抗议，我们就没有权利，没有公民权利，没有投票权，没有体面的工作。"埃尔西和玛丽互相点头表示同意——她们太了解这一切了。埃尔西咬着嘴唇，平静地敲着手指，打量着面前这帮"乌合之众"。过了一会儿又说："好吧，如果你不走，我来切些橘子，到中午就三十九摄氏度了。"

埃尔西转身离开时，奥古斯特伸出手："我们要拯救你的家园，外婆。"

埃尔西俯下身，脸贴在奥古斯特耳边，轻声说："家园就是艾伯特。我看到他穿过田野向我走来，看到他在看着我。如果我待在这里，就没人看见我了，奥古斯特。"

奥古斯明白了外婆的意思。她已然失去了一个见证人，那个正看着她的人。她已经长得比姐姐大了。但她也在那一刻找到了安慰，在这片土地上，让它变成属于她个人的东西。

"我们必须试一试，外婆。"她对外婆温柔地说。

埃尔西直起腰。"是的，你说得对，你必须试试。我会在家里等你，但如果你们被抓了，我可不能保释你们了！"她咯咯地笑着说，"乔伊，过来拿橘子。"然后不慌不忙地向旺德走去。乔伊解开身上的锁链，跟在外婆后面一路小跑。几分钟后，他拿着一袋已经切好的水果跑了回来。

埃尔西说得没错儿。炙热的太阳照耀着大地，好像又要在这里点燃一场大火。几辆新来的挖掘机一路颠簸，开进旺德。随后，两辆军绿色悍马①驶入大门。奥古斯特用手指抚摸着大腿边天鹅绒般光滑的麦秆堆。

"坚持！"曼迪喊道。

"妈妈，你快回旺德去吧！"乔伊朝栅栏那边喊道，"我不想让你受伤。求你了，妈妈！"

奥古斯特看着米茜姨妈，一个抗议者正在帮她解开锁链。"我的心和你们在一起！"米茜姨妈说，匆匆跑过烧焦的田地，绕过菜园，爬上旺德的楼梯。

"坚持？"奥古斯特紧张地问。

"我们要坚强，绝不能让他们打垮。"曼迪说。

警察先用高压水龙头冲他们。冰冷的水柱射在身上，并没有使他们觉得凉爽，而是撕扯着衣服，咬啮着裸露的皮肤，非常难受。几个小时过去了，他们依旧坚持着，岿然不动。一群人穿过水坝旁边的田野向他们靠近。是一群从山谷来的"暴民"。他们在抗议者的帮助下集结起来。卡罗尔·吉布森阿姨把自己锁在栅栏上，脖子上挂一把自行车锁。他们互相招呼了一下，继续抗议。

---

① 悍马（Humvee）：是一种由美国汽车综合公司（AM General）生产的四轮驱动军用汽车。

贝蒂姑奶奶从她坚守的地方向奥古斯特喊道："这是我们的圣地，姑娘！"

曼迪转向奥古斯特，"暴动是被忽视者的声音。"她拿出一个小摄像机，拍下了聚集在他们前面的警察。军官们戴着手套和套袖，穿着靴子，大腿边挂着警棍，脸用有机玻璃罩着。

一名抗议者从她们身边跑过，将耳塞和护目镜扔到她们的膝盖上。

"不要反击，"曼迪说，"他们不能因为我们静坐抗议就逮捕我们。"

"好吧。"她说。

几个小时后，拖拉机上的抗议者向高压水枪投掷拳头大小的石块。时间一分一秒地过去，太阳开始落山，警察向抗议者喷射催泪瓦斯，他们的眼睛、鼻子和喉咙被毒气刺得生疼。

大伙一边相互泼洒瓶装水减轻一点痛苦，一边继续大声叫喊："反抗！反抗！"直到警察倾尽全力最后一搏，他们的声音才被慢慢压倒。警察向这些已经失去行动能力的和平抗议者冲过去。一些人被带走，另一些人还绑在围栏上。

奥古斯特一直觉得自己是想要摧毁的"过去"的残存物，她想要刮掉脸庞，破开身体，撕碎皮肤。此刻靠在栅栏上，被水龙带冲刷着，被铁链紧锁着，那两种感觉很像。她像那些在她之前来到这里的冈迪温蒂人一样披枷戴锁，但眼下这是她自己的选择。她只是觉得一切的一切都近在咫尺，触手可及。"过去"啃咬着他们的脚踝。暮色中，他们一起叫喊"抵抗！"的时候，"过去"的声音融入他们的声音。此刻，她觉得自己是完整的，在为某种东西奋斗，在田野里叫喊，而不是在心里咀嚼过去、品尝过去，然后逃跑。

莫伦比河上的天空从蓝色变成白黄色，从橙粉色变成了清晰的紫色。就在夜幕降临之前，一辆莱茵帕尔姆公司的推土机冲了过来，碾碎了沿路的树木，把被泥土卡住的树根连根拔起，抛向空中。那一刻，奥古斯特听到玛丽姑奶奶的叫喊声音突然中断。她的船突然从锚链上松开，她哭喊着穿过田野。尼基姨妈站在她旁边，手里拿着录音机和一摞纸。

四十

费迪南德·格林利夫牧师，路德教传教士

1838 年 2 月 28 日—1916 年 1 月 1 日

昨天早上，大屠杀平原镇很多人表达了哀伤。已故牧师格林利夫于 1838 年出生在萨克森，是地主诺曼·格林利夫的独子，已被安葬。他是一位虔诚的绅士，是内陆一位著名的斗士。他是在本报最近刊登了他写给英国人种学协会一封充满激情的信之后去世的。这封信引起了争议。

这封信是通过著名摄影师保罗·都柏兹克先生偷偷带出来的。他的言论激起读者最深切的同情，也激怒了反德联盟。据报道，格林利夫先生在被转移到霍尔斯沃西拘留营之前被拘留在托伦斯岛，他属于自然死亡。然而，《澳大利亚阿格斯日报》的编辑们却认为他可能是死于极度悲伤，因为他坚定地致力于为他的朋友——土著人伸张正义。我们将把他作为一个英国臣民和我们这个动荡时代的预言家而铭记。死者没有直系亲属。

《澳大利亚阿格斯日报》

1916 年 1 月 2 日

四十一

　　起初，外婆在城里人的压力下退让了。她说："也许为了其他人的福祉，我们应该放弃一点自己的利益。"奥古斯特对她说，一位名叫蒙田①的作家也说过同样的话。但他让一颗种子发一种植物的芽的观点是错误的——他没有把人当成种子。

　　但他们仍然坚持到最后，甚至更持久。

　　直到尼基姨妈把真相告诉了玛丽姑奶奶，并证实了外婆最担心的事——吉达不在了，再也不会回来了。

　　直到一辆挖掘机把最后一棵胡椒树砍倒，白色的东西从泥土和树根上滚落下来，像石英石，像骨头。黄色的骨头瀑布。

　　这就是他们所看到的，解开缠在腰间的锁链，在哭喊声中奔跑。从地里挖出几百块骨头。一辆挖掘机满嘴的骨头，瀑布般流下。

　　几乎就在那之后，历史学家宣布该墓地具有重要的文化意义——他们说，该墓地遗址中有多达一百具前原住民传教站居民的遗骨。这一点从未在旺德地区开发计划中被注意到。这座墓地是在

―――――――――

① 蒙田（Montaigne，1533—1592）：法国文艺复兴时期最有影响力的哲学家之一，因使散文作为一种文学流派而闻名。蒙田对世界各地的作家都有直接的影响，包括笛卡儿、布莱斯·帕斯卡、让－雅克·卢梭、阿尔伯特·赫希曼、威廉·黑兹利特、拉尔夫·沃尔多·爱默生、弗里德里希·尼采、斯特凡·茨威格、埃里克·霍弗、艾萨克·阿西莫夫。对威廉·莎士比亚的后期作品也产生了影响。

旺德更为多产的区域被发现的，而围场里的遗骸在福斯塔夫错误地开垦和耕种的土地下面。

尼基姨妈把录音机拿到旺德，还把艾伯特的"原住民土地权申请书"交给大家。她拥抱着奥古斯特，发誓她只是想保护家人不受伤害。"你必须接受这里提到的一切，奥古斯特。"她说。尼基姨妈哭了，奥古斯特想也许她说的都是真话。后来，尼基姨妈搬到城里。奥古斯特读了外公的书之后，她觉得也许尼基姨妈还是个小女孩的时候，也有人伤害过她。或者她是在保护玛丽姑奶奶。没有人真的知道那些往事，至少现在还没有。

艾伯特录的磁带是他自己朗诵的——他的私人"布道"。他背诵了一串单词，念出来，再告诉大家如何发音。这对整个镇子来说都很特别。他的声音，他说着古老语言的录音，被妥善保存。数字化。永久保存。

那气味、味道和烦恼离奥古斯特而去。她又聆听了一遍，不再有 ngarran（饥渴之感）。英语改变了他们的语言，改变了他们思想的形成，奥古斯特想——她一直以来都游离于自身内外。这种语言正是她所寻找的那首诗，传达着英语无法表达的东西。她无意中发现了"粉红色地图"①，然后就到了。外公过去常说，语言文字至关重要。它们就像漂浮的冰山，在融化，冰山下面是深不可测、难以言传的海洋。

埃迪离开了小镇。奥古斯特后来收到他的一封电子邮件。他在市里上了大学，女朋友怀了孩子。他就说了这么多。他们俩都心照不宣，知道这一切意味着什么，知道他们之所以保持距离的真实原

① 粉红色地图（Pink Map）：也被称为玫瑰色地图，是 1885 年编制的一份文件，代表葡萄牙在"争夺非洲"时期对连接其殖民地安哥拉和莫桑比克的一条陆地走廊的主权主张。英国政府极力阻止这一主张的成功，1890 年英国的最后通牒终结了葡萄牙的希望，严重损害了葡萄牙君主制的声望，并鼓励了共和主义。作者在这里是对这一概念的引申。

因是什么。他在邮件末尾写道：我们马上回去。

抗议活动结束六个月后，连续下了四十昼夜的雨，蝗虫消失了。有些人说这是一个奇迹，另一些人说是全球变暖的原因。奥古斯特想，倘若外公活着，就会让她把这事写在练习本上。农民们在夏雨中种植玉米。不管是不是奇迹，在大部分雨水被用来灌溉庄稼之前，莫伦比河的河水也上涨了一段时间。乔伊在水里看到一只鸭嘴兽，袋鼠回到岸边喝水，更多的鸟飞了回来。

大约在同一时间，科学家们还在争论不休。他们和博物馆的人类学家估计，冈迪温蒂人的碾磨技术大约有一万八千年的历史。这一点改写了世界农业的历史。他们说，冈迪温蒂人还建造了大型水坝，然后用 gulumans（盘子）把鱼和小龙虾从很远的地方运送到新挖的水坑养殖起来。还说他们驯养了动物。他们说，如果打钩选择的话，冈蒂温迪人应该归为一种文明。经过这么多年的耕作，文明的证据很难在大地表面找到。但古老的文明被嵌入艾伯特的字典里。牧师记录的单词、艾伯特写下的单词以及其他老年人还记得的单词，组合在一起将被视为一种复活的语言——从灭绝中复活的语言。

证据和大雨意味着莱茵帕尔姆钻井被推迟，没有人再来继续挖掘。旺德的土地归于沉寂，就像死人身上盖着的毯子。人们说，决定旺德命运的裁决可能会在法庭上持续数月甚至数年以上。自然资源保护主义者对莱茵帕尔姆的诉讼、冈迪温蒂人对莱茵帕尔姆的诉讼正在进行。其他人在厌倦中等待。莱茵帕尔姆证明，根据宪法第116条，他们已经从市议会获得"同意摧毁"的权利，但大多数股东后来还是退了出去。昨天，该案件终于由高等法院审理。大家等待电视播放消息时，埃尔西正在米茜姨妈的花园里摘山药雏菊当晚餐。她抬头看见站在后门的奥古斯特，挥了挥手中的黄花儿，对她挤了挤眼睛。

奥古斯特还在大屠杀平原，在山谷，和外婆、米茜姨妈、玛丽姑奶奶在一起。所有的家庭成员——冈迪温蒂家族所有的人，所有女人都在一起。乔伊也在。

当初，她背井离乡是为了寻找什么东西。她的手指曾经在外国河边的芦苇丛中摸索，在书海中的书脊上摸索，在欧洲教堂的圣水里浸泡。她意识到她回到这里是为了寻找吉达，而最终留在这里是为了寻找那些她能理解的话语——那些能解释一切的话语。

艾伯特没有把他知道的一切都告诉他们。他需要他的家人、他的小镇去发现他们自己想要发现的东西。他在字典里描绘他如何注意到土壤，然后注意到别的东西，就像滚雪球一样，越滚越大。一旦"睁开眼睛"，想知道的事情便都呈现在面前——一旦他被发现。

还是个孩子的时候，奥古斯特心里就没有一天踏实过。所以，她现在需要掌控身边的事情。吃的东西、说的话概莫能外。她尽量把自己和自己的生活掌握在可控的范围之内。就像一首诗，浓缩了的悠长而不可知的历史紧随其后。但她不想再继续这样，生活毕竟不再是一首诗。她知道那是一个长长的、长长的故事。她的人民一路走到河岸，再往前走。毕竟，这条河和这条河上发生的事情是"时间旅行者"。他们的故事在时间上没有界限。她和乔伊明白，外孙、外孙女继承了祖先以前所做的一切。他们肩负着历史使命，尽管以前对此全然不知。这些年，她曾经随波逐流，但同时又被什么东西束缚着、裹挟着。现在，她重新发现了家人，也发现了真正的自我，因为他们是以真正的面目出现在她面前。

奥古斯特又听了一遍吉达和她写给戴安娜王妃的信。那时候，姐妹俩很好玩——听起来都是非常可爱的女孩，咯咯地笑着，两个人抢着录音机，轮流说话，告诉王妃她们将来也会成为公主。听说她死于车祸时，她们都写了悲伤的信。在信中说："我们今天很难过。"过了那么久，奥古斯特又听到吉达说过的话。没有人在水里找到吉达。但她并没有像人们一直担心的那样永远离开这个世界。

奥古斯特在妈妈被释放前的几个晚上都睡不着。米茜开车送埃尔西和奥古斯特去女子监狱接她们的妹妹、女儿和母亲。回家的路上，奥古斯特和乔琳坐在后座上，奥古斯特有生以来第一次把头靠在妈妈的腿上。她梦见吉达和她待在一个放了许多毛巾和床单的洞穴里。

敲敲门。

密码是什么？奥古斯特和吉达问。

Burral-gang（澳洲鹤）吗？

Gaygar（小鸭子）吗？

还是 wahn（乌鸦）？

她们咯咯地笑着，妈妈也在笑。她拉开盖在玩具小屋上的床单。

奥古斯特觉得妈妈用手指摸了摸她耷拉在脸上的头发，便抬起头来。她去过那里，她有密码。站在那儿，她的眼睛灵动，看到什么东西被掩埋了。她们一起向吉达告别，一起告别。

奥古斯特和乔伊为当地的孩子们打印了外公的字典。其中包括一些他们记得的故事，奥古斯特的妈妈和姨妈们也记得的故事，还有外公没来得及讲的故事。

他们在前言中写道：

也许你正在寻找一尊雕像，或是莫伦比河岸旁的长凳，以纪念那些曾住在这条河边的人们。最好河水倒流，轻轻推走死去的东西。最好举行葬礼的人常在这里相聚。最好这些词句，还有我们——在这里，说这样的话。

四十二

Bundadhaany 的意思是：艺术家。创造一种东西是多么美妙的事情啊。我在一本书里看到一幅画："德鲁加街"，是一个名叫贝尔纳多·贝洛托[①]的 bundadhaany 画的。他是个意大利人，画了波兰的华沙——总共有二十六幅，其绘画风格被称为"维杜特"[②]。他画的这些画，详细描绘了那里的人和城市生活。白人入侵澳大利亚的前几年，他去世了。大约两百年后，纳粹轰炸华沙，杀害了成千上万的人，可怕的毁灭。在那个黑暗的年代，几乎整个华沙都被烧毁了。活下来的人考虑把城市搬到别的地方，重建一个新华沙。他们有关于这座城市的画——由贝尔纳多·贝洛托画的精美细节。于是，他们按照二百年前这座城市被炸成碎片之前艺术家画的画重建了这座城市。我想让年轻人，让下一代的孩子们读这本书，让他们看看河床，看看桉树树梢，看看这些鸟，认识它们，叫得出名字。认出那座似乎再也没人能见到的城市。我就不再是隐形人了，我们

---

① 贝尔纳多·贝洛托（Bernardo Bellotto，1721—1780）：又名卡纳莱托，意大利城市景观画家、蚀刻版画大师，以其对欧洲城市（德累斯顿、维也纳、都灵和华沙）的创作而闻名。他是卡纳莱托的学生和侄子，有时使用后者的大名，签名为贝尔纳多·卡纳莱托。

② 维杜特（veduta）：意大利语，意为"视图"，通常是大规模的绘画，城市风景或其他一些远景。

都不是。

Giyal-dhuray 的意思是：惭愧，羞耻。我受够了这个词带来的屈辱。我想省略它，但却不能。它已经成为我们认为应该随身携带的字典的一部分。可我们不能再 giyal-dhuray 下去！看到了吧，痛苦就像"歌之路"贯穿了我们的族谱。我们把痛苦唱得真真切切。老人，年轻人，都准备好了，要治愈我们心灵的创伤。我们不再 giyal-dhuray，我们不能再把这种东西传递下去。

Bunhaan 的意思是：灰。我要把自己撒到旺德所有的地方，我要让自己的身体飘向树叶，我要在麦田里休息，那是重新开挖前最后的收成。

Ngurambang 的意思是：澳大利亚。不管怎么说，那是我的家园。它的疆域几乎和英格兰一样大，从北部的山脉到南部的 Ngurambang（恩古拉姆邦）边界。河水曾经从南部的河流流过莫伦比，注入小溪、潟湖和湖泊，养育着它身后的一切。Ngurambang 是我的家园。在我的脑海里，它永远是在水边。冈迪温蒂人曾经生活在、依然生活在那五百英亩的土地上。澳大利亚——Ngurambang！你现在能听到吗？说出来——Ngu-ram-bang！

艾伯特·冈迪温蒂字典

yuyung—backwards—向后，倒转

yuwin—name，a word or sound—名字，一个词或声音

yuwarrbin—blossom of yellow box tree—黄杨树花

yuwarr—aroma，perfume，odour，smell—芳香，香水，气味，嗅觉

yuwambanha—frighten away evil spirits by a hissing noise—发出咝咝声吓跑
恶魔

yurung，walung，yubaa，galing—rain—下雨

yurrumbanhayalinya—care，take care of another's child—照顾，照看别人
的孩子

yurrumbamarra—bring up，rear—养育，抚养

yurrubang—big and very tall—巨大并且非常高

yuri—needlebush plant—针叶木植物

yurbay—seed—种子

yuran，barra-ma-li-nya—convalescent—康复

yurali—blossom of eucalyptus—桉树花

yungir—crier—哭泣者

yunggaay—mallee fowl—眼斑冢雉

yumbanidyilinya—cry，to be sorry for making one cry—哭泣，因为弄哭别

人而心存歉意

yumarradinya—cry while walking along—边走边哭

yulung, yuwumbawu—thistle, milk thistle—蓟，奶蓟

yulun—blackwattle tree—黑荆树

yulubirrngiin—rainbow—彩虹

yulu—claws of animals or birds—动物或鸟的爪子

yuliyiin, nanay—lean, thin—瘦，细

yugaway—sleeping place—睡觉的地方

yugaawirra—recline, like a dog—像狗一样向后躺

yirra—lengthen or become longer—加长或变长

yirin—fish, scales—鱼鳞

yirimbang—holy—神圣的

yirigarra—beam or glitter—照耀或闪烁

yirbamanha—leave, to go bush—离开，到丛林里

yirbamagi—to go to—去往

yirayin, yirin—light—光

yiraydhuray, yirigaa—star, the morning star—星，晨星

yiray—sun—太阳

yirawulin—sunset—日落

yirawari—cloud, thunder cloud—云，雷雨云

yiran—long or far—长或远

yiramurrun—boy, a tallish boy—男孩，一个个子高的男孩

yiramugu—blunt, not sharp—钝，不锋利

yiramiilan—sunrise—日出

yirambin—kangaroo teeth—袋鼠牙齿

yiramarang—youth (before having tooth knocked out) —青少年（在牙齿还没有被敲掉之前）

yiramal—river bank—河岸

yiradhu—day—一天，白天

yingulbaa—crayfish holes—小龙虾洞

yingilbang—ill，very ill—生病，病得很厉害

yingil giin—consumption—消耗

yingil—sick，ill—生病，患病

yingang—locust—蝗虫

yindyamangidyal—careful，respect，gentleness—小心的，尊重，温柔

yindaay—horse，stallion—马，种马

yinaagang，migay—girl—女孩

yiing—happiness or joy—高兴或快乐

yidharra—hurt，injure—疼痛，受伤

yibiryibir—brush—梳理

yibirmanha—paint，decorate—油漆，装饰

yibirmaldhaany—painter—油漆匠

yawarra-ndhu—be careful—小心

yawanhayalinya—care for as a mother a child—像母亲对孩子的那种照料

yawandyilinya—care，for one's self—照顾自己

yaryanbuwaliya—everywhere—到处

yarrudhang—dream—梦

yarrayanhanha—go about—着手做

yarrawulay—blossom of the yarra，river red gum—雅拉河赤桉树花

yarraman—horse—马

yarradunha—beat on the boomerang—用回力镖打拍子

yarngun—root of tree—树根

yarany—beard—胡须

yaradha—fish gills—鱼鳃

yara—large, great, high—大，巨大，高

yanygayanygarra—help—帮助

yanhanhadhu—goodbye—再见

yanhambilanha—walk—走

yanhamanha—chase, pursue—追赶，追求

yanhamambirra—let go—放开

yangarra—grind seeds, to rub on a stone—在一块石头上摩擦来研磨种子

yandhul, yaala—now, at the present—现在，当前

yandhayanbarra—eat for the sake of company—为了陪伴而吃东西

yandharra—eat together——起吃

yandangarang—false beard, a mask—假胡子，一个面罩

yambuwan—everything or anything—所有的或任何的

yama-ndhu gulbarra—do you understand?——你明白吗？

yalul, durrur—always—总是

yalmambirra—teach—讲授

yalara-nha—hiss like a snake—像蛇一样发出咝咝声

yalgu, yabung—drought—干旱

yaldurinya—confess—忏悔

yalbilinya—learn—学习

yalay—body part, the soft between ribs and hip—肋骨和臀部之间柔软的身
    体部位

yagay!—pain, an exclamation of pain—疼痛，因为疼痛而尖叫

yagar—edible lettuce-like plant—像生菜一样的可食植物

yadilinya—ready to go—准备就绪

yadhang—because, well—因为

yadhandha—berrigan or emu bush—叶角百灵或鸸鹋木

yaba—carpet snake or diamond python—地毯蛇或钻石蟒

yaanharra—spear, long fishing spear—矛，长鱼矛

yaambuldhaany, yaambulgali—liar, bullshit artist—说谎者，骗人专家

yaala!—go that way! that way!—去那边！那边！

wuyung, buragurabang, wiibagang—currawong—噪钟雀

wuyul—cork-screw spicule of grass—螺旋针叶草

wuurrawin—through—穿过

wuurranngilanha—encompass, surround—包围，环绕

wuurra—entrance, doorway, opening into—入口，门口，开口处

wuru, nan—neck—脖子

wurrumany—son—儿子

wurrugan—fastening or tie—系紧，系住

wurrawurramarra—pain, feel little pain—疼痛，感到些许疼痛

wurraangalang—fuzzy box tree—毛茸茸的黄杨树

wurraan—hair—毛发

wundayan—niece—外甥女，侄女

wunaagany, waringinali—cousin—堂（表）兄弟，堂（表）姐妹

wumbay—last, the last—最后，最后的

wumba—evening star—长庚星

wululu—duck, pink-eared—鸭子，粉耳鸭

wudhamugu—deaf, ears shut—聋的，听不见

wudha—ear—耳朵

wubunginya—enter, dive, go under the water—进入，跳水，潜入水下

wuba—hole, a burrow, rat, native—本地老鼠的洞穴，地洞

woomera—tool that throws the spear—用来抛掷长矛的工具

wiyay—back, part of the back—后背，背部

wirrimbildanha—leave a portion of food—留一部分食物

wirridirrrangdirrang—redback spider—赤背蜘蛛

wirrang, barrbay—brush-tailed rock wallaby—帚尾岩袋鼠

wirramarri—fish, large cod fish—鱼，大鳕鱼

wirralgan—oracle (magic stone) —神谕（魔石）

wirradyil—flat piece of bark on which the dough is spread—用来在其上摊开
面团的平整的树皮

wirimbirra, wurimbirra—care, preserve—照顾，保存

wirgany—air, in the air—空气，在空中

wirgaldhaany—carpenter—木匠

wiraydhu marramali—it is not possible—这是不可能的

wiragala—eastern ringneck parrot—东方环颈鹦鹉

wir—air, sky, the heavens—空气，天空，上天

winhanga-y-gunha-nha—remember—记得

winhanga-dili-nya—feel, know oneself—感觉，自我了解

winhanga-bili-nya—believe—相信

winhanga-bilang, winhang-galang—clever, intelligent—聪明，有智慧

winha-nga-rra—listen, hear, think—听，听见，思考

winha-nga-nha—know, think, remember—了解，思想，记得

wingarra—be sitting down—坐着

wingambang—yolk of an egg—蛋黄

wilima—middle—中间

wiinyugamin—bush fire—丛林大火

wiinybangayilinya—fire, make a fire for another—火，为别人生火

wiiny—fire, fuel, wood—火，燃料，木头

wiiliin—lips—嘴唇

wiilban—cave—洞穴

wiilba—branch, twig—树枝，细枝

wiilawiila—ornamental feathers for the head—用羽毛装点的头饰

276

wiila—crest of the cockatoo—凤头鹦鹉的羽冠

wiibadhuray—tea trees or hop bushes—茶树或车桑子

wigay—damper，bread，cake—硬面包，面包，糕饼

widyunngga？—how？—怎样？

widyunggiyan？—like what？like which？—像什么？像哪个？

widyungga—to arrive—到达

widyarra—drink—喝

widyali，girrigirri—alcohol，wine，strong drink—酒，葡萄酒，烈性饮料

widyalang—child，not yet walking—还不会走路的小孩子

widyagala—cockatoo，major Mitchell—米切氏凤头鹦鹉

widhin—gap or opening，absent—缝隙或缺口，缺席的

wi-nhumi-nya—wait，sit down again—等待，再次坐下

waylang—fruit，hard fruit—水果，核果

wayirawi—fancy idea，a dream—绝妙的主意，一个梦

wayimaa—cockatoo—凤头鹦鹉

wayawayanga-nha—encompassing—环绕的

wayamiilbuwawanha—look back—向后看

wayal—kangaroo skin—袋鼠皮

way！nyiila！ninggi！—look out！Beware！—注意！当心！

wawinha—fly，move the wings—飞，扇动翅膀

wattleddhandha—camp，temporary—临时的帐篷

warunarrung—grandson—孙子，外孙

warrul—honey—蜂蜜

warru—hornet or wasp—大黄蜂或黄蜂

warriyan—brush wallaby，red necked—红脖丛林小袋鼠

warri—blackthorn—黑刺李树

warralang，dhuwaa，wiinaa—eastern brown snake—东方褐蛇

warradagang, warrygandhuray—orange—柑橘，橙色

warraal—echo—回音

warraa-nha—scream or to shout—尖叫或大声喊叫

warr-bulang—game of handball—手球游戏

wargang—canoe, boat—独木舟，小船

wanya—shifting ground—交换场地

wanhanha—throw—扔

wanhangidyilinya—abandon oneself to despair—气馁

wanhamindyarra—care for no longer—不再关心

wanhamidyarra—be careless—粗心大意

wanhabanha—leave behind, forsake—抛下，抛弃

wanggaydyibangarra—make fire or heat—生火或加热

wanggaay—child, a little— 一个小孩

wangadyang—ants, food ants—蚂蚁，可食蚂蚁

wangaay—meat, provisions—肉类，供给

wangaa—lazy, idle—懒，无事可做

wanga-dhu-nha—I forget—我忘记了

wanga—cormorant, black—黑色鸬鹚

wanduwa—green wattle acacia—绿色金合欢树

wandaang, dyirr, birig, guwindarr—ghost or spirit—鬼或神灵

wanda-ba-dyuray—fighting—打斗，战斗

wanbang—star constellation not identified—没有被识别的星座

wambuwuny—kangaroo, grey—灰色袋鼠

wambuwanybang—duck, also the name of constellation—鸭子，也是星座
的名字

wambunbunmarra—covetous, greedy—贪婪的，贪心的

wambanybang—male of birds, drake—雄鸟，公鸭

wamal—weapon—武器

walwaay, waliwigang—young man—年轻人

walunginya, maranginya—good, to be good—好，好的

wali-wali—crooked, bent, askew—弯曲的，变形的，歪斜的

wali-nya—go alone—独自前往

walgun—ignorant, confused—无知的，困惑的

walgawalga—cormorant, black shag—鸬鹚，黑色鸬鹚

walgar—clavicle, collarbone—锁骨

walga—hawk, sparrow—鹰，麻雀

walar—smooth—光滑的

walang—hard, stone, money—坚硬的，石头，钱

walan—strong—强壮

wala-ma-nha-yali-nya—care until strong, raise a child—养育一个孩子直到其强壮

wagara—grey butcherbird—灰伯劳鸟

waga-dyi—dance—跳舞

wadhi—stick, used to strike with—用来击打的棍子

wadha-gung—rabbit, a wild——只野兔

waaya-ma-rra—coiling like a snake—像蛇一样盘绕

waawing—caverns where bunyip lie—怪兽栖身的洞穴

waawii—bunyip—怪兽

waangarra—cry like a crow—像乌鸦一样叫

waalurr—earthquake—地震

waalan-gun-ma-la—brave—勇敢

waagan-waagan—barbs of a spear (like waagan's beak) —长矛上的钩子 (像乌鸦的鸟喙一样)

waagan-galang—crows, many crows (raven) — 乌鸦, 很多乌鸦 (大乌鸦)

nurranurrabul, nurranurra—constantly, always—持续不断的，一直

nundhugadiyara—mimic—模仿

nunba—close—关闭

nunay—bad—坏的

nunarmun—uncle—叔叔，舅舅

nulabang—many—很多

nuganirra—beat regularly, the heart—心脏正常跳动

nirin—edge—边缘

niigigal—kiss—亲吻

niga—I do not know—我不知道

nidbul—flax, native for making string—亚麻，本地人用来编织的绳子

nhila—it, she, he—它，她，他

nguyaguya-mi-lang—beautiful—美丽

nguruwi, burrbiny, binbin—belly, abdomen—肚子，腹部

ngurumarra—close the eye, a sacred stone—闭上眼睛，一块神圣的石头

nguru, ngurruwi, wubaa—bag, other marsupial pouch—袋子，其他有袋
   类动物的育儿袋

nguru-murr, yurung, dhurany—clouds—云

ngurrunggarra—passionate—激情

ngurru-wi-ga-rra—see, new or strange things, to wonder—看到，新鲜或
   奇怪的事物，感到好奇

ngurru-warra—claim as one's own—宣称属于自己

ngurru-mirgang—blue, as the sky—像天一样蓝

ngurrawang—nest of birds or possum—鸟或负鼠的巢

nguram-bula—bower bird, the spotted bower bird—园丁鸟，斑点园丁鸟

nguram-birang, ngunhagan—friend—朋友

nguny—gift—礼物

ngunmal—fence, a fence—栅栏，一个栅栏

ngunhadar-guwur—underneath the earth—地面之下

ngunha—elbow—肘部

ngumbur-ba-rra—howl, like the wind—像风一样怒号

ngumbaay-marrang—some——一些

ngumbaay-guwal—another—另一个

ngumba-rrang—bug—昆虫

ngumba-dal—union, unity—联合，统一

ngumba-ay—one, alone——一个人，独自

ngulung-gayirr—ceremonial crown, brow band—头冠，额带

ngulung—face, forehead—脸，额头

ngulumunggu—outside of a thing——一个东西的外部

ngulangganha—call out, cooee—呼唤，打招呼

ngulagambilanha—home, to be returning home—家，回家

ngubaan—husband and wife—丈夫和妻子

ngu-nha—give—给予

ngu-ng-ga-nha—bring to give—拿来给予

ngu-mambi-la-nha—borrow—借

ngu-m-ba-ngi la-nha—hands, hold up the—举起手来

ngiyindidyu dharraay—I want please—我想要

ngiyambalganhanha—converse together——一起交谈

ngiriya-ga-rra—pass through—经过

nginhi-guliya—all these places—所有这些地方

ngindhuba nganhalbu—you or me—你或我

ngindhu gindaywaruwar—you are always laughing—你总是在笑

ngiina-ngiina—lot, a lot, many—很多，大量，许多

ngi-ngi—be—是

ngi-ngari-ma-giy—all day long—一整天，一天到晚

ngayi-ny—mind, the mind, thought—头脑，意识，想法

ngawum-bi-rra—show, to show—展示，来展示

ngawar—bag, marsupial pouch of kangaroos and possums—袋子，袋鼠以及负鼠有袋类动物的育儿袋

ngawaal-ngawaal—faint, giddy—晕厥，眩晕

ngarruung—decayed—腐烂的

ngarruriyan—hawk, white hawk—鹰，白鹰

ngarriman—manna from the bush—丛林之赐

ngarri-ngarri-ba-l-guya-nha—panting for water, as a dog—像一条狗一样喘息着要喝水

ngarrarr-gi-dyili-nya—feel sorry, distress one's self—感到难过，使自己悲伤忧虑

ngarrarr—worry—担心

ngarranngarran—bluebells—蓝铃花

ngarranga—after—在……之后

ngarrang, nharrang—lizard, water dragon—蜥蜴，水龙

ngarrang, bidyiwang, nharrang—eastern water dragon—东方水龙

ngarradharrinya—cry or weep—哭泣或抽泣

ngarradan—bat—蝙蝠

ngarra-gaya-miil—star seen by the people—人们看得到的星星

ngarin—morning—早晨，上午

ngaray-wirr-gi—to sleep—睡觉

ngaray-m-bang—sharp—锋利的

ngara—charcoal cinders—木炭渣

nganundhi—about who? —关于谁？

nganhundha—me, with me—我，和我

nganhiyany，yangiirang—all about，all along—到处，一直

nganhi-gunhung-guwala—time，another time—时间，下一次

nganhi-gu—belonging to that，distant in space and time—属于那个，空间
   和时间中的距离

nganhayung galingabang bur—our children—我们的孩子们

nganhali—from there—从那里

nganhagu—belonging to that，for that—属于那个，为了那个

nganhabul—over there—在那边

nganha-yung—ourselves，our own—我们自己，我们的

nganha-wal—up above，up there，high in the sky—上面，在上面，在高空

nganha-ny-garri—here or there—这里或那里

nganha-nguwur—behind there—在那后面

nganha-guliya-gu—belonging to all of those—属于所有那些

ngandhi-guliya-gu—for those all—为了所有那些

ngandhi—who？—谁？

ngamuwila—desert pea—沙漠豆

ngamurr—daughter—女儿

ngamung—breast—胸部

ngamu-gaang　girls without mothers—没有母亲的女孩们

ngamu-dyaang—boys without mothers—没有母亲的男孩们

ngambuny—lizard，big spotted—大斑点蜥蜴

ngambar-gaa-nha—covet，to be covetous—觊觎，贪婪的

ngambaa—curious，inquisitive—好奇的，好学的

ngamba-rang，birrany-dyang—boy，a little boy—男孩，一个小男孩

ngama-ngama-rra—feel about，feel for—感觉到，感知

ngaligin-gu—ours，yours and mine—我们的，你的、你们的和我的

ngalguwama—above—在……之上

ngalgarra—light, to give light, to shine—光，发光，照耀

ngalar—clean, clean—干净

ngalan-y—crystal, white quartz—水晶，白石英

ngalan-y—flame of a fire—火焰

ngalan-bang, nyiil—peak of the mountain—山顶

ngalan-bami-rra—kindle—点燃

ngalamali—to fish—钓鱼

ngadi-galita-bul—time, a long time—时间，很长的时间

ngadhuri-nya—care for, tend—照料，照顾

ngadhu wanga-dyung—I am lost—我迷路了

ngadhu minya—I can explain—我可以解释

ngadhu mamalagirri—to visit—参观游览

ngadhu—I, one person—我，一个人

ngadhi-galila—belonging to me—属于我

ngabun—mother's father—母亲的父亲

ngaagirridhunyal—I will see you—再见，后会有期

ngaa-nha—behold, see—注视，看

ngaa-ngidyilinya—see oneself—亲眼看

ngaa-mubang—blind—失明的

ngaa-bun-gaa-nha—searching, looking around—寻找，四处找寻

nga-ngaa-nha—look after, to care for—照顾，照料

narruway—mirage—海市蜃楼

narrundirra—kick—踢

narru-buwan—bees nest—蜂巢

narru—hammock, sling for carrying child—吊床，用来背孩子的背带

narriyar, wiwin—hot—热

narrbang—bag, a man or woman's dillybag—袋子，男人或女人用的迪利包

nanhi—cracks, in the ground—地上的裂痕

nanhaybirri—eager, be very eager—渴求的，非常渴望的

nanhamalguwany—lost, something lost—丢失，什么东西丢失了

nandibang—brown snake, eastern—东方褐蛇

nanan—fast-running, quick—快跑，飞快

namunmanha—hand, hold the hand to the mouth—手，用手把嘴捂住

murun-gi-nya—live, to be alive—生存，活着

murun-dhu—I live, I breathe—我活着，我呼吸

murun—life, breath—生命，呼吸

murrung—grey box tree, eucalyptus—灰色黄杨树，桉树

murrugarra—read—读

murrudinayilinya—contempt, treat with—轻蔑对待

murrudhadhun—duck, spoonbill—鸭子，篦鹭

murrubir—heaven—天堂

murru, murruway, ngubuli, gawala, yabang—road, track or path—马路，
小径或小道

murru, murrawaygu—carving on trees, weapons, implements—雕刻树木，
武器，工具

murrin, wiray—no, not—不，不是

murrang, waa—mud—淤泥，泥浆

muriin—canoe, bark—独木舟，树皮艇

murangarra—alive, to be alive—活着的，活着

muraany—cockatoo, white—白色凤头鹦鹉

muny—ant lion—蚁狮

munun—big, much—大，多

munirganha—jealous, be jealous—嫉妒，嫉妒的

munhilbungarra—dig—挖

munhilbang—hollow tree—空心树

mungarr—kidneys—肾脏

munga—fruit of kurrajong tree—异叶瓶木果实

mundu—covered, of a tree and its bark—被树和树皮所覆盖

mundhay, mirrung, dhurang—bark of trees—树皮

mumbal, nyimirr—blossoms—开花

mumala—grandfather—祖父，外祖父

muma—comet—彗星

muliyiin—finch, zebra—斑胸草雀

mulbirrang—parrot, eastern rosella—东方玫瑰鹦鹉

mulanguwal—part of something—东西的一部分

mulaa—night or darkness—夜晚或黑暗

muguwar—silent, quiet—安静，宁静

mugumnawa—in, internally—里面，内部的

mugul—dumb—哑的，不能说话的

mugugalurgarra—keep secret, conceal—保密，隐藏

mugilmugil—wild orange or wild pomegranate—野橘子或野石榴

mugilbang—wild lemon—野柠檬

mugii-nya—close the eyes—闭上眼睛

mugi—eaglehawk—鸷鸟

muganha—find, pick up—发现，捡起

mugang—grub, of trees—树上的幼虫

mudyi, maamungun—friend, countryman—朋友，同胞

mudyi—mates, friends—伙伴，朋友

mudhamudhang—acacia tree—金合欢树

mudhaany—content—满足的

mubany—man and wife—男人和妻子

modyigaang—elder—长者

miyagan，wayadan—kindred，relations—家族，亲属

mirrway—paint，coloured clays—涂料，有颜色的黏土

mirriwula，mirriyula—ghost dog—幽灵狗

mirrirang—hail—呼喊

mirrimirri—wicked，like a dog，thievish—邪恶的，像一条狗，鬼鬼祟祟的

mirri—dog—狗

minyang-guwar？—what place，where？—什么地方，哪里？

minyali？—about what？—关于什么？

minya-nganha？—what is that？—那是什么？

minya—question（what？）—问题（什么？）

mimudya—mimosa acacia plant—含羞草

mimagang—crested bellbird—冠钟鹟

miimi—sister—姐妹

miilwarranha—open the eye—睁开眼睛

miilumarra—glance or wink the eye——瞥或眨眼

miilgany—openly，face to face—公开的，面对面

miilbi—hole，a well—洞，一口井

miilalmiilal—wakeful，awake—醒着的，醒来

miil bulal—both eyes—双眼

miil—eye，also the stars—眼睛，也指星星

miidyum—wild tomato—野番茄

migiimanha—flash of lightning—闪电

migii—lightning—照明，点燃

midyungga-ga—I don't know when—我不知道什么时候

midhang—alone，single，one—独自，单独，一个

mibar—cocoon，butterfly inside—蚕茧，里面的蝴蝶

mayinyguwalgu ngunggirridyu—I will share with other people—我会和其他
人一起分享

mayinyguliya—human-like—像人类的

mayiny—people—人，人们

mayanggang—case and bag moths—袋蛾

maya，gulay—fishing net—渔网

mawa—sticky gum from trees—黏稠的树胶

marrungbang—justice—正义

marrung—caution，guard，cunning—谨慎，警惕，狡猾的

marrun-gadha-li—sweet tasting—甜味

marrubil—fine and pleasant—令人满意，令人愉快的

marru-wa-nha—form or make—形成或制造

marranmarran—unripe，raw—没有成熟的，生的

marramurgang，dhan—fist or closed hand—拳头或把手攥起

marramarrang，nularri—haste，hurry—急忙，匆忙

marraldirra—frighten—使惊吓

marragir，marragiyirr—naked，a widower—赤裸的，鳏夫

marragarra—hold fast—紧紧抓住

marrabinya—hands，stretch out the—手，伸出

marra-nung—channels made by receding waters—水退去后留下的沟渠

marra—hand—手

marbirra—frog—青蛙

marayarrang—carving on trees，composed writing—在树上雕刻，刻字

marara—carved trees with designs—在树上雕刻图案

maranggaal—red gum tree—红桉树

marang ngurung—goodnight—晚安

marang—well，good—好，好的

marambang ngulung—beauty, handsome face—美丽的、英俊的脸庞

maram-bul—right, good, correct—对的，好的，正确的

maradhal—past, long-distant—过去，久远

manygan—parrot, blue bonnet—蓝帽鹦鹉

mangganha maganha—choke or drown—窒息或淹死

mangga—baby, chicken or pup—婴儿，小鸡或小狗

mangalanha—conquer, get the mastery of—征服，驾驭

mandur—quiet or undisturbed—安静的或不被打扰的

mandu—besides, else—除……之外，此外

mandara, binda, maybal, marrady, babang—grass tree—禾木胶树

mandaang guwu—thank you—谢谢你

mambuwarra—look—看

mambanha—cry, mourning—哭泣，哀悼

mamaybumarra—hold down, subdue—抑制，克制

mama-dya, mambarra—native cherry tree—本地樱桃树

malungan—female, a young woman—女性，一个年轻女人

maliyan, baga-daa, yibaay—eagle, wedge tail—楔尾雕

maliyan—star, red bright southern star—星星，明亮的红色的南方之星

maldhanha—get, provide—获得，提供

maldhaany—maker, person who makes—制造者，从事制造的人

malbilinya—obedient—顺从地

malangun—girl, a little— 一个小女孩

malang—could, should, would—能够，应该，将会

maladyin—ill, infirm—有病的，衰弱的

maguwar—happy—高兴

magadala—red soil—红土

magaadhang—clover, wild—野生三叶草

madhubul-mugiiny—blind, all are blind—失明的，都失明了

madhu—enemy—敌人

madharra—chew or suck—咀嚼或吸吮

madhanmadhu—forest, the bush—森林，丛林

mabinya—stop or wait—停止或等待

mabi, babila, mugiiny-mabi—eastern quoll, wild cat—东方袋鼬，野猫

maarung—circle—圆圈

maamungun—countryman or friend—同胞或朋友

guyunganmadilin—myself—我自己

guyang—fire—火

guyal—dry—干燥的

guyabadhambildhaany—fisherman—渔夫

guwunggan—flood—洪水

guwiiny nganhala—it is over there—在那边

guwiiny gandamay—it is difficult—很难

guwaywinya—wait for a short while, sit, stay—稍等一会儿，坐下，停留

guwayuwa—briefly, for a short time—短暂的，很短的时间

guwayu—time, indefinite time, later—时间，无限期时间，后来

guwarra—fetch, fetch back—拿来，拿回

guwariyan, garrang—cockatiel, quarrion—鹦鹉

guwanguwan—bloody, much blood—流血的，很多血

guwang, guwaang—fog, rain, mist—雾，雨，薄雾

guwandiyala, wandayali—echidna—针鼹鼠

guwan-ba-ga-ga-rra—bleed—流血

guwala-nha—happen, come to pass—发生，实现

guwabigi—to rest—休息

guwaali—wait for me—等我

guuray—fat—肥胖的

guun，gurril—flint—打火石

Guudha—God—上帝

gurwarra—save，deliver from danger—救，脱险

gurwaldhaany—Saviour，deliverer—救世主，拯救者

gurulgan—bull frog tadpole—牛蛙蝌蚪

gurudhaany—goanna—巨蜥

gurruwir—news，sad news—消息，让人伤心的消息

gurruulgaan—being that causes thunder—造成打雷的原因

gurrugandyilinya—cover one's self—遮盖自己

gurrugan-balang—cattle，bullock，cow—牛，小公牛，母牛

gurraggarang—frog，to indicate rain—青蛙，预示下雨

gurra-galang—bitter medicine—苦药

gurra-gal-gam-bi-rra，guru-ga-ma-rra，gurra-gal-ga-rra—finish—完成

gurra-ga-ya-rra—finish speaking—说完

gurra-ga-dharra—finish eating，eat all—吃完，吃光

gurmiyug—cumbungi root—香蒲根

guriin—charcoal or black—深灰色或黑色

guriban—curlew，bush stone-curlew bird—麻鹬，丛林石鹤鸟

guray-mugu-mugu—in distress，suffering—在困境中，受难

guray-dyu-ngi-nya—long for，be in love—渴望，在恋爱

gurawiny—flowers，not buds—花，不是蓓蕾

gurawan—fish spear—鱼叉

gurang，gurawung，guyang—bandicoot—袋狸

gununga—hiding inside—藏在里面

gunhindyang—motherless—没有母亲的

gunhinarrung—mother's mother—母亲的母亲

gunhimbang, gunhi, ngama, baba—mother—母亲

gunhari—belly, paunch of animal—肚子，动物的腹部

gunhama, badyar—ant, black ant—蚂蚁，黑蚂蚁

gunhagunang—cough—咳嗽

gunhabunbinya—sit down—坐下

gunguwari—halo, a circle around the moon—光晕，环绕月亮的圆圈

gungun—bark, a piece of bark for a dish—树皮，用作盘子的一块树皮

gungarra—comb—梳子，梳理

gungalang, yanangaari guygalang—green tree frog—绿树蛙

gundyung—black jay bird or white winged chough—黑松鸡或白翼红嘴山鸦

gundhaybiyan—blossom of stringy-bark tree—糙皮桉树花

gundhay—red stringybark tree—红色糙皮桉树

gunaru, gudharang, guwiyarrang—wood duck—林鸳鸯

gunal—female of animals—雌性动物

gunaany—shallow—浅的

gunaagunaa—butterfly—蝴蝶

gumbang—grave, a grave—墓穴，一座坟墓

gumbadha—metal—金属

guluwin—far off, distant—遥远的，久远的

gulur, ngay—but, however—但是，然而

gulun—burrow of wombat—袋熊的洞穴

gulumba, gulibaa—box tree, coolabah—黄杨树，澳洲胶树

gulu, galgu, dang—millet seed for flour—用来磨面的小米种子

gulgarr—concave, tray or plate of bark—凹型的，用树皮做的托盘或盘子

gulgang—head, top of the—头顶，最高处

gulgandara—before, time and both place—以前的时间和之前的地点

gulganagaba—bird, the jacky winter—褐背小鹟

gulgama—gully，valley—水沟，山谷

gulbirmarra—part，divide，separate—分离，分开，隔开

gulbir—few，not many—很少的，不多

gulbi—mist or smoke in the air—空气中的薄雾或烟

gulbalanha—peace，be at peace，no fighting—和平，和平相处，没有战斗

gulamirra—seek in vain—枉费一番努力的寻找

gulamilanha—alone，to be alone—独自，独处

gulambali，birriyag—pelican bird—鹈鹕

gulamarra—open—开

gulamalibu nunbabu—to open or close—打开或关闭

gulabirra—refuse，reject—拒绝，否决

gulaay—crossing place，bridge—通道，桥

gulaa—anger—愤怒

gugubarra—kookaburra—笑翠鸟

gugi—cup，of bark—树皮做成的杯子

guganha—crawl or creep—爬或匍匐前进

gugan—caterpillar，a yellow—一条黄色的毛毛虫

gugabul—fish，Murray cod—鱼，墨累河鳕鱼

gudyiin—ancient time—古代

gudyi—basin，bucket—盆，桶

gudhingan—composer of songs—作曲家

gudharang—duck，wood—鸭子，木头

gudha—baby or child—婴儿或孩子

gudal—flat—平坦

gubir—macquarie perch，also called black bream—麦格理鲈鱼，又叫黑鲷

gubang—hickory tree—山核桃树

gubaldurinya—conquer，drive off the enemy—攻克，赶跑敌人

gubadhang—finch, diamond sparrow—雀，钻石麻雀

gubaadurinya, durrudurrugarra, gubaymanha, gulbadurinya—follow—跟随

guba—cooba wattle acacia—库巴金合欢树

giyira, giira—future, the womb—将来，子宫

giyingdyung—marrow, from inside bones—骨头里的骨髓

giyindyarra—lick—舔

giyarinya—frightened, be frightened—受惊吓的，被惊吓

giyang—lungs—肺

giyanda-dila-nh—escape—逃跑

giyan—centipede—蜈蚣

giyalang—belonging—所有物

giyal, guwiindha—shame, ashamed—羞耻，感到羞愧

giyal-giyal—cowardly, partly ashamed—胆怯地，有些羞耻

giyal-gang—field mouse—田鼠

giyaa-warra—frighten off, drive away—吓跑，赶走

giya-rra—fear, be afraid—害怕，恐怕

giwang wuurrranha—moon setting —月亮落下

giwang bagarra—moon rising—月亮升起

giwang—moon—月亮

giwaang-giwaang—mad fellow, fool—疯子，傻瓜

giwa-l-dhaany—cook, the person cooking—厨师，做饭的人

girri girrigirri—red—红色

girran-girran—ill, poorly—有病的，身体不舒服的

girra-wiiny—quiet place with many pretty flowers—有很多美丽花朵的安静的
    地方

girra-ma-nha—feel hot, to be burnt—感到热，被烧伤

girra-m-bi-ya-rra—scold, speak with anger—责备，生气地说话

girra-girra—lively，be well，be alive—生气勃勃的，健康，有生气的

girarumarra—blow，as wind—像风一样吹

giran-giran，manggaan—broad，spear shield—宽，盾牌

giralang bundinya—star，a shooting star—星，一颗流星

giraangang—foliage of trees，leaves—树叶

gingari—flint knives—燧石刀

gindyarra—lap or drink water like dogs—像狗一样舔或喝水

gindhaany，bugari—ringtail possum—环尾负鼠

gindaymanha—to play，to have fun - 嬉戏玩耍

ginda-y-waruwar—laughing always—总是欢笑

ginda-y-ga-la-nha—laugh at each other—相互嘲笑对方

ginda-y-awa-nha—smile，laugh—微笑，笑

ginda-nha—laugh—笑

ginan—kind，gracious—善良的，有礼貌的

gimarra—milk—奶

gilaa—galah—桃红鹦鹉

gila—so，then—如此，于是

giiny—heart—心脏

giimbir—fountain，spring，well—喷泉，泉，井

giilang—story—故事

giigandul—wattle with silver flower—盛开银色花朵的金合欢树

gigiy—eaten enough—吃饱

gigirr—scent or smell—香味或气味

gidyirriga，badyariga—budgerigar—虎皮鹦鹉

gidyang—hair of body，wool，fur—体毛，羊毛，皮毛

gidyagidyang—egret，little—小白鹭

gidya-wuruwin—afraid，very much，overcome with fear—非常害怕，克服

恐惧

gidya—broad-level wattle—宽广的金合欢树

gibirrgirrbaang—star constellation of Orion's Belt—猎户星座腰带

gibirgin, malanygyang, dindima—star constellation the Seven Sisters (Pleiades)—七姐妹星座 (昴宿星团)

gibir—man—人，男人

gibayan—nephew—侄子，外甥

gibany, darran-dirang—revenge, avenger—报复，复仇者

giba—magic stone—魔石

gaymaan—kangaroo grass—袋鼠草

gawuwal—lagoon, lake—潟湖，湖

gawuraa—feathers—羽毛

gawunang, giwambang—moonlight—月光

gawimarra—gather or pick up—收集，捡起

gawaymbanha—welcome, tell to come—欢迎，邀请

gawaan, gabaa—white men, strangers—白人，陌生人

garriwang—currawang tree—噪钟雀树

garrindubalunbil—beetle in wood—木头中的甲虫

garril, wurung—boughs or branches on trees—树杈，树枝

garraywarra—look for, seek, find—找寻，寻找，发现

garraygal—palm of the hand—手掌

garray—land, sand—土地，沙子

garrawi—roe of fish—鱼卵

garrari—net—网

garranygarra—send—送，发送

garrandarang—paper, book—纸，书

garran—hook of any kind, fish hook—任何种类的挂钩，鱼钩

garrabari—corroboree, a special dance—夜间祭祀，一种独特的舞蹈

garraba, marrin—body, human—身体，人类

garraayigal—hand, grasp—手，抓住

garraawan—light wood for making fish spears—用来做鱼叉的很轻的木头

garra—hold, catch, stop, take—抓住，抓，停止，拿

gariya wanhamindya nganhanduyan—do not break a promise—不要毁约

gariwang—cold east wind—寒冷的冬风

gariwag—leaf—树叶

garingali—dingo—野狗

garila—corella bird—凤头鹦鹉

garba—fork, fork of a tree—叉子，树杈

garay—sand—沙子

garal—wattle tress—金合欢树枝叶

garaan-dharra—eat forbidden food—吃禁止吃的食物

gany, yingiyan—like, similar—相像，类似

ganhur, buringin, marri—kangaroo, red—红色的袋鼠

ganha-nha, bunha-nha—burn—燃烧

ganginmarra—lie, tell a lie—谎话，撒谎

ganggang—gang-gang cockatoo—甘甘凤头鹦鹉

ganggaa—spider—蜘蛛

gangarrimaa—ring or circle—圆环或圆圈

gangan—hawk, fish hawk—鹰，鱼鹰

gandyar—spirit being, he sees and knows everything—神灵，他能够看到并且通晓一切

gandaru, gungarung, yambil—crane, blue, white-faced heron—鹤，蓝色的，白脸苍鹭

ganda—bend of the leg under the knee—屈膝

ganang—beeswax，wet—湿的蜂蜡

ganaa-ba-nha—ride on horse or any animal—骑马或骑任何动物

gana-yi-rra—peppermint tree—薄荷树

gambang，dilaang，dirraybang，gumbal—brother—兄弟

gambal，buragi，yungay，gamidha—bustard，native bush turkey—大鸨，本
地丛林火鸡

gamalang—raspberry，native—本地覆盆子

galiyang，birrgun—fork-tailed swift bird—剪尾燕

galing-gaan—bowels—内脏

galindulin—eel—鳗鱼，鳝鱼

galin-gabangbur—children—孩子们

galin-dhuliny，gibirrngaan—black snake，red-bellied—红腹黑蛇

galin-balgan-balgang—dragonfly—蜻蜓

galigal—knife—刀

gali-ngin-banga—desert place without water—没有水的荒漠地带

galguraa—friar bird，noisy—鼓噪的采蜜鸟

galgambula—oven，for cooking in the earth—烧窑，用来在泥土里做饭

galgaang—affliction，wherein is pity—苦难，值得怜悯的遭遇

galga—hungry，empty—肌饿的，空的

galanygalany，galan galan—cicada，locust，its sound—蝉，蝗虫或其发出
的声音

galang—belonging to a group—属于一个群体

galagang—wild onion—野洋葱

galabarra—halve，separate into two—对半分，分成两半

galaabanha—noise，make a noise—噪音，发出噪音

gagalin，bidyin—fish，golden perch—金鲈鱼

gagaamanha—lead astray，seduce—把……引入歧途，引诱

gadyilbalungbil—burrowing black beetle—挖洞黑甲虫

gadyilbalung—beetles generally—泛指甲虫

gadyal—hollow—空的，空心的

gadyag—nasty，horrible—令人厌恶的，可怕的

gadya!—get away!—离开，躲开!

gadi，dharang—snake—蛇

gadangul—lizard，small one—小蜥蜴

gabur-gabur—rotten or broken—腐烂或破碎

gabuga—brain，eggs—脑子，鸡蛋

gabudha—reeds and rushes—芦苇和灯芯草

gabin-gidyal—beginning，a— 一个开端

gabargabar—green，colour—绿颜色

gaban，barrang—white—白色

gaban—foreign，strange，unknown—外来的，陌生的，未知的

gaba-rra—fishing，drag-net—拖网捕鱼

gaanha，dharal—shoulder—肩膀

gaanha-barra gaanha-bu-nha—carry on the shoulder—扛在肩上

gaalmaldhaany—composer，poet—作曲家，诗人

gaagu-ma-rra—embrace—拥抱

gaa-m-bila-nha—hold a thing—拿着一样东西

gaa-l-marra—compose，songs—作曲，歌曲

gaa-darra—erase—擦掉，删除

gaa-ba-rra—carry on the back—背，背着

ga-rra—be or being—在或正在

dyirribang—an old man— 一个老人

dyiridyinbuny—diver bird—潜水鸟

dyiramiil—charming，winning，eyes-up—迷人的，吸引人的，对……着迷

dyinmay，gurray—fight or war，tribal—战斗或战争，部落的

dyinidnug—duck，shoveler—鸭，琵嘴鸭

dyindhuli—hunger—饥饿

dyindharr—lean，barren，bare—贫乏的，贫瘠的，光秃秃的

dyinang，mundawi，dinhang—foot—脚

dyilwirra—climb，a tree—爬树

dyigal—fins of fishes—鱼鳍

dyibarra—speak—讲话

dyandyamba—medicine，from the core of tree fern—从树蕨中心提取的药

dyagula—lyrebird—琴鸟

dyagang—boys without fathers—没有父亲的男孩们

dyabaraa—bull dog ants—牛头犬蚁

dyaba—girls without fathers—没有父亲的女孩们

dyaabiny—flying ant—飞蚁

duyan—fat，meat—脂肪，肉

duwambiyan—root of edible pink fingers—可食的小手指根

duruung-gar-gar—glow-worm—萤火虫

durrur-buwulin—ever，always—永远，一直

durrumbin，giima—caterpillar—毛毛虫

durru-l-ga-rra—hide—隐藏，躲藏

durru-l-ba-rra—burst—爆裂

durrawiyung—duck，grey teal—鸭，灰水鸭

durrawan—currawong，grey bird—噪钟鹊，灰雀

durrany—cloud，long white—长的白色的云彩

duri-mambi-rra—ill，make ill，cause to be ill—病，致病，导致生病

duri-duri-nya—ill，to be ill—病，生病

dundumirinmirinmal—snail—蜗牛

300

dumiiny—death adder snake—死亡蝰蛇

dumi-rra—carry—扛，背

dumbi—blush—脸红

dulu-dulu—logs of wood, big—大原木

dulbun-bun-ma-rra—bow, or to bend—鞠躬，或弯腰

dulbi-bal-ga-nha—hang down the head—垂头

duguny-bi-rra, dugu-winy-birra—be generous—慷慨的

dugu-wirra—catch—抓住，接住

dugin—shade—背阴处，阴凉处

duga-y-ili-nya—fetch for another—再拿一个

duga-nha—fetch water, draw up water—取水，打水

dubu—frog or toad—青蛙或蟾蜍

dubi—chrysalis, pupa butterfly grub—蝶蛹，蝴蝶蛹

dirriwang—emu feathers—鸸鹋羽毛

dirrinan—bulbine lily—鳞芹百合

dirrigdirrig—bee-eater, rainbow bird—食蜂鸟，彩虹鸟

dirrang-dirrang—red ochre—代赭石

dirramaay—edible herb—可食的药草

dirra-dirra-wana—herb　药草

dinggu—wild dog, dingo—野狗

dinbuwurin—lark, native—本地云雀

dinawan, gawumaran, nguruwiny—emu—鸸鹋

dilga-nha, bunganha-ba-nha—comb the hair—梳头

dilan-dilan-garra—shake—摇，晃

dila-dila-bi-rra—cause confusion—引起困惑

dila-birra—scatter, sow—散播，播种

diikawu—emu bush, spotted—斑点鸸鹋灌木

digu，mumbil，munbil—blackwood，black-timbered wattle tree —黑檀，
　黑木金合欢树

digimdhuna—fig or fig tree—无花果或无花果树

digal—fishbone—鱼骨

dibiya—duck，whistling tree—鸭，发出哨声的树

dibang—nails or spikes —指甲或尖刺

dhuruwurra—cast off，shedding—脱落，掉落

dhurri-rra—lay eggs，to be born—孵蛋，出生

dhurri-nya，dhurrirra—born，to be born—生产，出生

dhurrgang，nguruwiya—owl，tawny frogmouth—猫头鹰，褐色夜鹰

dhurragarra—follow up，track，pursue—跟踪，追踪，追寻

dhurany—news，or message—新闻，或消息

dhuragun，bunbun—bittern，native—本地麻鸭

dhungany—greenleek parakeet—绿背长尾小鹦鹉

dhundhu，ngiyaran，gunyig—black swan—黑天鹅

dhundhal—close or near—靠近，接近

dhumuny—bardi grubs，used for fishing—用来钓鱼的毛毛虫

dhumba—brittle gum，eucalyptus— 桉树

dhulubang—soul or spirit—灵魂或神灵

dhulu-ga-rra—guilty，to be found convicted—有过错的，被发现有罪的

dhulu-biny—level，even，flat—水平的，平坦的，平的

dhuliiny—goanna，sand monitor—巨蜥，巨沙蜥

dhulay—fish，the river gar fish—鱼，河里的雀鳝

dhul—brown—棕色，褐色

dhugamang—lobster，white clawed—白钳龙虾

dhugaaybul—very—非常

dhubul—bore，underground water—涌潮，地下水

dhubi—cicada larva, beetle—蝉的幼虫, 甲虫

dhirril—sparrow hawk—雀鹰

dhirran-bang—noon, midday (sun in the zenith) —中午, 正午（太阳升到最高的时候）

dhirraany, gandiyagulang—mountain—山

dhiraa-nha—rise like the dough—像发酵的面团一样变大

dhindha—ball, anything rounded—球, 任何圆形的东西

dhin—nut or berry—坚果或浆果

dhilbul—coot, purple swamphen—黑鸭, 紫泽鸡

dharrang—message stick or letter—消息棒或信

dharran—creek—小溪

dharrambay, gimang, dirru, galbu—kangaroo rat—更格卢鼠

dharra-barra—eat, cut with teeth—吃, 用牙咬开

dharra—eaten, swallow, engulf, absorb—吃, 咽, 吞, 吸收

dhara—cast out, away—驱逐, 离开

dhangaang, dhal, dharrabu—food—食物

dhang—seeds, grains—种子, 谷粒

dhandyuri, dhandyurigan—mussel shells or shellfish—蚌壳或贝类

dhandhaang—river catfish —河鲇鱼

dhamiyag, baaliyan—cumbungi, bulrush reeds—香蒲, 芦苇

dhamaliiny, dharramaliyu, bulbul—bull roarer, whirler—旋转吼板

dhalba-nha—bruised—青肿的, 瘀紫的

dhalba—rain, the cloud burst—雨, 大暴雨

dhala-y-ba-rang—mad frenzy, anger, excitement, sudden—狂怒, 愤怒, 兴奋, 突然

dhala-wa-la—forest country—森林家园

dhala-rug—wattlebird—食蜜鸟

dhala-ba-rra—crack, burst, break—破裂，爆裂，打碎

dhala-ba-nha—ruin, destroy—破坏，毁坏

dhal-bi-rra—beat time on the boomerang, as the men do singing—在人们唱歌的时候，用回力镖打拍子

dhaganhu ngurambang—where is your country？一你的家园在哪里？

dhagamang—crayfish, whitish-blueish claws, not a yingaa—小龙虾，有白、蓝色螯的小龙虾

dhagal—cheek, jawbone—脸颊，颚骨

dhadhi？—belonging to what place？一属于什么地方？

dhabugarra—bury—埋葬

dhabugany—buried—埋葬的

dhabudyang—old woman—老女人

dhabal—bone—骨头

dhaan yanha—come here—来这里

dhaalirr—kingfisher bird—翠鸟

dhaagunmaa—cemetery—墓地

dhaagun—land, earth, dirt, soil, grave—土地，地面，泥土，土壤，坟墓

dha, -dya, -la, -ra—on, at, in, by—在……之上，在……里面，在……旁边

dha-l-mambi-rra—feed, a child or dog— 喂孩子或狗

dawin, bawa-l-ganha—hatchet—短柄小斧

darruba-nha—leap over—跳过

darriyaldhuray—bedroom—卧室

dargin—across—穿过

danyga-ma-rra—compete, to vie in throwing—竞争，扔掷比赛

dani—wax, gum or honeycomb—蜡，树胶或蜂窝

dangarin—shell fish—甲壳类水生动物

dangar，dhandhaang—fresh water catfish—淡水鲇鱼

dangal—covering or shelter—遮蔽物或庇护处

dangaay—rainwater，oldwater—雨水或储存的水

dang—roots，edible—可食的根茎

dalungal—fine fella，excellent person—好人，优秀的人

dalawang，gabu，gabudha—box tree，apple—黄杨树，苹果

dabu-ya-rra murun—life，give，bestow life—生命，给予，给予生命

dabu-wan—leech，small one—小水蛭

daanha—knit，make a net—编织，织网

buyaa—law—法律

buya-marra—beg— 祈求

buwi-birra-ng—boomerang of bark，a toy—树皮做的回力镖，玩具

buwawabanhanha，gugabarra—boil—煮沸

buwanha—grow—成长

buwaa-bang—orderly，tame—有秩序的，驯服

buwa-garra—come—来

buwa-gany—edible root—可食的根茎

buwa-ga-nhumi-nya—before，be before—之前，在……之前

buwa-dharra—fill the mouth—嘴里填满

buurri—boree tree，weeping myall—垂枝相思树

bururr—hop-bush—车桑子

burrindin，gulridy—magpie-lark，peewee or mudlark bird—鹊鹩，小雀或
    沼地云雀

burrbang—ceremony of initiating to man—成人仪式

burral，darriyal—bed—床

burral—birthplace，the spot，the soil—出生地，那个地方，土壤

burra-m-bin—eternal—永恒的

burra-giin—beeswax, dry—干蜂蜡

burra-di-rra—cut down—削减

burra-dhaany—ball, bouncing—跳动的球

burra-binya—leap, jump—跳，跳跃

burra-ban-ha-l-bi-rra—fire, light a—点火

burguwiiny-mudil—blacksmith—铁匠

burbi-rra—beat the time, and sing—打拍子，唱歌

burba-ng—circle, a round shape, heap—圆圈，圆形，一堆

burany—parrot—鹦鹉

buram-ba-bi-rra—share—共享

buralang—black-faced cockatoo—黑面凤头鹦鹉

buraandaan—heron, night-heron—鹭，夜鹭

bura-mi-nga-nha—cause to be—造成

bunyi-ng-ganha—breathe—呼吸

bunyi-ng—breath—呼吸，气息

bunhiya—wild oak tree—野橡树

bunhi-dyili-nya—beat—敲打，击打

bungi-rra—swing—摆动

bundi-nya—fall—落下

bundi-mambi-rra—let fall, cause to fall—让落下，导致落下

bundhi, nalanala—club, thick knob on end, war weapon—击棍，大头棒，
    打仗武器

bundharran—paddle—划桨

bundharraan—canoe oar—独木舟桨

bundarra—freeze, feel very cold—冻僵，感到非常冷

bunda-nha—draw, a picture—画，一幅画

bunda-ng—cicadas, butterfly—蝉，蝴蝶

bunda-l-ga-nha—hanging, be suspended—悬挂，中止

bunbiya—grasshopper—蚱蜢

bunba-nha—escape, run, moving away, fleeing—逃跑，跑，离开，逃离

bunba-na-nha—run after—追赶

bunan, bundhu—dust, rising vapour—灰尘，升起的水汽

bunan—carried by the wind, dust storm—被风卷起，沙尘暴

bun-ma-rra, ma-rra—make or do—制造或做

bumbi—smoke—烟

bumalgalabu wayburrbu—right or left—右或左

bumal-bumal—hammer, a stick—锤子，一根棍子

bumal—hammer, stone for bruising nuts—用来敲碎坚果的锤子，石头

buma-ngidyili-nya—beat one's self—战胜自己

buma-l-gidyal—fight or battle—打斗或战斗

bum-bi-rra—blow, with mouth—用嘴吹

bulun—egret, white crane—白鹭，白鹤

bulan-bulan—parrot, crimson rosella—鹦鹉，深红玫瑰鹦鹉

bulaguy—saltbush—滨藜

bula-bi-nya—couples, to be in couples—一对，成为一对

buguwiny, bugaru, gungil—grass—草

bugurr—climbing plants or vines—爬藤植物或葡萄藤

bugu-l—fish line—鱼线

bugiyunbarrul—time, after sunset, twilight—时间，落日之后，黄昏

buginybuginy, manygan—blue bonnet parrot—蓝帽鹦鹉

bugarr—carrion—腐肉，不洁之物

bugarnan—bad smell—难闻的气味

bugang—necklace or beads—项链或珠子

budyabudya—moths and butterflies—飞蛾和蝴蝶

budyaan, dyibiny, dibilany—bats, birds general flying creatures—蝙蝠，鸟，泛指飞行的生物

budulbudul—far off, high, the bluish air at a distance—远，高，高远的蓝天

budhi—corner—角落

budharu—flying fox—狐蝠

budhar-ba-la-nha—kiss each other—相互亲吻

budhanbang—duck, black—黑鸭子

budhaanybudhaany—common sneezeweed, old man weed—堆心菊，老人草

budha—sandlewood—檀香木

bubul, dula—backside, buttocks—背部，臀部

bubu—air or breath—空气或呼吸

bubil—wing, feather—翅膀，羽毛

bubay-bunha-nha—lessen, get small—减少，变小

bubay—little, small—少，小

buba-dyang-marra, garrigaan, banhumiya—fingers of the hand—手指

biyambul—all—全部

biyal-gam-bi-rra—hang (transitive) —悬挂 (及物动词)

biyal-ga-nha—hang (intransitive) —悬挂 (不及物动词)

biyaga—often, many times—经常，多次

birring, birrgan—chest of a man—男人的胸膛

birrinalay—blossom of white box tree—白色黄杨木花

birri-birri-ma-rra—meet—见面

birri—white box tree, eucalyptus—白色黄杨木，桉树

birranilinya—run away with—同……一起逃离

birrang-ga—high up—在高处

birrang—journey to another place—到另一个地方的旅程

birrang—blue sky, the horizon—蓝天，地平线

birran-dhi—from—来自

birramal, yirrayirra—bush, the bush—灌木

birramal-gu yakha-y-aan—gone to the bush—到灌木中

birrabuwawanha—return, come back—返回，回来

birrabunya—cormorant, little pied—小斑鸬鹚

birrabirra, malu—lazy, tired—懒，累

birrabang—outside, up, above, far—外面，上面，之上，远

birra-nguwurr—behind—在……后面

birra-nguwur—back, that which is behind—后边，在后面的

birra-bina-birra—move gently, whisper—轻轻移动，低语

birra—back, the back—背面，后背

birra—fatigued, tired—疲劳的，累的

birinya—scar, make a—留下伤疤

birgu—shrubs, thickets—灌木，丛林

birgili，birgilibang—scorched by fire—被火烧焦

birdyulang—scar an old scar—疤痕，旧伤疤

birdany—blossom of ironbark tree—铁皮树花

birbarra—bake—烤，烘焙

birbaldhaany—baker—烘焙师

biran，birrany—boy—男孩

biralbang—duck, musk—鸭子，麝香

bir—birth mark—胎记

binydyi—stomach—胃，腹部

binhaal—eldest, the —最老的

bindyi-l-duri-nya—cut into a tree to get possums out—将树砍断让负鼠出来

binaal, wirra—broad, wide—宽，广

bimirr—end, an end—终点，结束

bimbun, gumarr, mudha—tea tree or paperbark tree—茶树或白千层树

bimbul—bimble box tree—桉树

bimbin—brown treecreeper, woodpecker—棕色旋木鸟，啄木鸟

bimba-rra—fire, set the grass on fire—火，把草点着

bilwai—oak tree, river she—河木麻黄树

biluwaany—red-winged parrot—红翅鹦鹉

bilin-nya—go backwards—倒退

bili-nga-ya—backwards, going—向后，倒退

bilbi, ngundawang, balbu—bilby—兔耳袋狸

bilawir—hoe—锄头

bilawi—river she oak tree—河木麻黄树

bilabang—billabong, the milky way—死水潭，银河

bila—river—河流

biiyirr, magalang—back bone, spinal column—脊骨，脊柱

biilaa, ngany—bull oak tree, forest oak—硬橡树，橡树林

bidyuri—pituri—皮特里茄

bidya—male—男性

bidhi, babir—big—大

bibidya—fish hawk, osprey—鱼鹰，鹗

bayu, buyu—leg—腿

bayirgany—leeches—水蛭，蚂蟥

baryugil—eastern blue tongue lizard—东方蓝舌蜥蜴

barru-wu-ma-nha—gallop, run fast—疾驰，快跑

barru-dang—juice from a tree—树液

barru—rabbit-like rat (probably bilby) —像兔子一样的老鼠 (可能是兔耳袋狸)

barrinang—blossom of wattle trees—金合欢树花

barri-ngi-rra—leave，let it alone，never mind—离开，别管他，没关系

barri-ma—musket，gun—毛瑟枪，枪

barrbay，wirrang—rock wallaby—岩袋鼠

barray!—move quick，quick!—行动起来，快点！

barrage—to fly—飞翔

barradam-bang—star，a bright— 一颗明亮的星星

barrabarray—quick!—快点！

barra-y-ali-nya—rise again，resurrection—再次起来，复活

barra-wi-nya—camp，hunt—露营，狩猎

barra-wi-dyany—hunter —猎人

barra-manggari-rra—love—爱

barra-dyal—flame robin bird—火知更鸟

barra-barra-ma—handle，anything to hold—把手，用来抓握的东西

bargu-mugu—cripple，one limbed—瘸，一条腿跛的

baradhaany—red-necked wallaby—红脖小袋鼠

bangal-guwal-bang—belonging to another place—属于另一个地方

bangal—time，or place—时间，或地点

banga-ny—broken—破裂

banga-nha—break into rain，begin to rain —落雨，开始下雨

banga-ma-rra—break—打破

banga-l—fire sticks，friction—火柴，摩擦

banga-di-ra—chop，cut，split—砍，切，割

banga-bil-banga-bil—cutting instrument—切削工具

banga-bi-lang—broken in pieces—破碎

bandya-bandya-birra—cause pain—造成疼痛

bandu—march fly—毛蚁

bandhuwang—scrub or mallee trees matted together—缠绕在一起的灌木丛
或小桉树

bandhung—mallee tree and scrub—小桉树和灌木丛

bambinya—swim—游泳

bambigi—to swim—去游泳

baluwulinya—be pregnant—怀孕

balunhuminya—die before another—死在另一个人前面

balunha—die now—现在死去

balun—dead—死的

baluga—dark, fire has gone out—变黑, 火灭了

baludharra—feel cold, be cold—感觉冷, 变冷

balubuwulin—dead altogether— 一起死

balubunirra—murder, kill—谋杀, 杀害

balubalungin—almost dead—几乎死掉

balubungabilanha—kill each other—互相残杀

balu-bunga-rra—extinguish—熄灭

balmang—empty—空的

balima—north—北方

bali—baby, a very young baby—婴儿, 很小的孩子

balgal—sound, noise—声音, 噪音

balgagang—barren, desolate—贫瘠, 荒无人烟

balgabalgar—leader, elder—领袖, 长者

balanggarang—bud, top bud of flower spray—芽, 花枝顶部的花蕾

balang—head—头

balandalabadin，gubudha—common reed—芦苇

balan-dha—beginning，of time—时间的开始

baladhu nganhal—I am from—我来自

baladhu ngaabunganha—just looking—只是随便看看

baladhu—I am—我是

balabalanirra—beat a little，slap—轻打，扇

balabalamanha—lift softly or slowly，move—轻轻，慢慢地抬起或移动

balabala-ya-li-nya—whisper—低语

bagurra—blossom of kurrajong tree—异叶瓶木花

bagir-ngan—cousin or uncle—堂（表）兄弟姐妹或叔（舅）父

bagaaygang—shell，a small one—小贝壳

bagaay，galuwaa—lizard，shingle back—松果蜥

badyar，gunhama—black ant—黑蚂蚁

badhawal，bargan，balgang—boomerang—回力镖

badharra—bite—咬

badhang，buwurr—cloak，possum skin—披风，负鼠皮

badha，yiramal—bank of the river—河岸

babimubang—fatherless—没有父亲的

babildhaany—singer—歌手，歌唱家

babiin—father—父亲

babala—leather-head，noisy friar bird—噪吮蜜鸟

baaywang—big hill—大山

baayi—footprint—脚印

baawan，gargalany—silver or boney perch fish—银色或硬骨鲈鱼

baalmanha—floating—漂浮的，流动的

baala—footstep—脚步

baaduman—red spotted gum tree—红点桉树

baabin—nettle plant—荨麻植物

baabaa，ngandir，nguramba—deep—深的

作者手记

　　这部小说包含了威拉德朱里人的语言。被殖民之前，澳大利亚有二百五十种不同的语言，又细分为六百种方言。威拉德朱里语是维拉杰里克亚群的一种帕玛－尼根语①，通过斯坦·格兰特博士和语言学家约翰·鲁德尔博士的努力已被发掘和保存。斯坦叔叔和约翰编辑的拼写和发音就在这几页里。如果有什么错误，那完全是我解释不到位的原因。这本书中威拉德朱里语的拼写历史来源于H. 威瑟斯的记录。他们是沃加沃加②的土地所有者（记录：1878年）；H. 拜利斯，沃加沃加的治安官（记录：1887年）；J. 拜利斯，里韦纳平原③的土地测量师（记录：1880—1927年）；C. 理查兹，语言学家和学者（记录：1902—1903年）。对威拉德

---

① 帕玛－尼根语（Pama-Nyungan）：澳大利亚使用最广泛的土著语言，大约包含三百种语言。"帕玛－尼根语"这个名字来源于两个分布最广的语系，东北部的帕玛语和西南部的尼根语。

② 沃加沃加（Wagga Wagga）：是位于澳大利亚新南威尔士的一座城市，是新南威尔士州最大的内陆城市。

③ 里韦纳平原（Riverina）：澳大利亚新南威尔士州西南部的农业区。与澳大利亚其他地区不同的是，里韦纳平原平坦，气候温暖炎热，灌溉用水充足，是澳大利亚最多产和农业多样化的地区之一。南部与维多利亚州接壤，东部与大分水岭接壤，里韦纳河覆盖了新南威尔士州的默里河和莫伦比河流域。里韦纳河是土著群体四万多年的家园，十九世纪中期欧洲人最初定居于此。

朱里语进一步的更新和研究可以在斯坦叔叔和约翰编写的《新威拉德朱里字典》中找到。

小说中冈迪温蒂家族的经历反映了所有原住民经历的暴力、隔离、虐待和殖民主义的非人道政策和做法。作为这些隔离政策的一部分，政府和教会禁止和劝阻原住民使用母语。为了灭绝土著文化，强行把儿童从他们的家庭中带走，送到教会和别的机构。这种做法始于 1910 年，一直持续到二十世纪七十年代。

文化知识、社区历史、风俗习惯、思维方式和属于土地的东西都通过语言来传递。在过去的二百年里，澳大利亚经历了历史上最大规模、最迅速的语言流失。今天，尽管澳大利亚在努力复兴，但澳大利亚原住民的语言仍然是世界上最濒危的语言之一。

各种出版物记录了被隔离政策统治的原住民所遭受的暴力和代际创伤，其中包括 1997 年的《带他们回家：原住民和托雷斯海峡岛民儿童与家庭分离全国调查报告》。格林利夫牧师对传教生活的描写来源于 J.B. 格里布尔牧师的《为新南威尔士州原住民的恳求》等作品。格里布尔在新南威尔士州达灵顿角①创立并管理了基督教瓦朗格斯达原住民传教站。"旺德传教站""牧场"和"家园"的灵感都来自瓦朗格斯达。从 1880 年到 1884 年，瓦朗格斯达作为原住民传教站而运行；1884 年至 1897 年，是原住民保护协会旗下的瓦朗格斯达原住民大牧场；1897 年至 1925 年间，根据《原住民保护法》，由政府管理；1925 年至 2014 年由私人管理。

书中提到的"女孩之家"和"男孩之家"都是虚构的，但都

---

① 达灵顿角（Darlington Point）：澳大利亚新南威士州西部里弗瑞纳地区的一个小镇，位于莫伦比河岸边。

是从库塔曼德拉①土著女孩训练之家和金切拉②土著男孩训练之家的描述中提取出来的。事实上,那些孩子的经历比书中描述的要严酷得多。在库塔曼德拉的原住民女孩训练之家开办之前,来自该州各地的儿童被送到瓦朗格斯达。在《被偷走的一代——1883年至1969年新南威尔士州土著儿童的迁移》一书中,彼得·里德教授估计,"1916年之前,有三百名女孩被安置在瓦朗格斯达宿舍,随后被迫服役"。在贝弗利·古拉姆巴利·艾尔菲克和唐·艾尔菲克的《慈悲营:新南威尔士州达灵顿角瓦朗格斯达原住民传教站/牧场的历史和传记记录》中,作者写道:"除了土著保护和福利委员会的记录本中偶尔提到的孩子和金切拉原住民男孩训练之家的注册登记之外,从1909年到1925年慈悲营关闭期间,没有其他孩子被从瓦朗格斯达带走的记录,如果确实有记录的话。这一时期的保守估计为二百人,即总共有五百名儿童被转移。"

许多人在瓦朗格斯达出生和结婚。传教站也有许多人死亡。正如雷·克里斯蒂森和内奥米·帕里在《保护管理计划:瓦朗格斯达原住民传教站和牧场》中所述,"主要的墓地里埋葬着多达二百名前居民的遗体,那里是耕地的一部分"。

书中虚构的大屠杀平原小镇的地理环境取材于威拉德朱里的城镇、乡村以及肯加尔土著地区的岩石自然保护区。小说虚构的莫伦比河基于墨累-达令盆地③的支流。这些地名,包括"大屠

---

① 库塔曼德拉(Cootamundra):澳大利亚新南威尔士州西南斜坡地区的一个城镇和地方政府地区,位于里韦纳河岸边。

② 金切拉(Kinchela):澳大利亚新南威尔士州的一个村庄,位于传统上属于Dungutti人的土地上。它以臭名昭著的"金切拉男孩训练之家"的所在地而闻名。这个村庄是以金切拉溪命名的,而金切拉溪又可能是以1831年抵达悉尼的新南威尔士州总检察长约翰·金切拉的名字命名的。

③ 墨累-达令盆地(Murray-Darling Basin):澳大利亚东南部内陆的一个很大的地理区域。它的名字来源于两条主要河流:墨累河和达令河。该盆地排水面积约占澳大利亚陆地面积的七分之一,是澳大利亚最重要的农业区之一。

杀"和"有毒水洞河"，在澳大利亚确实是地名。出现在书中，旨在提醒人们不要忘记殖民时期原住民遭受的暴行。

许多本土植物和烹饪技术在布鲁斯·帕斯科的《黑鸸鹋》和埃里克·罗尔斯的《一百万亩荒野》中可以找到。此外，尤瓦尔·诺亚·哈拉里的《现代人：人类简史》也探讨了澳大利亚原住民的历史及其复杂性。

我鼓励读者从过去的传教站、定居点、牧场居民以及统称为"被偷走的一代"那里探索个人历史。包括露丝·赫加蒂①的《你是露丝吗？》、诺埃尔·皮尔逊②的《从使命开始：作品选集》、多丽丝·皮尔金顿·加里马拉的《跟随防兔篱笆》、玛格丽特·塔克③的《如果每个人都关心》、玛丽·蒙卡拉的《灰烬与流向大海的河流》和杰克·戴维斯的作品。

关于土著文化和历史，还可以阅读包括拉瑞莎·贝伦德④教授的《浅谈澳大利亚原住民》、约翰·哈里斯的《血脉相连：原住民与基督教的二百年相遇——希望的故事》，以及历史学家亨利·雷诺兹、彼得·里德和玛西亚·兰顿的作品。

澳大利亚是唯一一个没有与原住民签订条约的英联邦国家。

---

① 露丝·赫加蒂（Ruth Hegarty，1929—　　）：澳大利亚昆士兰米切尔的一位原住民作家和长老。
② 诺埃尔·皮尔逊（Noel Pearson，1965—　　）：澳大利亚原住民律师、学者、土地权利活动家，约克角政策与领导研究所（Cape York Institute for Policy and Leadership）创始人，该组织旨在促进约克角的经济和社会发展。皮尔逊因倡导土著人民的土地权利而声名鹊起——他一直坚持这一立场。
③ 玛格丽特·塔克（Margaret Tucker,1904—1996）：澳大利亚原住民活动家和作家。
④ 拉瑞莎·贝伦德（Larissa Behrendt，1969—　　）：澳大利亚学者和作家。她目前是悉尼科技大学原住民研究所的教授和主任。

（京权）图字：01-2022-5277

图书在版编目（CIP）数据

屈膝 /（澳）塔拉·琼·文奇著；李尧译 . -- 北京：作家
出版社，2023.6
ISBN 978-7-5212-2028-5

Ⅰ.①屈… Ⅱ.①塔… ②李… Ⅲ.①长篇小说 - 澳大利
亚 - 现代 Ⅳ.①I611.45

中国版本图书馆 CIP 数据核字（2022）第 172354 号

屈膝

作　　者：[澳] 塔拉·琼·文奇
译　　者：李 尧
责任编辑：赵　超
助理编辑：孙玉琪
封面设计：孙惟静
出版发行：作家出版社有限公司
社　　址：北京农展馆南里 10 号　　　邮　编：100125
电话传真：86 - 10 - 65067186（发行中心及邮购部）
　　　　　86 - 10 - 65004079（总编室）
E - mail: zuojia@zuojia.net.cn
http://www.zuojiachubanshe.com
印　　刷：河北鹏润印刷有限公司
成品尺寸：142×210
字　　数：259 千
印　　张：10.375
版　　次：2023 年 6 月第 1 版
印　　次：2023 年 6 月第 1 次印刷
ISBN 978-7-5212-2028-5
定　　价：58.00 元